Gaea

Gaea

The Oracle Comes 6

〔飛天〕

星子——著

乩身
〔飛天〕

目錄

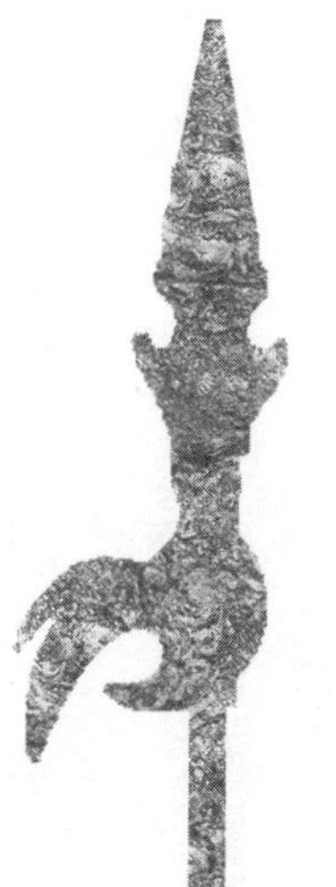

楔子

十月三號，天氣晴——
白痴老公笨得跟豬一樣，他什麼都不懂。
害我一整天心情糟透了。

十月七號，天氣晴——
今天又吵架了，白痴老公一點都不體貼，爲什麼要跟我爭，讓我一下會死嗎？
白痴白痴白痴白痴白痴白痴！

十月九號，天氣晴——
白痴老公終於跟我道歉了，但我不想原諒他……
我全身的力氣都沒了，好累好累。

十月十六號，天氣陰——
最近我的心情都跟天空的烏雲一樣灰濛濛的，爲什麼？

十月二十號，天氣晴——

不懂，爲什麼我變得這麼不開心。

之前明明好好的，爲什麼一下子世界全黑了。

誰能告訴我這是怎麼回事？

明明大家都羨慕我和我老公呀，我的家庭、工作都很棒不是嗎？到底哪裡出了問題呢？

十月二十三號，天氣雨——

辭掉工作了。

只因爲上班時下雨就辭掉工作，會不會太幼稚？

所有人都傻眼了，老闆要我再考慮幾天。

眞的需要考慮嗎？

十月二十五號，天氣陰——

老公帶我看身心科，從今天開始要按時吃藥了……

十月三十一號，天氣陰——

我現在吃的這些藥，吃或不吃也沒差吧……

就算換成毒藥也沒差吧……

我究竟是爲了什麼生來這個世界上呢？

所有的一切都跟以前一樣，爲什麼以前我都會笑，現在都不會了？

十一月三號，天氣陰——

我忘記怎麼笑了……

十一月四號，天氣雨——

現在的我，跟廢人有什麼兩樣？

十一月五號，天氣雨——

我找不到繼續走下去的理由……

好累，活著好累……

連寫幾個字都好累……

十一月六號，天氣晴——

整個世界都是黑色的。

壹

女人窩坐在陰暗客廳沙發上，斜斜望著窗外天色漸暗的天空。

擱在腿上的筆記本那頁空白一片，她坐了好幾個小時，沒有寫出半個字——

她從學生時代便極愛寫日記，寫滿一本又一本，她生得漂亮、腦筋聰明，過去在學校裡可受歡迎了，當年日記裡寫著各式各樣的追求者。

直到她認識了她老公，兩人成爲校園裡人人欣羨的一對兒。

他們出了社會，各自找到一份待遇優渥的工作，然後結婚，一步一步按照計畫往前，他們購入新屋，正裝潢著，他們打算在搬入新家之後，替新家製造個新生命。

一切的一切，都是那麼地美好。

他們除了每日討論新家裝潢外，也討論著將來的孩子姓名。

但不知道爲什麼，突然之間，整個世界轉眼變了樣。

精準點說，應該是她眼中的世界——本來是如此地美好，但不知爲何，一切都變得枯燥乏味。她對新家沒興趣了、對工作沒興趣了、對孩子沒興趣了、對老公也沒興趣了、對過往迷戀的影集和一切娛樂都沒興趣了。

甚至對「活著」也沒興趣了。

她覺得活著很累。

她如果看得見廳桌側邊單人沙發上還坐著一個黑衣男人，肯定會將那黑衣男人當成前來迎接她的死神吧。

但她看不見他。

因爲他非陽世活人。

他蓄著長髮，紮成馬尾，全身上下除了一張俊美蒼白的臉孔外，從頭到腳全是黑色——黑風衣、黑皮褲、黑T恤、黑手套、黑皮鞋以及黑墨鏡。

男人當然看得見她，也看得見她腿上那本日記本裡每一頁內容。日記裡記錄著這兩個月來她的心情變化。

男人望著女人憔悴臉龐，默默無言站起身，走出陽台，望著陰暗天空。

下一刻，他的身影已經蹲坐在對樓水塔頂端，從他所處位置往下瞧，能夠看見那陰暗客廳裡的女人遠望天際的一雙眼睛。

毫無生機的一雙眼睛。

她的身體是活的，但心像是死了。

黑衣男人從口袋裡掏出兩只小玻璃瓶，裡頭裝著瑩亮的濃稠液體，這東西叫作「快樂」，是人心中的快樂。

對面陰暗客廳裡那女人，不久之前被他竊走了快樂，於是她腦袋裡就只剩下不快樂了。

她看不見黑衣男人，不知道自己究竟怎麼了，只知道每天一睜開眼睛，就是滿滿的不快樂，嚴重到辭去工作，對整個世界都不感興趣了。

她當然也不會知道，那黑衣男人是陰間某個貪食陽世活人快樂的魔頭的得力手下——

「夜鴉」。

夜鴉今天也弄到了好幾瓶快樂。

對象有男有女、有老有少。

他在晚空樓宇間縱身飛躍，背後一雙黑色巨大羽翼時隱時現，幾分鐘後，他穿入一棟高樓某戶。

高樓這戶住宅無人居住，屋中是建商標準裝潢，屋主大概是個有錢沒處花的投資客，購入後閒置至今，連出租都懶。

夜鴉手一揚，插在幾處角落大大小小的蠟燭霎時閃耀發亮，燃起五顏六色的火。

浴室浴缸蓄著一缸水，鮮紅似血的水，水面上隱隱漂浮著一圈青亮符籙光圈，這是通往陰間的門——鬼門。

空蕩蕩的客廳一角，擺著幾只大行李箱，角落地板堆著一百幾十只玻璃瓶子，每只瓶子都裝著七、八分滿、瑩瑩發亮的「快樂」。

明日午夜，他就會將這些快樂收入行李箱，帶下陰間獻給魔王「喜樂」，他覺得喜樂爺應該會大大讚許他一番吧，畢竟他是喜樂爺頭號心腹，數個月來，他領命前往陽世，到手一百幾十瓶快樂，足以擺成一桌滿漢全席，讓喜樂爺享用許久了——

他覺得即便自己現在回陰間，也能受到喜樂爺盛大歡迎，但眼前這堆滿漢全席，就像是一條尚未點睛的龍，少了道最重要的菜，是他自數月前醞釀至今的主菜中的主菜。

他走到那堆快樂旁，彎腰拾起一只空玻璃瓶。

那玻璃瓶比其他玻璃瓶都大上一號，金屬瓶蓋上寫著特殊符籙，這是他親手打造的「壓縮瓶」，能夠收納超出瓶子外觀容量數倍的快樂。

這是特別爲她打造的。

她十分特別。

二十出頭、留著及肩中長髮，外貌雖然不如電視明星、網路美女那樣耀眼動人，但散發一種清秀爽朗的鄰家女孩氣息。

她特別之處，在於她心中似乎蘊藏著取之不盡的快樂，這堆一百幾十瓶快樂裡，有七、八瓶是從她心中竊得的；一般人只要被竊取一次快樂，就會變得和剛剛那女人一樣，整個世界天崩地裂、漆黑如夜，甚至成爲一具行屍走肉；少數天生樂觀的人，恢復得快些，但至少也要數週到幾個月之後，才能漸漸恢復往昔心靈，重新累積快樂。

她是夜鴉受命上陽世不久便遇上的目標，她是第一個讓夜鴉竊取快樂時感到窘迫的人——

那是一個晴朗假日午後，她獨自一人在書店閒晃，他來到她面前。

她和所有人一樣，看不見他，直直往前走；他也沒讓道，默默讓她「穿身」走過。

他在與她穿身之際，微微閉眼，嗅出她的與眾不同，知道她是一道「可口大餐」，他轉身跟著她，打量她全身上下，考慮該用何種方式提取她的快樂——

每個人最適合的提取方式不同，這是喜樂爺欣賞他的地方，喜樂爺派出眾多手下上陽世竊取快樂，每人手法不同，竊取回來的快樂品質也不同，他總能用最佳的方式，取得品質最佳的快樂。

他伸手按上她後腦，令她彷如墜入夢境般呆滯恍神，跟著來到她身前，低頭與她長吻——這是夜鴉幾十種竊取快樂的方式裡其中一種。

他望著她迷濛雙眼，還探頭嗅了嗅她額頭和胸口，覺得她心中快樂仍然充足，或許還能再裝滿一瓶。

他挺喜歡用這招竊取年輕女孩的快樂。

她持續恍神，他吸飽了快樂，從口袋取出玻璃瓶，將吸得的快樂緩緩吐進瓶中。

他再次親吻她，取得第二瓶快樂。

令他訝異的是，她心中快樂，似乎遠遠不只這兩瓶——而他身上已經沒有空瓶了。

他側身退開一步，伸手在她耳際彈了彈指，令她恢復神智。

她呆愣幾秒，眉宇間隱隱流露出哀傷，但深深吸了口氣之後，隨即恢復正常，在書店又晃了兩圈，選中了幾樣文具，微笑結帳。

夜鴉始終跟在她身後。

他覺得她太特別了，他得記下她住哪兒，他盯上她了。

她住在一個中古大樓裡的一間小套房，小套房不算新，但顯然花費一番心思布置過，兩面牆上貼著一張張她的手繪卡片，穿插懸著一條條五彩繽紛的LED燈條，倘若關上大燈，開啓兩面牆上的LED燈條，整面牆星光閃閃，乾淨素雅的套房立時像是墜入星河、置身煙花團中般。

她洗了個澡，獨自在書桌前寫寫畫畫，不時敲擊筆電和同事朋友聊天；入夜之後，她關上主燈，在五顏六色的星點光芒中入睡。

夜鴉來到她身旁俯身，深深吸嗅她心中快樂氣息。

當晚，他便返回陰間備齊大批工具、材料，準備打造一只特製壓縮瓶，一口氣竊光她的快樂；他順便和幾個親近嘍囉閒聊，探探其他幾個被喜樂爺派上陽世的傢伙們的「進度」。

近一年前，第六天魔王在陰間富商年長青的酒樓貴賓包廂內舉辦了場祕密會議，聯合煩惱魔喜樂、眾閻王城隍、陰間奸商和律師、陽世黑道，商討一舉擊潰太子爺乩身韓杰的計畫。

當時夜鴉作爲煩惱魔喜樂手下頭號大將，上陽世每日向韓杰約戰，消耗他精力心神、令他疲於奔命、苦不堪言。

直至閻羅殿大審，第六天魔王與煩惱魔喜樂率領陰間巨獸、數殿閻王、十餘城隍、黑白無常、上百陰差與千名黑道惡鬼將下陰間替王智漢平反冤屈的韓杰等人團團包圍，最終卻被破空下凡、遁地降駕，且得到關帝爺青龍刀奧援的太子爺打得狼狽敗退。

第六天魔王被斬去半邊身子。

喜樂見苗頭不對，早一步帶著夜鴉撤逃。

那戰之後，陰間勢力發生了巨大變化，兩魔王地盤被其他勢力瓜分吞食，意氣風發的太子爺還三不五時令韓杰下陰間落井下石，將喜樂、第六天魔王舊有地盤勢力一一擊破。

喜樂幾處囤積快樂的倉儲被韓杰與陰差聯手攻陷，韓杰將那些從活人心中竊得的快樂帶回陽世，交由媽祖乩身陳亞衣處理，想辦法「物歸原主」——自然，大部分快樂難以查出原有主人身分，只能上繳天庭，讓天庭醫官重新煉治，分批挑選良辰吉日，隨著風雨灑下陽世，撫慰人心。

喜樂損失了大量快樂，心急焦躁，他過去那優雅舉止、美貌容顏、雪嫩皮膚，全來自人心快樂的滋潤，現在快樂短缺，他只好派出手下心腹，上陽世大肆搜刮。

夜鴉便是他派上陽世搜刮快樂的其中之一。

喜樂原本勢力龐大、地盤甚廣，但他在逃亡躲藏時，丟棄了多數地盤，也將本來分派看管各地勢力的小頭目全聚回身邊，集結成一支精英部隊，躲藏在陰間隱匿區域。

現在這批包括夜鴉在內的精銳小頭目們的首要任務，就是上陽世替喜樂盜取快樂。

這不免令夜鴉燃起了競爭意識，過去他作爲喜樂隨身心腹，統領大批嘍囉，現在喜樂將外派各地的小頭目全召集回身邊辦事，這些小頭目各有各的本事，他不想落於人後，丟了「喜樂手下第一大將」這頭銜。

因此數個月來，他卯足全力在陽世搜刮快樂，想要一口氣領先其他競爭者，維護自己在喜樂心中的地位。

他自認手段高超，對四處蒐集來的快樂的品質深具信心。

明天，他即將要去「採收」那道他醞釀了數個月的她。

當時他記下了她的住處，返回陰間，帶齊工具，一邊製造壓縮瓶、一邊繼續搜刮快樂、一邊抽空觀察她每日作息，做足了功課，使用擬人針化出真實肉身。

他想讓她愛上自己。

目的是讓她心中的快樂昇華到足以讓喜樂瘋狂的地步。

他每日默默觀察，摸清她日常喜好習慣，他知道她喜歡在下班回程前往某間書店閒晃、添購文具，返家之後筆記塗鴉、做點手工小物。

夜鴉替自己虛構了身分和故事，刻意製造一連串巧合偶遇，有一搭沒一搭地與她攀談，向她請教幾樣文具的使用方法，說想紀念已逝親友，做幾件手工飾品——那飾品「剛好」都是她擅長且同樣喜歡的，她自然樂意願意與他分享做法。

他們交換了聯絡方式，一開始每晚暢聊，從文具、手造飾品，聊到生活與家庭。

他每晚躺在女孩那粉色單人床上，瞥著床旁伏案書桌的女孩笑咪咪地敲著筆電回覆自己的留言，然後用手機回覆她的訊息——他那經過改裝的陰間手機，不但可以接聽陽世電話，也能直接用陽世通訊軟體傳遞訊息。

他從女孩盯著他訊息的目光，和她身上散發出的香氣，得知她心中快樂比之前更豐盛美滿了。

這招其實是夜鴉從嘍囉口中打聽到某個競爭對手的慣用手段——

「鳳凰」擅長以魅術迷惑男人、累積足夠快樂之後，一口氣沒收。

鳳凰還有個死黨「麻雀」，麻雀外表像個純真無邪的可愛少年，性情卻頑劣調皮，喜歡捉弄人，負責在鳳凰回收快樂之後，進一步對目標對象製造「痛苦」。

喜樂不但嗜食快樂，更愛痛苦。

痛苦無法像快樂一樣從人心中直接抽離，而是深植在魂魄裡，麻雀的任務就是鎖定被鳳凰奪走快樂後的活人，進一步將他逼上絕路，取得那千瘡百孔的靈魂，帶下陰間獻予喜樂。

夜鴉覺得自己即便不靠鳳凰那神奇魅術，也能哄女孩開心、提升快樂。

數月下來，他與女孩相識、約會進而交往，一步步踏進她心房。

像是釀酒般，持續釀製她心中快樂。

在女孩眼中，夜鴉除了外表英俊帥氣外，就連習慣、觀念、喜好都與她契合之至，彷彿是上天專程替她量身打造、賜予給她的眞命天子般——這自然是夜鴉每晚直接在她房中觀察她舉止習慣、與其他朋友通訊聊天記錄，摸清她一切喜好、做足功課後刻意演出成她最喜歡的模樣的結果。

他凝視著手中特製壓縮玻璃罐，心想明晚就能帶著這堆快樂返回陰間獻予喜樂，他有信心屆時這只壓縮玻璃瓶裡的快樂，品質絕對高得讓喜樂拍手歡呼，他可不願被其他人比下去，他要穩穩扛著喜樂手下第一大將這頭銜。

叮咚——

他手機訊息聲響起，下班的她傳訊來了。

他捧著壓縮瓶，倏地縱身，竄上這高樓水塔頂，俯瞰入夜後五光十色的城市，一面與她傳訊。

不知怎地，今晚他不想去她房裡了。

他已經摸清她的一切，明日就是採收的時刻了。

現在他即便不在她房中、不在她身邊、不望著她的臉，都能猜出對方看見自己每一則訊息時的神情變化。

貳

陰間邪道爪牙上陽世毀人心智、害人自殺，給我查查，媽祖婆乩身有些消息，向她探探——

咖啡廳裡，韓杰向陳亞衣展示籤鳥小文叼出的最新籤令。

陳亞衣望了望籤令，將籤紙遞還給韓杰，說：「媽祖婆那邊的消息，確實聽說有批傢伙上陽世害人憂鬱，甚至自殺，方法不只一種。」

「害人憂鬱？這能幹嘛……啊！」韓杰皺眉思索半晌，突然想起了什麼。「我想起底下有個傢伙，把凡人快樂當成養顏美容的藥……」

「韓大哥，你是說那第六天魔王的好朋友……」陳亞衣問：「煩惱魔喜樂？」

「是呀。」韓杰點點頭，說：「之前我下去好幾趟，燒了他許多貨倉，搶回好幾批快樂……」

「所以他沒有快樂可以保持青春了，所以……」陳亞衣想了想，問：「但為什麼直到現在才突然有動作？」

「可能那時候我沒清乾淨。」韓杰說：「他比老鼠還會藏，他還有些庫存，現在……」

「庫存用完了。」

「很有可能。」韓杰取出手機，他的手機裝有陰間商人朋友小歸提供的最新APP，能讓他傳訊甚至直撥下陰間，他撥了通電話至小歸保全公司裡一個特殊部門，部門成員都是他過去住處的「老鄰居們」，那部門直接聽從韓杰命令行動，隊長叫作王小明。

韓杰大致說明來意，吩咐王小明替他探探底下風聲，跟著又傳了幾封訊息給陰間城隍府裡的馬面顏芯愛，告知她喜樂近期可能興風作浪，要她知會俊毅，幫忙提供點線索。

他最後一則訊息正敲到一半，突然收到許保強和董芊芊分別傳來的訊息——

「韓大哥，學校出事了，有老師要跳樓，情況不對勁！」

「韓大哥，學校老師身上長出奇怪的情花，不是一般的情花，是經過施法的情花，施法者在附近，我感覺得出來，那人很兇。那……應該不是人。」

韓杰立時起身準備前往支援許保強和董芊芊——

許保強是鬼王乩身、董芊芊是月老弟子，和韓杰、陳亞衣一樣，同為神明使者，兩人都還是高中生，韓杰受令長期看照兩人，保護兩人安危、帶領兩人成長。

「我現在沒事，跟你一起去看看他們。」陳亞衣聽韓杰提過他倆，此時聽說發生狀況，也跟著出店發動機車，隨著韓杰騎往兩人高中。

□

夜鴉穿著休閒西裝外套，裡頭是米色薄毛衣、裹著她親手編的褐色圍巾，佇在捷運車站旁滑玩手機。

他和女孩約會時，形象與平時陰沉冷酷的殺手裝扮截然不同，像是個帥氣開朗的鄰家大男孩，全身上下沒有一點黑，下身也是牛仔褲搭土色休閒鞋。

原本的長髮馬尾，變成了稍稍用髮蠟抓出造型的陽光微鬈短髮；就連眉宇五官，都和眞實的他有些不同，自然是參考她喜歡的偶像男星調整雕塑而成。

「阿鷹──」女孩的聲音自夜鴉身旁響起。

女孩來了，她朝夜鴉微微一笑，拉起他的手，替他戴上一條銀色手鍊，跟著對他揚了揚自己手腕那條樣式差不多的銀鍊──兩條銀鍊各自懸著半枚愛心，兩枚半邊愛心邊緣那閃電裂紋，像是拼圖般，能夠完美嵌合成一顆心。

「好精緻。」夜鴉牽起女孩的手，兩人捏著彼此手鍊上那半顆心，嵌成一顆心。

「這對愛心墜子我找好久才找到喔。」女孩笑著說。

上週他們約會時，本來說好要買對情侶手鍊，但挑來挑去，就是挑不到喜歡的樣式──女孩擅長手工，總覺得從文藝市集到商場專櫃裡那千把塊到數千元的情侶對鍊，總是少了點什麼，她便起了自己動手做的念頭。

她花了點時間，找了幾家手作材料行，從鍊材到墜飾，雖然不是貴重金屬，但造型精巧，造出來的對鍊，外觀一點也不輸高級飾品。

「我也有東西給妳。」夜鴉也從斜背包裡掏出一隻孩童拳頭大小、造型古怪可愛的手工金屬貓頭鷹，貓頭鷹兩隻眼睛是層層疊疊的齒輪，造工精美，像是文藝市集裡的手工擺飾。

「天啊，好可愛！」女孩驚喜接過，捧在掌心細細玩賞，那貓頭鷹兩隻齒輪眼睛，還能用手指撥動——夜鴉本便擅長手工打造各式各樣的武器道具，過去雖未造過公仔擺飾，但造隻小巧金屬貓頭鷹，對他而言不過是舉手之勞。

「它叫什麼？」女孩問。「小鷹？」

「叫蓉蓉。」夜鴉答。

「蓉蓉是我。」她說：「這個叫小鷹。」

「小鷹我正在做。」夜鴉說：「比蓉蓉大隻一點。」

「那你應該先做小鷹，蓉蓉你自己留著呀。」蓉蓉說。

「小鷹做好了也給妳呀。」夜鴉說：「兩隻擺一起。」

「那你不就沒有了。」

「妳可以做一對送我呀。」

「好。」蓉蓉用臉蹭了蹭夜鴉的肩。「我想看看怎麼做。」

兩人步入捷運車廂，往北邊海岸方向前進——夜鴉身為喜樂頭號大將，時常上陽世行動，在陽世也有一筆資金可以動用，為了討好蓉蓉及其他女孩，他大可買輛名貴轎車代步，但過去他不論在陰間還是陽世，頂多偶爾搭乘手下的車，從未自行駕車——他不會開車。

他背後有雙喜樂賞賜的巨大黑翼，他習慣在天上飛。

對他來說，在夜空飛行自在多了，汽車要費心駕駛、要記一堆交通規則，速度不上不下，彆扭得很。

所幸蓉蓉並不介意與他搭乘捷運出遊。

那麼在蓉蓉之後，其他女孩若是介意呢？

那也不難，反正他有批嘍囉，屆時眞需要汽車代步，買輛車，指派個嘍囉上來擔任駕駛，自己扮演富少也行。

他在駛向北方的捷運列車上，一手摟著蓉蓉，靜靜盯著拉著拉環的手腕銀鍊上那半顆心。

以後他都要用這樣的方法替喜樂奪取快樂了嗎？

要是被鳳凰知道了，會不會笑他模仿自己？不，他並未使用迷魂法術，而是眞材實料地讓一個陽世活人愛上自己，坦白說，鳳凰眞要用美貌擄獲男人，一樣辦得到，只是鳳凰沒他這樣的耐心，不但夜夜做功課觀察，爲此飾演一個從裡到外都不像自己的人，甚至爲她打造手工貓頭鷹。

此時鳳凰雖也在陽世活動，但每天花在工作上的時間，肯定沒他多，此時她說不定還在海邊度假看海，看得膩了才開始挑選下一個迷惑目標。

至於麻雀，大概在山裡玩耍，等候鳳凰聯絡。

還有一個火雞，偶爾會跟麻雀、鳳凰合作，偶爾自行出動，夜鴉和這批喜樂從各地地盤招聚回身邊的手下並不太熟，只知道鳳凰冷艷虛榮、麻雀調皮頑劣、火雞暴躁易怒——火雞過去是喜樂手下的戰將打手之一，並不負責蒐集快樂，現在也只懂得用現成道具吸盡活人快樂之後，粗魯地製造痛苦——

方式是簡單廉價的暴力。

除了上述三個競爭者外，這次上陽世替喜樂搜刮快樂的還有另一個傢伙——「血蝠」。

血蝠並非喜樂直屬手下，而是喜樂在其他魔王友人介紹下，聘僱而來的臨時僱傭兵。

夜鴉沒有見過血蝠本人，只知道他過去獨來獨往，偶爾接些各大魔王付費案件，行事低調——喜樂偶爾回想先前閻羅殿大審那時，會嘆息當時倘若聘僱血蝠幫忙，讓他代替夜鴉上陽世對決韓杰，或許能夠一舉成功。

喜樂的評價令夜鴉十分介意。

這也是他這陣子如此認眞與蓉蓉交往、培養她心中愛意與快樂的緣故，他絕對要帶著最高品質的快樂回陰間獻予喜樂，他有信心自己帶回去的快樂，遠遠勝過其他三人。

畢竟他身旁的蓉蓉，像是一個快樂製造機，是他生前死後所見過最樂觀的人。

此時蓉蓉倚在化名「阿鷹」的夜鴉懷裡，托著那金屬貓頭鷹，笑咪咪地思索著自己要怎麼造對公仔，回送「阿鷹」，讓兩個人床頭都擺著一對「蓉蓉和阿鷹」。

「你平常喜歡做什麼？」

「我喜歡在天上飛。」

「在天上飛？」

「我說錯了……我是說我的夢想是能在天上飛……」

某次夜鴉一面傳訊與陰間嘍囉聯繫，一面隨口與蓉蓉聊天，無意間說溜了嘴，說出了眞心興趣——飛；他只好改口，說那是自己的夢想，他說他想像一隻鳥，自由自在地在天上飛，而不要像隻老鼠，在陰暗的水溝中流竄躲藏。那是他生前寫照，也是他剛死時在陰間的處境，在得到喜樂賞識之前，不論活著死著、當人當鬼，他都過得像隻老鼠一樣，不停不停地躲藏仇家。

喜樂賜給他一雙巨大羽翼，讓他能夠威風凜凜地在天空翺翔，這是讓他死心踏地效忠喜樂的理由之一。

「好浪漫的夢想，如果可以當一隻鳥，你想當什麼鳥？」

「當然是老鷹。」

「老鷹？怎麼不當貓頭鷹？」

「貓頭鷹？妳是說那種眼睛大大的怪鳥？」

「才不是怪鳥，貓頭鷹很可愛耶。」

「可是我覺得老鷹比較帥，也強大，沒有任何人能欺負老鷹，老鷹是天空的王者。」

「你想當王者呀？」

「不，我只想要自由地飛。」

「我跟你說，我很喜歡貓頭鷹喔。」

「我當老鷹、妳當貓頭鷹，我可以帶妳一起飛，在我翅膀底下，沒有人敢欺負妳。」

「那你記得飛慢點，貓頭鷹比較小隻，飛得沒老鷹快。」

「好。」

兩人步出捷運站，循著擁擠人潮穿過老街，沿途嚐嚐小吃、逛玩各式各樣的店面，這觀光景點假日人潮極多，擁擠得令夜鴉心中煩躁，但他一點也沒有將這煩躁表露在臉上，而是稱職地扮個完美男友。

按照他倆計畫，他們逛完老街之後，會繼續向北，抵達下一個觀海景點，在當地旅館住宿一夜，隔日傍晚返家。

但是按照夜鴉私人計畫，他會在今夜展開行動，找個適當時機——或許是觀星，或許是看海，或許在兩人親熱溫存時，他會開始竊取蓉蓉的快樂，直到灌滿那特製壓縮瓶，然後不告而別——

那麼屆時被取走心中一切快樂的蓉蓉呢？

「我問妳一個問題。」夜鴉持著一支高高的霜淇淋，望著河岸彼方。「如果妳一覺醒來，發現自己最愛的東西消失了，妳會怎麼樣？」

蓉蓉吃著霜淇淋，說：「會去找它呀。」

「找不到呢？」

「一直一直找下去呀。」

「那……如果妳發現自己再也找不回同樣的東西時，妳怎麼辦？」

「那我會大哭一場，然後把眼淚擦乾，祝福它，也祝福我自己的未來。」

「妳是我見過最樂觀的人。」

「開心地過也是一天、難過地過也是一天，爲什麼不選前者呢？」

「妳很棒，我就喜歡妳這一點……」

「你不開心嗎？」蓉蓉望向夜鴉。「我以爲你無憂無慮。」

「現在我確實沒什麼憂慮。」夜鴉淡淡笑說：「以前比較辛苦一點。」

「多久以前呀？」蓉蓉問：「我沒聽你說過你的過去。」

「我的過去……」夜鴉遠眺河岸，一時無語，好半晌才說：「妳也沒對我說過妳的過去呀。」

「我的過去不太開心，每天擔心受怕，我只記得小時候，爸爸欠了債，一天到晚帶著我和媽媽搬家躲債主，媽媽每天哭，她一哭我也跟著哭……」蓉蓉吃著霜淇淋，淡淡地說：「後來……我答應阿姨，以後每天都要開開心心地過，就算受傷、就算跌倒，也要站起來——我阿姨對我說，度過黑夜，就能見到曙光；撐過風雨，就能看見彩虹；熬過寒冬，就能迎接春暖花開……」

「阿姨？」

「我媽媽的妹妹，在我爸爸媽媽過世之後，阿姨收留了我，照顧我很多年，就像是我第二個媽媽……幾年前，她生病過世了……」蓉蓉微笑說：「她對我說的話，我會永遠記得。」

參

韓杰和陳亞衣抵達許保強與董芊芊高中時，遠遠在校門外往裡頭望，只見幾群聞風趕來的記者們被校方人員擋在門外，韓杰從兩人後續傳來的訊息得知，那跳樓老師從五樓墜下，身上多處骨折，但意識還算清醒，被緊急送醫。

放學過後，四人在那老師急救醫院外速食店內會合。

許保強和董芊芊你一言我一語地說明情況——

「我前兩天開始注意到老師有點不對勁。」董芊芊是月老弟子，任務是一旦發現凡人身上桃花出現異常病徵，便繪製紅墨蟲醫，治療那些腐病桃花，以免那些為情所苦的人們失控發狂、傷人傷己——自然，一般正常愛戀過程裡分分合合、單戀苦戀的情傷與悲歡離合，並不在董芊芊出手干涉範圍內，會被董芊芊察覺到異常的個案，多半是嚴重到危及當事者身心健康，或是受到「外力」影響的桃花。

這些「外力」，包括了心懷不軌的術士邪術，或是受到徘徊陰陽兩界的鬼魅纏身，甚或是某些人格異常的恐怖情人。

至於鬼王乩身許保強的主要任務，則是在董芊芊處理這些腐病桃花，遭遇那些旁門術士、鬼魅惡徒威脅時，挺身保護她。

「怎麼個不對勁法？」

「就跟……之前被那蜘蛛魔女手下下藥的女人類似……」董芊芊知道韓杰、陳亞衣等看不到她口中的桃花，只能試著用大家都能理解的方式說明：「就是……老師身上的桃花，被個怪東西纏上了。」

「什麼樣的怪東西？」

「是一片片羽毛，五顏六色的羽毛；那些羽毛根部很銳利，像是飛鏢一樣，插在老師的桃花莖株花瓣上，將老師的桃花插得遍體鱗傷。」

韓杰想了想，說：「妳想說，那不是正常的桃花狀態，而是人爲影響？」

「對。」董芊芊點點頭。

「重點是——」許保強插嘴。「那傢伙現身了！」

「那傢伙？」

「是個女人。」許保強望了董芊芊一眼，繼續說：「好像是老師的情人，老師剛跳樓，她不知從哪裡冒出來，一下子就跑到老師身邊，蹲在老師身邊哭……」

「等等。」韓杰打斷許保強的話，試著在腦海裡還原當時情景。「你是說，你們老師跳樓，然後有個女人，出現在他身邊哭？這啥狀況？」

「她不是普通女人，她很強！」許保強瞪大眼睛，認眞說：「我跟芊芊在樓上，聽到外面騷動，跑出教室從樓上遠遠看，我一看到她，就知道她很強！她不是人，她是鬼，但比一般孤魂野鬼強多了，她是有修煉過的，就像、就像……」

「就像……半年前那蜘蛛魔女？」韓杰問。

「是沒那蜘蛛阿姨那麼強……」許保強說：「但是……我覺得我就算用了『鬼見愁』，可能也打不贏她……」

「……」韓杰望著許保強，認眞思索——數個月前，許保強還是個菜鳥乩身，只會幾招騙鬼、哄鬼的拙劣法術，那時正值暑假，月老出了份暑假作業，要董芊芊醫治一個個桃花病案，許保強則負責保護董芊芊。當時有個棘手案件，背後主謀是陰間第六天魔王愛寵之一的見從；見從是即將成魔的準魔女，在自己身上接上了三條魔臂，窮凶極惡，最終韓杰使出渾身解數，加上鬼王降駕助拳，這才成功擊敗魔女，用三昧眞火將她燒成灰燼。

開學之後，許保強每天下課，就去鐵拳館幫忙兼健身，數月下來，不僅身材壯了一圈，且更加能夠掌握鬼王法術；經過那次生死大戰，許保強彷彿脫胎換骨，在韓杰監督下，他進步神速，已能隨意使用幾種鬼臉法術，即便是難度較高的「鬼求道」、「鬼見愁」，在必要時刻也能穩定控制。

他那「鬼見愁」鬼臉一旦擺出，頭會生角、犬齒突出，雙臂粗壯得像是大猩猩，一拳就能轟飛野鬼，張口能啃鬼食魔；韓杰帶他跑了幾趟驅鬼除魔的任務，都讓他自由發揮，一般惹事惡鬼，根本擋不住鬼見愁的粗野蠻力，讓許保強得意洋洋，直說很快就能趕上韓杰——這麼浮誇好強的他，竟會承認碰上「鬼見愁也打不贏的對手」，表示對方確實不是一般陽世鬼物。

「那個女人一現身……」董芊芊接著說：「插在老師桃花上那些看起來很兇的羽毛，突然溫柔了，老師本來那朵破碎桃花也變漂亮了，像是熱戀一樣。」董芊芊說：「我感覺得出來，那女人能夠控制那些羽毛……那些羽毛的氣息，跟她身上的氣息一模一樣……」

「所以……」韓杰說：「那個女鬼不但很強，還會很厲害的魅術，緊緊抓著你們老師的心。」

「對。」許保強和董芊芊點點頭。「應該是這樣。」

「等等……」陳亞衣插口說：「那現在，你們老師在醫院急救，那女鬼——」

「現在不在老師身邊。」董芊芊這麼說——她在老師被抬上救護車、那女人也同車離去時，便持著水筆在掌心上畫出紅墨蜻蜓，一路追車跟蹤，透過蜻蜓定時傳回的線報，得知老師此時仍在加護病房觀察，奇異女人則不知去向。

「我有個問題。」韓杰問：「你們說，前幾天就發覺那位老師不對勁，除了他的桃花狀況之外，他看起來是不是不快樂？」

「不快樂？」許保強和董芊芊相視一眼，不曉得韓杰為什麼這麼問。

「我這邊得到的籤令，說有個地底魔王，派手下上陽世蒐集快樂。」韓杰簡略地說明了煩惱魔喜樂與第六天魔王及愛寵見從間的關係，及那「快樂」的意義。

「這個……」董芊芊遲疑地說：「我不曉得，這兩天全校都知道，那位老師情緒起伏很大。」

「對呀！」許保強補充：「一下子哭、一下子笑，前天跟主任吵架，今天又笑著道歉，到了下午突然又發瘋，要跳樓，要說『不快樂』嘛……更像是發瘋了……」

「……」韓杰默默回想年初閻羅殿大審事件時，東風市場鄰居美娜，被夜鴉盜去快樂之後，失去生機、跳樓尋死，所幸並未身故——最終天生樂觀的她，熬過一段漆黑空虛的時光，找到屬於自己的幸福，與死黨介紹的老實人交往，聽說已論及婚嫁。

韓杰指了指許保強，說：「一般枉死鬼再怎麼凶，也凶不過小強的鬼見愁，按照時間推算，你們老師自殺時，還是白天；能白天出沒、道行又這麼高的鬼，通常是底下上來的高手。」

「底下上來的高手？」許保強和董芊芊問。「上來幹什麼？」

「我案子裡頭那些『高手』，上來是爲了替他們老大蒐集『快樂』。」韓杰說：「我不確定纏上你們老師的那女人，是不是我正在查的那批人之一，如果是的話，那一切就說得通了。」

「蒐集快樂？那跟桃花有什麼關係？」許保強先是困惑，跟著轉念一想，啊呀一聲：「韓大哥，你的意思是……談戀愛，會讓人變得很快樂，所以那女人先讓老師愛上她，讓他更快樂，然後再偷走他的快樂？」

「對。」韓杰說：「所以如果眞是這樣的話，你們老師應該已經被偷走快樂了，不過……」他說到這裡，望向董芊芊。「但妳剛剛說，女人出現之後，老師的桃花變得更美了，這表示——」

「如果老師是因爲被盜走快樂才想不開，那女人等於已經完成任務了，爲什麼還會現身？」董芊芊聽出韓杰的意思，接著說：「老師被抬上車前，大家都聽到他說話——他說自己沒愛錯人，雖然大家都聽不懂，但是老師的聲音聽起來……感覺很開心，像是中了頭獎一樣。」

「這就奇怪了……」韓杰抓抓頭——按照夜鴉當時說法，他盜美娜快樂，是件輕而易舉的事；即便先讓人陷入熱戀，再一口氣盜走更多快樂，那麼那女人照理說已經成功了，又何必再現身，甚至陪同老師就醫，讓老師帶著盛開桃花開心入院急救？

「韓大哥，我想起那個孕婦。」許保強這麼說。「你還記得她嗎？」

「記得。」韓杰點點頭。「我也想到她。」

許保強口中那孕婦，是數月前董芊芊暑假作業裡其中一起病例，起初眾人發現孕婦企圖服毒求死，本來以為是她病逝丈夫魂魄想要拉她一同死，最後才發現是那孕婦受不了丈夫離世，桃花變異，反而纏上丈夫。

「你們想說那女人現身，其實是來救老師的？」董芊芊露出疑惑神情。「但是……我總覺得，纏著老師桃花上的那些羽毛，一下子把老師的桃花插得破破爛爛，一下子把老師的桃花哄得甜蜜盛開，就像、就像——」

「就像一個夜店玩咖，玩弄一個老實女孩……」韓杰若有所思。「要她哭就哭，要她笑就笑？」

「嗯。」董芊芊點點頭。

□

夜深人靜，病房裡兩張床，一張空著，另一張躺著年輕男人——那自殺老師。

年輕老師雙腿嚴重骨折，裹著厚重石膏，全身纏得像是木乃伊般，一張臉卻幸福滿溢，深情望著守候在身邊那美麗女人。

半小時前，才剛清醒的年輕老師，一聽手機鈴聲，急著要趕來照顧他的母親協助他接聽手機，跟著像是著了魔般不顧脖子還裹著頸椎護套，連連點頭，口齒不清地答是；他掛了電話，催促母親返家休息，稱女友等會兒就會來照顧他。

母親聽兒子這麼說，狐疑問了個名字。

老師說不是，講了另個名字。

母親惱火怨懟，說別讓她來——老師本來有個交往多年、論及婚嫁的女友，兩個月前不知吃錯了什麼藥，與女友分手，結識了新女友；母親沒見過那新女友，只聽兒子將她捧上了天，說她才是自己的眞命天女。

但從那開始，老師的情緒像是洗三溫暖般動盪劇烈，有時雀躍欣喜若狂、有時痛苦彷如世界末日；母親不知道兒子交往細節，只隱約知道兒子那新女友還有其他追求者，兒子心情動盪，自然跟與新女友間紛擾糾葛脫不了關係。

總之，她絕不想承認兒子這新女友，她很想逮著機會，把她大罵一頓，要她離兒子越遠越好。

她聽兒子催她回家，本來惱火，轉念一想，索性假意答應，收拾東西匆匆離去，卻在病房外守著，直到那新女友飄逸身姿遠遠走來。她起初不確定這妖嬈女人是否就是兒子新女友，但見女人走過自己身邊，轉進病房，便確定無誤了——病房裡兩張床，便只兒子一個病人。

她立時跟著轉入房中，冷冷跟在新女友身後，一同來到兒子床前。

年輕老師一見女人現身，歡喜得像是想從床上蹦起，但見母親跟在後頭，又尷尬得惱羞成怒，嚷嚷埋怨母親怎麼還不回家。

母親吸了口氣，正要發難，與女人四目相交，見女人朝她微笑眨了眨眼，卻突然又覺得這新女友越看越是喜歡，滿腹怒氣一下子消失無蹤，接過女人遞上的水果禮盒，熱絡攀談半晌，反而埋怨起兒子怎麼不早點將女友帶回家介紹給父母。

老師見母親也喜歡她，臉上的幸福像是要從眼耳口鼻溢出般，漲紅著臉說著新女友種種好處，說剛剛她已經答應了自己的求婚，等他康復出院，兩人就要正式公證，廝守終生。

母親說那有什麼問題，還說回去要說服老師父親，提出多年積蓄，替兩人買間房當新屋。

女人微笑要母親早點回家休息。

母親像是聽話的孩子般，寒暄幾句，喜孜孜地離去，將兒子準備結婚的好事告訴丈夫。

女人在年輕老師身旁坐下，伸手輕撫著他的臉，與他情話綿綿好半晌，討論著蜜月地點。

然後，女人說要切水果給他，從禮盒取出一顆梨，外出清洗。

年輕老師躺在床上，只覺得這段時間的忐忑煎熬全化成雲煙，心情像是暴雨過後的彩虹般夢幻美麗。

他忍不住流下眼淚，淚水的滋味不是難過，更像是苦盡甘來後，充滿了幸福和快樂的淚水。

叮咚——

叮咚——

女人擺在他床頭小櫃上的手機，發出一陣陣訊息提示音。

他一聽見那聲音，像是嗅到猛犬的貓般警覺起來，用盡全力掙扎抬身，伸長了手取來手機。

女人手機沒加密沒上鎖，一則則新訊息全來自同一個男人——他的情敵。

他見到幾則訊息上節錄片段那曖昧用詞，天旋地轉點開通訊軟體細看內文——情敵與女人的通訊對話既像是熱戀情人，又像是新婚佳偶。

更像是熱辣辣的偷情男女。

兩人除了對話熱辣之外，還互傳照片和影片。

年輕老師瀏覽過數張香豔自拍照片，腦袋像是被轟炸機炸過兩輪般淒慘。

叮咚——情敵傳來一段與她的最新影片，內容媲美成人影片，時間點正是不久之前，那時他正在開刀房急救。

年輕老師兩隻眼睛像是要噴出火來，倘若他無傷無痛，即便沒特意練身體，或許都能一把將手機捏爆，但此時他像是虛脫般，雙眼盯著手機螢幕裡的不堪影片，全身的力氣一點一滴地流失。

小小的手機螢幕，像是水底暗流漩渦，將老師剛剛心中滿滿的幸福快樂，飛快抽離他的身體。

「嘿！那可憐蟲現在情況怎樣？該不會變木乃伊了吧？拍幾張他的照片傳來讓我笑笑。」

「等他睡著通知我一聲，我再去找妳，我沒試過在醫院裡做過，嘻嘻。」

年輕老師望著緊跟在影片後的最新訊息，照理說他該暴怒，但他似乎連發怒的力氣都消失了。他抓著手機的手緩緩放下，發了半晌愣，轉頭望向床旁小櫃，視線停在女人留在小櫃上那把水果刀。

不知怎地，那把廉價平凡的水果刀，此時似乎散發著奇異魔力，像是一柄能夠斬斷心痛的神刀。

他顫抖探身取來水果刀，凝視著鋒銳刀刃。

肆

醫院樓頂，瘦小少年一聲歡呼，揚著手機對那高䠷妖嬈的美艷女人說：「他上鉤了，鳳凰姊！」

女人微微笑著盯視少年手機，手機螢幕裡，年輕老師呆滯舉刀，緩緩湊向頸際。

手機是特製的。

水果刀也是特製的。

全都附有奇異法術。

年輕老師拿著手機的那一刻，手機上的幻術瞬間啓動，讓年輕老師瞧見不堪對話和影片，飛快吸取年輕老師心中快樂，同時引爆痛苦炸彈。

水果刀除了附有引誘老師自盡的迷術外，還藏著惡鬼，能夠在那老師自盡之後，囚禁老師靈魂，持續對老師的魂魄施加痛苦，令老師死後也無法安息。

女人施展魅術，少年打造手機和水果刀——鳳凰和麻雀，如此合作了好一段時間，累積了十餘只塡滿快樂的手機、封印著痛苦靈魂的水果刀以及各種自盡道具。

今晚，他倆就要將這些快樂和痛苦帶下陰間，獻予煩惱魔喜樂。

少年模樣的麻雀，從腳邊背包抓出幾柄大小不一的水果刀，雜耍般拋玩著。「就不曉得夜鴉哥他們進度怎樣?」

「火雞肯定是比不上我們了。」美艷鳳凰望著手機，冷笑說：「那傢伙沒腦，只會用蠻力，他吸取快樂、製造痛苦的辦法都很粗糙，帶下去的快樂跟痛苦或許比我們多，但品質肯定比不上我們。」

「是呀。」麻雀點頭說：「我們兩個合作無間，鳳凰姊妳這『多次釀造』的方法，簡直棒呆了，製造出來的快樂，比單純吸取快樂厲害多了。」

凡是被鳳凰盯上的對象，會在她的美貌和魅術雙重效力下快速墜入愛河，且不是單純的熱戀，而是陷入複雜至極的苦戀、多角戀——過程中鳳凰若即若離、冷熱無常，搭配各式各樣的魅心情術和麻雀提供的奇異點子，讓目標心情像是雲霄飛車般橫衝直撞、上天下地般飛盪，鳳凰會在約會時取走目標心中七、八成快樂，折磨目標心神，又在下一次約會時將快樂一口氣還他，進而調味增添風情，讓這份快樂昇華得更加香醇渾厚。

如此反覆數次之後，絕美快樂釀造完成，她將之一口氣吸盡，再搭配麻雀製造的痛苦小刀，讓目標自我了斷，將那彷彿歷盡千刀萬剮的痛苦靈魂封印入刀。

一份精釀快樂和特製痛苦，便同時入手。

「夜鴉是喜樂爺貼身雜工兼打手，要做的事情很多。」鳳凰說：「我猜他盜取快樂的手段也不怎麼樣。」

「所以這一次，我們的成績應該是最棒的。」麻雀這麼說。

「不一定……」鳳凰搖搖頭。「火雞跟夜鴉應該比不上我們，但是另一個——」

「妳是說……」麻雀說：「血蝠老鬼？」

「嗯。」鳳凰點點頭。「我只知道他獨來獨往，底下不少老大想找他辦事還不見得請得動，沒想到他這次竟然願意幫忙，跟我們一起上陽世找快樂，也挺妙的。」

「他比我們、夜鴉、火雞都資深得多。」麻雀聳聳肩。「可能跟喜樂爺有交情吧，喜樂爺就算現在地盤被踩走不少，終究是地底巨頭之一；喜樂爺缺人、親口邀請，血蝠老鬼不給面子也說不過去——除非他認定了喜樂爺跟摩羅大王永遠翻不了身。」

「上次喜樂爺是全身而退，但摩羅王想翻身挺難的……」鳳凰說：「聽說他被關帝爺借給太子爺的偃月刀斬掉半邊身子，丟了四成道行，要煉回來可要花好幾百年。」

「摩羅王是喜樂爺盟友，如果摩羅王翻不了身，那喜樂爺想搶回原本的地盤也不容易……」麻雀聳聳肩，望著手機，突然感到有些不對勁，說：「他怎麼還不下手？」

「嗯？」鳳凰望向麻雀手機，只見螢幕上那年輕老師，手握水果刀，湊至頸際，卻遲遲無法動刀，反而露出困惑神情，望向病房門口，像是聽見了什麼。

他那死白臉龐，隱隱透出血色。

「別衝動呀，老兄，你的人生，還有大好前途——」

年輕女聲清脆響起，聽在那年輕老師耳中，卻彷如敲入他心中的洪鐘，令他身子一震，手中水果刀落在床上。

一個身披紅袍的年邁老太婆在他背後現身，雙手探來，將水果刀跟手機一併奪下。

「這老太婆哪冒出來的？」麻雀愕然怪叫。

「嗯！」鳳凰正感到不對勁，回頭只見韓杰腳踏風火輪、臂纏混天綾凶猛衝來，挺著火尖槍刺向自己。

她驚呼一聲，側身避開韓杰這槍，與麻雀一齊高躍上天，他倆背後都張開一雙羽翼大翅。

「你們兩個……」韓杰緩緩轉身，冷冷望過兩人。「是陰間煩惱魔喜樂手下？」

「哇——」麻雀望著韓杰腳下火輪和臂上紅綾，驚呼：「這人就是先前下陰間找喜樂爺麻煩的中壇元帥乩身？」

「我對付他，你快把手機搶回來。」鳳凰手一揚，朝韓杰撒去一批紅色羽毛，那紅羽根部尖銳還帶著倒勾，如同一枚枚怪異飛鏢。

韓杰抖開混天綾，在身前旋成一圈圓盾，嘩啦啦擋下那片羽鏢，跟著轉身一槍打落背後麻雀扔來的一柄飛刀。

麻雀見偷襲不成，也不戀戰，乖乖聽從鳳凰指示，遁進醫院大樓，要去奪回那支吸飽快樂的手機。

韓杰才回頭，鳳凰已經飛快殺到眼前，她持著一雙近一公尺長的金色怪爪當作武器，一把把往韓杰臉上扒，韓杰挺著火尖槍接戰，槍爪相交幾下，突然驚覺火尖槍被兩柄金色怪爪牢牢抓緊，只見金爪長柄陡然變形，化成兩隻獨腳怪鳥，緊抓火尖槍不放，振翅撲拍飛天。

鳳凰放手讓兩隻怪鳥硬搶火尖槍，翻手又變出一對金爪近身突襲韓杰。

韓杰火尖槍被怪鳥扣著，情急之下只得棄槍徒手格擋鳳凰那雙新金爪——他像是擂台上的摔角手比拚力氣般，雙手與兩柄新金爪互握對抓。

「蠢蛋——」鳳凰見韓杰竟空手接她金爪，嘿嘿一笑，再次放開兩支金爪——和先前那抓著火尖槍的金爪一樣，這兩支長柄金爪不但牢牢扣住韓杰雙手，尖銳爪子甚至穿進韓杰掌中，隨著鳳凰放手，也變形成獨腳鳥，揪著韓杰雙手，一左一右往兩端飛，將韓杰微微拉抬騰空。

「你沒手可用了。」鳳凰雙手再一翻，翻出第三對金爪，還沒發動攻擊，突然聽見兩隻獨爪怪鳥悽厲嚎叫起來——韓杰胳臂上的混天綾捲上怪鳥，火烤兩隻怪鳥。

「有烤雞可以用。」韓杰揪著兩隻燃火獨腳怪鳥，轟隆隆地搥擊鳳凰。

鳳凰舉著金爪與韓杰一雙火烤獨腳鳥交砸幾下，只覺得兩隻怪鳥身上火焰越燒越旺、炙熱難耐，正想退開重整旗鼓，卻感到自己這第三對金爪也被混天綾纏上，跟著腹部結結實實捱了韓杰一腳，如同斷線風箏般被踹飛老遠。

韓杰雙手一捏，將被烤成焦黑的獨腳怪鳥爪子捏得粉碎。

「嘖！」鳳凰在空中張開翅膀，再次翻出數柄新爪朝韓杰擲射而去，同時撒出一片紅羽飛鏢追擊。

她剛擲出紅羽，右邊翅膀突然破開一柱金光，金光穿透她右肩，飛快竄向韓杰——是那柄剛剛被頭兩隻金爪怪鳥搶走的火尖槍。

兩隻怪鳥搶了火尖槍沒多久，就讓槍纓紅火燒死，韓杰故意任火尖槍留在遠處，趁鳳凰集中精神朝自己扔爪時才突然喚回火尖槍，令鳳凰猝不及防。

火尖槍不但穿透鳳凰右翅和右肩，且比那陣金爪怪鳥和紅羽飛鏢更快射回韓杰面前。

韓杰一把接下火尖槍、甩動混天綾，啪啦啦擊落所有來襲怪鳥。

鳳凰撫著受傷右肩，感到翅膀著火，又見韓杰擲標槍般舉起火尖槍，像是要以牙還牙扔她，趕緊飛快墜降，穿透地板，遁入醫院大樓。

□

「你們是誰？」

一舉墜入年輕老師病房裡的麻雀，見年輕老師呆坐在病床發愣，整張臉紅潤發光，陳亞衣和紅袍老太婆圍在病床旁，嘰哩呱啦地研究那手機和水果刀。

「你又是誰？」紅袍老太婆一見麻雀現身，立時扔下水果刀和手機，舉著紅袍朝麻雀竄來。

「我是喜樂爺手下大將麻雀！」麻雀從口袋掏出小刀，與竄到面前的紅袍老太婆纏鬥起來。

「我是媽祖婆分靈，我外孫女是媽祖婆乩身——」苗姑見麻雀模樣像個少年，但邪氣不小，知道他道行不淺，小心迎戰遊鬥。「陰間惡鬼好大膽，敢上陽世作亂。」

「哼！」麻雀幾刀逼退苗姑，見陳亞衣舉著奏板，一張紅臉漸漸變黑，知道她要與苗姑聯手對付自己，連忙飛快唸咒。

床上那柄水果刀突然輪轉上天，刀身探出一隻怪鬼半身，自背後勒住陳亞衣頸子——這怪鬼是麻雀施在刀裡的祕法，負責刑虐被封入刀中的痛苦靈魂，令無辜痛苦魂魄痛上加痛、苦上加苦，進一步調製出更加美味的痛苦。

「手機還來！」麻雀飛快竄向病床，伸手要搶手機，腦袋突然被一顆糯米糰子擲中，炸開一片摻鹽糯米，摀著眼睛連連喊疼；苗姑立時抖開紅袍，捲成繩狀，自後勒住麻雀頸子，將他拖離床邊。

本來在病房門前把風的許保強扔出糯米糰後立時衝來加入戰局，他奔到被苗姑勒著的麻雀身前，對著麻雀頭臉胸腹一輪亂毆——他雙手上戴著柳枝編成的露指拳套，打在麻雀身上，擊出陣陣焦煙。

另一邊，被水果刀怪鬼勒著脖子的陳亞衣整張臉一片墨黑，雙手力氣增大數倍，一把將那怪鬼胳臂掐開，伸腳往前一踏，在地板上踏出一圈墨黑，跟著將那怪鬼硬生生從水果刀裡甩出，結結實實砸地板上。

水果刀落在年輕老師病床被褥上，老師伸手取起刀，凝視刀鋒，對病房裡亂糟糟的人鬼大戰漠不關心。

「把刀放下！」陳亞衣大聲喊著，身後許保強和苗姑卻怪叫起來——麻雀口袋裡飛出一隻隻古怪麻雀，蜂群似地啄咬著許保強和苗姑。

同時，病房門口竄來一個紅影，是穿地遁回病房大樓支援的鳳凰，鳳凰摀著肩頭傷勢，正要衝進病房幫忙，突然盯住墜至窗外那身影——韓杰。

韓杰是凡人肉身，不會穿牆，但踩著風火輪卻能在牆上跑，他左手纏著混天綾吊在窗外，右手拿著的卻不是火尖槍，而是一枚尪仔標。

他瞪著病房裡的麻雀和鳳凰，揉爛手中尪仔標，熊熊大火在他手中燒開——九龍神火罩。

「麻雀，撤退——」鳳凰尖叫，跟著飛快遁地。

麻雀本來被許保強揍得火大，剛派出一群麻雀小弟扭轉劣勢，但見韓杰殺到，一條條火龍轟隆隆從他手中竄起，嚇得也遁地逃了。

一條條火龍竄進病房、穿地追鬼，韓杰望了望病房內情勢，也沒開窗進來，而是踩著風火輪繼續往下追捕麻雀和鳳凰。

伍

「妳相信……輪迴嗎？」

「爲什麼突然問這個？」

「突然想到，隨口問問，我就是這樣，想到什麼說什麼……」夜鴉窩在濱海旅館陽台雙人躺椅上，望著星空，對身旁的蓉蓉胡謅自己身世。「我就是太隨興，所以之前幾次創業莽莽撞撞，賠了不少錢，換過不少工作，也都不喜歡……這兩年學乖了，不再亂搞，想認眞學點東西……」

「你已經很幸運了，肯定超多人羨慕你這樣的生活耶……」蓉蓉這麼說。

在夜鴉虛構出來的人生裡，他有個富有但早逝的父親，留給他一筆遺產、一間公司和幾處房產；他對接手父親那小公司沒有太大興趣，放任父親過去老員工自行經營；他過去自行創業幾次，幾乎賠光現金，如今僅靠著掛名父親公司董事長兼個虛職領乾薪，加上幾間房屋收租，生活倒也愜意，還有時間上課學點東西。

他用手枕著頭，望著遠方漆黑海岸上幾艘漁船光火，他在編織虛假人生的同時，自然而然地對比起許多年前，他還在世時的眞實人生——

他眞實的人生坎坷多了。

那是個不同於現在的時代。

他出生在大戶人家，母親是三房，他出生不久，父親病逝，他和母親在家中地位一落千丈，幾乎和奴僕沒有分別，他八、九歲時的一個寒冬，母親打破了大房寶愛的花瓶，被震怒大房責罰數日，派給她繁重數倍的雜役工作，還派其他僕役監視，沒做完不准她睡。母親身心俱疲下，積勞成疾，大房也不許她就醫，某天清晨，無論他怎麼叫喚，母親再也睜不開眼睛了。

之後的日子，他像狗一樣活著，每天從早到晚只負責兩件事情，一是怎麼也做不完的雜事，二是逗大房二房的哥哥姊姊們開心。

他覺得自己甚至比狗還不如，至少狗不用洗碗，就有剩飯吃。

他每日洗碗、做工，還是只能和狗一同吃剩飯。

他十二歲時，陪幾個哥哥玩摔角，沒按照哥哥指示乖乖被摔，被哥哥揪著頭髮壓在地上打，他累積多時的怨怒一口氣爆發，從懷裡摸出夜裡削尖的木枝，刺進哥哥肋下。

那位置應該是肝臟。

他拔出木枝，鮮血從哥哥腹肋破口大量湧出。

在其他哥哥姊姊驚駭求救時，他頭也不回地逃出了那個對他而言如同地獄的大宅。

他不知逃了多久，躲入一輛載貨馬車裡，被載到不知名的遠方市鎮。

按照他的年紀，獨自一人、身無分文地在陌生異地存活下去，是件相當困難的事情，但他過去幾年和狗一般的生活，讓他擁有比同齡孩子更加堅韌的生存能力；起初他在異鄉偷吃農家耕作，或是深入山郊撿蟲啃野菜，有天他晃進鎮上，看見有錢人家落單孩子手中點心，忍不住伸手搶奪，被那孩子親戚指揮家僕隨從痛打一頓。

他像是負傷的野貓野犬般蹣跚爬進小巷，蜷曲著身子靜靜歇息。

他再一次睜開眼睛時，鼻端聞到熱湯氣味，四周搖曳著火光，那是一間破舊小屋，聚著些人，那些人年紀都不大，從十來歲到二十來歲都有。

一個年紀大他兩歲的女孩，遞了碗湯到他面前。

「你沒有家，對不對？」女孩睜著一雙俏麗眼睛望著他。

女孩左眼角有一枚小小的、深褐色的痣。

□

「有段時間，我連家也沒有呢……」蓉蓉望著星空下的海，淡淡地說：「不過都過去了，現在每一天，我都努力讓自己活得很開心。」

「如果可以把快樂量化，妳的快樂數字，應該是一般人的一百倍。」夜鴉側過身，用手撐著頭，望著蓉蓉側臉。

望著她左眼角那枚小小的痣。

跟許多年前的她的眼角旁一模一樣的痣。

除了痣以外，蓉蓉的睫毛和她也有點像——像把溫柔的梳子，眨眨闔闔地梳去悲傷。

「遇上你之後，可能變成一千倍了。」蓉蓉也側向夜鴉，伸手點了點他俊挺鼻尖。

夜鴉伸手將她身子攬得更近點，探頭在她額上親了一下，微笑望著她。

「妳相信輪迴嗎？」夜鴉再一次問。

「不信。」她笑嘻嘻地說。

「那就好……」夜鴉將她緊擁入懷，吻上她的唇。

蓉蓉起初覺得全身酥軟，覺得幸福洋溢，但隨即感到有些困惑，因爲夜鴉這一吻，令她想起了許多事，都不是此時此刻應該回憶的事。

她想起了爸爸、想起了媽媽、想起照顧她多年的阿姨，想起他們一個個離開她的過程，一段段過程鉅細靡遺，像是尖錐利刺，螫刺起她的心。

她身子微微發顫，本來滿溢的快樂快速流失——

她看不見雙人躺椅旁那只夜鴉手工打造的大型壓縮瓶，更不知道夜鴉在親吻她時，正同時竊取她的快樂。

她的快樂正飛快隨著夜鴉深吻，流入那只壓縮瓶中。

她閉起眼睛，努力抵抗著一幕幕浮現在腦海的悲傷畫面，她不知道自己爲什麼在應該專心感受幸福的當下，回憶著那些不幸福的畫面，她努力試圖將那些東西驅離腦海、她努力回想著這些年點點滴滴的小幸福——這些年她最大的幸福，就是遇見夜鴉了吧。

「……」夜鴉望著蓉蓉發顫的睫毛，他察覺到蓉蓉被他奪取快樂的同時，仍努力地「製造」更多快樂。

他輕撫著她的髮，偶爾觀察身旁那壓縮瓶，裡頭的快樂已經充滿八成。

只要再一分鐘，他就能將她吸乾抹盡。

屆時她或許會像之前的她們一樣，外表無痛無傷，但是內心跌入地獄的深淵——有些人花些時間，還能從地獄爬出，有些人卻不能。

他覺得樂觀的蓉蓉應該可以走得出來，所以此時奪取她快樂也毫不留情。

壓縮瓶裡的快樂衝破了九成五。

蓉蓉哭出聲來。

夜鴉鬆開手，望著蓉蓉那雙淚眼。

「對不起、對不起……」蓉蓉顫抖道歉。「我不知道怎麼了……我現在、現在……」

「想起不開心的事？」

「嗯……都過去了，我早就不介意了……」蓉蓉勉強擠出笑容，想要像過去偶爾夢見從前，含淚驚醒時，勉勵自己別被悲傷擊倒時說：「沒事、沒事，最壞的時候已經結束了，以後、以後……再也沒有什麼事情……再也……」

蓉蓉說到一半，眼淚像是潰堤般再也止不住，嘩啦啦地泉湧而出，她顫抖地抓住夜鴉的胳臂，茫然地問：「幸福……真的會發生在我身上嗎？」

夜鴉從未見過這樣的蓉蓉。

他沒有回答她的問題，只是再次將她擁入懷中，親她的額、親她的臉、親她眼睫毛。然後親她的唇。

她不哭了，本來亂糟糟的情緒似乎平復些許——壓縮瓶裡的快樂剩下八成五，夜鴉將一成的快樂還給了蓉蓉。

她體質特異、她是寶貴的資產，不應該這麼早弄壞她——

夜鴉這麼告訴自己。

不管她是不是她……

「我以爲妳一直這麼開心，我以爲妳從來不會難過。」

「不……以前我常常哭……」

蓉蓉望著遠方，講起自己的童年。

她父親經商失敗，周轉不靈，在朋友慫恿下，來到一棟住辦大樓的地下借貸公司前——推開那扇將全家帶往地獄的門。

起初數月，錢莊沒有特別催討債款，父親的生意漸漸有了起色，跟著，錢莊的人找上門了，父親堆著笑臉將準備好的支票雙手奉上，但錢莊人員笑嘻嘻地接下支票，說首期很順利。

父親傻眼，他這張支票，已經是當初借款的三倍，從沒聽說什麼「首期」，他認眞轉述當初介紹他找上這間錢莊的朋友的說法，以及那時與錢莊人員會談時的利息算式，認眞地用紙筆和計算機算出這張支票的數字。

錢莊討債的人搖搖頭。

說不是這樣算，跟著提出了一個新的數字。

這數字遠遠超出了父親的預期，父親大聲抗議，打了數通電話給當初介紹錢莊的朋友，那朋友在電話裡顧左右而言他，推稱在忙，掛了電話，再撥已撥不通；父親不死心，稱要見當初與他接洽的錢莊人員。

眼前討債這批人敷衍地說那傢伙已經離職了，不管怎樣，現在的規則就是這樣、父親尚欠的數字就是這麼多，然後揚長而去，留下傻眼的父親。

接下來的數個月，父親變賣了好不容易有些起色的公司，加上親友借款，湊出了那個天文數字的五成，還特地找了「有力人士」幫忙說情，想讓那錢莊了結這件事。

錢莊當時和藹可親地收下這筆錢。

但兩個月後，再次找上門。

父親嚇得呆了，再次搬出那「有力人士」的大名，但錢莊這次不買帳了，說上頭老大只同意打八折，兩個月前他只還了一半，還欠三成，他要在一個月之內，湊出那三成款項，不然三成很快會變回五成、五成會變回原本那天文數字。

父親和妻子痛哭商量數日，帶著年幼的蓉蓉跑路了。

半年之內，他們一家三口搬了數次家，母親變賣掉所有的首飾，和丈夫四處打零工。

某天夜裡，蓉蓉被母親連夜帶去見她那即將外派出國工作的妹妹，也就是蓉蓉的阿姨，跪求妹妹帶蓉蓉出國躲藏一段時日，稱他夫妻倆會盡快解決這筆債務。

阿姨本便喜愛蓉蓉，很快替蓉蓉辦妥出國相關證件，卻在出國之前，接到了警方通知。

原來蓉蓉父母「解決」債務的方法，就是將蓉蓉送走後，選擇結束生命，了結一切。

往後數年間，蓉蓉陪著阿姨出國、陪著阿姨回國，就在她漸漸忘卻父母雙亡的哀傷時，照料她多年、情同母女的阿姨被診斷出患了絕症。

她後來的樂觀個性，來自於那些年裡阿姨的教誨，阿姨也是個樂觀開朗的人，每當她想起父母傷心哭泣時，阿姨總是耐心哄她。

「阿姨總是說，流乾又鹹又苦的眼淚之後，心裡就剩下甜甜的東西了……」

蓉蓉抱著夜鴉，哀淒地說：「那幾年，我很相信阿姨的話，每次哭完，就吃些蛋糕，讓自己甜一點——阿姨臨終前，還擔心我以後沒辦法照顧自己、沒辦法讓自己的心甜一點；我跟她說，我已經長大了，我懂得怎麼讓自己開心……」

後來，她獨自一人求學、工作，她當然沒有那麼幸運，她和正常人一樣，會遭遇挫折、會走入困境，但她在與阿姨長久相處過程中，學會怎麼讓自己快速抽離悲傷、快速擺脫又鹹又苦的愴痛之後，讓自己的心「甜回來」。

她一天到晚掛在臉上的笑容不是裝的，是一種調適心情的技能。是對早逝的爸爸媽媽和阿姨在天之靈的致敬。

夜鴉抱緊蓉蓉，不停地親她的臉、吻她的頸。

不管她是不是她，總之她的體質很珍貴……可以提供喜樂爺源源不絕的快樂，可別殺雞取卵了；不是爲了她們，全是爲了喜樂爺……

夜鴉這麼想，甚至爲此改變了預定行程——他本來打算在取得快樂之後，趁蓉蓉入睡，揚長而去，帶著這些時日來蒐集到的所有的快樂，威風凜凜地返回陰間，接受喜樂的讚揚；但他想要先幫助蓉蓉回復心情，免得弄壞了她的心、少了口可以長期提取快樂的美井。

他陪伴她一整夜，纏綿到清晨、歇息到中午，退了房，帶著她玩到下午，這才返回市區，約定下次見面日期之後，與她告別。

陸

「你到底……是誰？」

中年男人撫著斷骨胳臂，驚恐望著一身漆黑的夜鴉。

小小的、瀰漫著煙味的辦公室，比當年蓉蓉父親上門借貸時還新了些，顯然中間翻新裝潢過數次。

四周腿折手斷、屍橫遍地的男人們，有沒有參與當年逼債，對夜鴉而言，不是很重要，他憑著從蓉蓉口中套出的線索，判斷眼前尚存一息的男人確確實實就是當年那錢莊老闆，這就夠了。

這些年脫離錢莊的傢伙，他找不著，也沒時間找；新加入的成員，算他們倒楣。

「回答呀……你到底是誰……」錢莊老闆單手撐著辦公桌，突然撲至桌後，拉開抽屜，掏出把手槍，指著夜鴉。「快說呀，誰派你來的？我們哪裡得罪你了？」

「你這問題有意義嗎？」夜鴉走向錢莊老闆。

「我操你媽——」錢莊老闆朝著夜鴉一連開了數槍。

數發子彈穿過夜鴉身子，擊中夜鴉身後牆壁、電器。

「一個人有沒有得罪你，跟你怎麼對他，有關係嗎？」夜鴉伸手抓住錢莊老闆持槍手腕，冷笑說：「我們是同一類人，我們向來都是這樣子做事，不是嗎？」

錢莊老闆驚恐扣下扳機。

子彈穿過夜鴉額頭，卻見夜鴉額上一點傷口也沒有，他驚恐尖叫：「你不是人！」

「沒錯，我不是人，我是地獄裡的惡棍。」夜鴉嘻嘻一笑，捏碎錢莊老闆手腕。「你很快也是了。」說完，一把抓住錢莊老闆的臉，將他高高舉起，按著他的腦袋往辦公桌上一砸。

鮮血和腦漿自那錢莊老闆碎裂的頭蓋骨溢滿了整張辦公桌。

「啊，不對。」夜鴉頭也不回地離開這瀰漫菸臭味的錢莊辦公室，倏地竄上這中古大樓頂，提起他那兩只裝滿快樂的大旅行箱。「你們就算去了那兒，也要從最臭最小的嘍囉幹起；在那個世界，要混到『惡棍』，沒那麼容易。」

他嘿嘿一笑，墨黑風衣後展開巨大黑色羽翼，飛躍上天。

□

腐舊電梯門緩緩打開，夜鴉拖著兩只大行李箱走出電梯，穿過雜草叢生、彷如廢墟的大廳，走至樓外。

樓外天空漆黑陰暗，盤旋著暗紅雷雲，他回到了屬於他的世界，永夜陰間。

大樓外停著輛破車，車旁兩個嘍囉一見夜鴉走出大樓，立時上前迎接，接過行李箱拖去放進破車後車箱。

「小心點，裡頭滿滿都是要獻給喜樂爺的『快樂』。」夜鴉隨口叮嚀，登上後座，取出手機，望著蓉蓉自陽世傳來的訊息。

蓉蓉傳來一張最新手作小物的照片，是幾隻小巧貓頭鷹——這東西他前兩日已經看過了，但那時尚未完成，昨日兩人分別後，蓉蓉花了一晚，完成了它。

「下次見面帶給你。」

兩個嘍囉放妥行李，一左一右繞過車邊，分別乘上正副駕駛座。

不知怎地，夜鴉在兩個嘍囉繞過車邊時，稍稍心虛地放下手機，像是不想讓任何人知道他與蓉蓉的對話內容，直至他倆上車時，這才又抬起手機。

「這幾天沒什麼事吧？」夜鴉面無表情隨口問，傳上陽世的訊息卻與嘍囉交談內容毫無關係，全是些下次想去哪兒玩、下次想吃點什麼、喜歡山還是喜歡海、要唱歌還是要逛夜市之類的閒話家常。

「鳳凰跟麻雀碰到了點麻煩。」正副駕駛座嘍囉一前一後說：「喜樂爺急著見你。」

「哦？」夜鴉持續與蓉蓉通訊，冷冷地問：「他們碰到什麼麻煩？關我什麼事？」

「天上太子爺乩身盯上我們了。」

「……」夜鴉這才將視線從手機移開，透過駕駛後照鏡，望向嘍囉。「我記得他。韓杰。」

「嗯……」嘍囉說：「他倆傷得不輕，喜樂爺決定低調點，改變方針。」

「我猜猜——」夜鴉冷笑問：「那兩個蠢東西，被火燒著了？」

「是呀。」嘍囉連連點頭。「他們說，太子爺乩身放出火龍追著他們咬，他們差點逃不了……」

「哈哈哈。」夜鴉拍腿大笑——近一年前，他也與韓杰纏鬥無數次，吃過那九龍神火罩不少虧，後幾次一見韓杰放出火龍，乾脆棄戰飛遠不打了。他笑了半晌，說：「那是他的絕招，真的不好對付。」他說到這裡，問：「你說喜樂爺想改變方針，要改變什麼？」

「喜樂爺要你們幾個聯手。」駕車嘍囉說：「之前庫存的快樂，雖然品質都不怎樣，勉強撐上大半年不是問題，加上這次夜鴉哥你們幾位大哥大姊在陽世兩個月搜刮到的快樂，停工一兩年都不是問題……」

「你是說，喜樂爺這一兩年，都不派人上陽世找快樂了？」

「不。」副駕嘍囉說：「喜樂爺說，品質一般的快樂，現在已經不缺，夠他平日補身體了；他缺的是極品快樂，不用多，一兩個月，甚至兩三個月得手一瓶也行；他要你們團體行動，每兩三個月帶回一兩份極品——影響少點人，或許可以避開神明眼線。」

「極品……」夜鴉若有所思，手機傳來了蓉蓉在公司偷閒時的自拍照。

「你現在在做什麼呢？」

「在亂晃呢。」

他望著蓉蓉照片，思緒有些紊亂，從相本裡挑出一張前些時日在陽世隨意拍下的街景照片傳回給她。

□

夜鴉伸手抹抹臉，俊美臉龐轉眼變成老邁醜陋，還生出一嘴大鬍；跟著他抖抖衣領，一身冷酷風衣變得灰褐破爛，整個人看來像是個老流浪漢。

破車停在一處老市集外街道，夜鴉下車，副駕駛座嘍囉連忙跟下，幫忙揭開後車箱，提出兩只大行李箱。

破車駛離，夜鴉與嘍囉，一人拖著一只大行李箱，進入老舊市集街區。

這老市集街區四周聚集著不少陰間遊魂，和正常遊魂相比，這一帶遊魂們不論是外觀還是形跡，顯得格外落魄；他們有些被拐騙走輪迴證、有些犯了過錯被取消了居住單位、有些得罪了地方勢力躲藏至此——總之混跡這一帶的傢伙們，生前命運或許好壞不一，但死後至今的命運卻十分相似——不折不扣的可憐蟲。

和當年的夜鴉一樣。

很多很多年前，死後不久的夜鴉，憑著生前本能，找到了這裡、躲進了這裡。

那時這一帶規模還不如現在這麼大、「人」這麼多，他像隻被貓追殺的野鼠般，逃入這老舊市集的垃圾堆裡，躲藏了不知多久。

將他從垃圾堆中撿出、賜予他乾淨衣服、將他納入旗下的大恩人，正是喜樂。

他只記得那天喜樂穿得相對樸素，身邊僅跟著兩個隨侍，把他從垃圾堆撿出之後，將他帶在身邊，像是逛夜市般遊逛著這個市集，喜樂像是對這市集裡的「遊民」生活頗感興趣，偶爾會派隨侍上前搭幾句話。

喜樂一面逛，一面問著夜鴉生前遭遇，那時夜鴉雖然對這陌生喜樂抱持戒心，但他生前養成的求生本能告訴他，眼前這個「人」，不論是道行，還是地位，都遠比先前追打他的陰間混混高得多，別說逃、別說頂嘴，他連欺騙的念頭都不敢動，一五一十地將生前死後的遭遇如實相告——

當年他搶了孩童零食，被孩童親戚指使家僕痛打一頓之後，躲入小巷後暈死，救走他的，是個扒手集團。

集團頭兒「老光」，是個中年痞子，專門吸收無家可歸的流浪孩子入團，訓練他們扒竊，帶著他們像是遊牧民族般，在一個城鎮行竊一段時間，便趕赴下一個城鎮。

夜鴉順理成章地加入這扒竊集團，隨著大夥兒流浪漂泊過一個又一個陌生市鎮。

痞子頭目自個兒行竊技術普通，教出來的徒子徒孫自然也專精不到哪兒，平時老光自己不動手，只派孩子們行竊；包括夜鴉在內，有時扒竊時被逮，運氣好的時候哭著下跪磕頭就能息事寧人，運氣不好的可會被痛毆一頓，甚至被官兵逮著。

有時事情鬧大，老光可不會出面擔罪，而是會捨下那些惹上麻煩的孩子，帶著其他孩子們逃往他鄉。

或許夜鴉生得白淨漂亮，年幼時失手被逮，下跪磕頭哭個幾聲總能被原諒，有時甚至還會被賞顆饅頭讓他填填肚子——

這招是她教的。

她大他兩歲，眼角有枚可愛的痣，不但在夜鴉睜開眼睛那晚，遞了碗熱湯給他，也負責夜鴉往後的扒竊訓練；夜鴉腦袋機伶，被逮過幾次、涕淚縱橫下跪幾次、捱打幾次之後，漸漸學會「挑對象」，他專挑那些看起來可能會原諒他的對象出手。

自然，他有時也會看走眼，被搥被打的經驗也不是沒有過，但他哭得悽厲點、哀號得慘些，總也能引來路人解圍，說他只是孩子，別跟他計較。

有時他倆會假扮成姊弟，在其中一人失風被逮時，另一人哭著撲來求情。

這樣的把戲在兩、三年後漸漸不管用了，因爲他們都長大了，能夠引起的同情降低了，互相掩護的方法也得求變，他們有時故意揭開膏藥露出假造爛瘡，再嘔些五顏六色的汁液，假裝自己帶有傳染疾病，或是放火放煙霧，掩護彼此逃跑。

幾年下來，老光集團扔下一個又一個孩子，但夜鴉和她一直沒有離開集團，兩人漸漸成爲老光左右手。

夜鴉十六歲那年，對她說，他想娶她。

她說得要老光答應才行——老光集團的孩子們，早在加入老光集團不久，就被老光半哄半騙地簽下了賣身契；雖然在那年代，一紙怪異契約有多大效力誰也說不準，但加入老光集團的孩子本便無家可歸，老光供吃供住，讓他們有個家，即便不拿契約說嘴要脅，大夥兒也對老光唯命是從。

但夜鴉和她長大了，不再是孩子了。

他們鼓起勇氣，對老光提出了想要成親的請求。

那晚，老光呆愣一會兒，安撫兩人，要他們先別急，過陣子，帶他們上一位大老闆家中坐坐——老光稱那大老闆是他多年老友，再過不久就要六十大壽，到時老光帶他倆赴宴，要他倆穿體面點、嘴巴甜點，逗那大老闆開心，說不定能討個紅包大禮什麼的，足夠他倆辦宴了。

兩人毫不懷疑地相信老光這番話。

數日之後，他倆穿得人模人樣，隨老光出席老友壽宴——真如老光所說，那老闆大宅華美，庭院擺滿宴席，聚集不少士紳朋友前來道賀。

兩人起初只覺得老光好有本事，竟然認識這樣一個大老闆，但漸漸覺得有些古怪，壽宴開始好半晌，那大老闆也沒來向老光打招呼，老光也只顧著和另個酒鬼死黨扯天說地拚酒乾杯，直到壽宴將近結束，老光和死黨酒友這才帶著夜鴉和她，排隊向大老闆敬酒。

大老闆瞧著走到面前向他祝壽敬酒的夜鴉和女孩，對夜鴉只是敷衍地搧了搧手，一雙眼睛在女孩身上溜來滑去。

大老闆的眼神令女孩感到有些不自在。

老光向大老闆深深一鞠躬，領著夜鴉和女孩返回落腳處，留下酒友死黨在那大老闆耳邊嘰哩咕嚕地講著悄悄話。

兩天後，酒友捎來了個價錢。

那是大老闆向老光提出要收女孩作小妾的價碼。

老光笑呵呵地遊說女孩答應，說進門當大老闆小妾，也好過跟在他門下當個扒手；同時也安撫夜鴉，說拿到這筆錢，他也有份。

當下夜鴉傻眼，女孩則嚴詞拒絕，說自己已經挑好這輩子的伴侶人選了。

老光卻說自己已將女孩的賣身契轉賣給那大老闆了，大老闆仗著那賣身契，有權來向他討人，要是討不到，會向老光討其他孩子作爲補償。

夜鴉和女孩反問老光怎不像之前一樣，帶著大夥兒逃遠算了。

老光說要逃也不是不行，但之前談價碼時，留了兩個孩子在那大老闆大宅中當作抵押，作爲到時納妾喜慶上的花童——那是夜鴉和女孩平時最疼愛的兩個小孤兒，一個十一歲，一個才九歲。

老光說，倘若夜鴉和女孩，有辦法潛入那大老闆華宅中，將兩個孩子救出，他就願意帶著大家逃，最好順手將賣身契也一併盜出，這樣他倆下半輩子，也不致於讓那大老闆抓個把柄在手上。

夜鴉和女孩同意了老光的提議，花了幾天時間，觀察大老闆那華宅數日，擬定了潛入計畫。

在一個冬夜，他倆聯手潛入大老闆宅院裡，一路摸進老光事先打探出的奴僕房舍，準備營救那兩個作爲抵押的同門弟妹。

房中空空如也，什麼也沒有。

外頭豎起數十支火把，家僕們將夜鴉和女孩團團包圍。

夜鴉和女孩這才知道，這是個陷阱，老光再一次出賣了他們。

當晚，夜鴉被打昏六次，又被澆醒六次，在夜鴉第七次昏死時，女孩終於痛哭流涕地答應當大老闆的小妾，只求大老闆放夜鴉一條生路。

家僕們替昏死的夜鴉包紮敷藥，囚入地窖，派人日夜看管。

女孩只能無奈隨著大老闆入房。

清醒後的夜鴉，在地窖裡待了數日，大吵大鬧，又捱了幾頓打，最後被家僕們七手八腳地架出地窖，扔出大宅；他好幾次試著闖入大宅，都被家僕們打退，只能回頭尋找老光，但他們窩身地點，早已人去樓空，老光拿了大老闆的賞金，帶著孩子們不知逃向何方了。

十六歲的夜鴉，又回到全世界只剩下自己一個人的處境了。

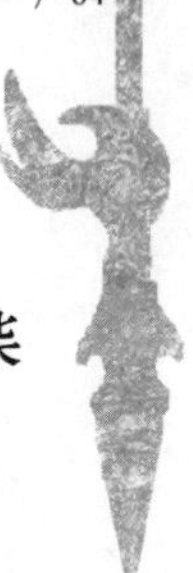

柒

陰間，老市集街。

夜鴉拖著大行李箱穿入老市集街深處，轉入一處窄巷，左繞右拐半晌，推開巷弄一處不起眼的小門，遁入漆黑長廊，又在那長廊中繞轉半晌，來到一處雜物堆前，撥動一只掛在壁上的破損老時鐘指針，然後敲敲壁上某塊磚，跟著再撥指針、再敲敲磚，反覆數次之後，將指針撥回原位。

數秒之後，雜物堆旁地板裂開一條縫，緩緩揭成一個方口，隱約可見向下長梯。

夜鴉領著嘍囉，提著行李箱步下長梯，上方入口漸漸閉合；夜鴉抹抹臉、抖抖衣領，面容恢復原狀，破爛衣著也變回漆黑風衣、皮褲。

長梯盡頭彷如礦坑地窖般四通八達，一條條長道不知通往何方，夜鴉繼續深入，經過幾處轉折，沿途有些把風嘍囉，見了夜鴉，都向他鞠躬問安。

夜鴉停下腳步，在某處看似毫無異狀的長道壁面上比畫施咒，那壁面浮現一道小門，他推開門，進入一處十餘坪大的空間。

那空間漆黑陰暗，角落倒吊著一個黑紫色的「人」。

那人看不出年歲，樣貌平凡，目光卻銳利駭人，那並非爲了威嚇誰而刻意展現的眼神，而是經過多年殺戮之後，渾然天成的殺手神態——

血蝠。

夜鴉來到這空間另一端，再次施咒開門，進入一處寬闊大廳。

比起外頭密室、陰暗長廊，這大廳終於像是現代城市裡的建築內部了，有稍微整齊的牆壁和梁柱，寬闊大桌、地毯和華麗沙發，大廳四周還擺設著吧台、撞球桌等設施。

喜樂斜斜窩在一條長沙發裡，捏著一只高腳杯，杯中盛著閃亮亮液體——快樂。

鳳凰和麻雀不耐地坐在另一端長桌座位上，一見夜鴉進來，紛紛露出久候多時的抱怨神情。

鳳凰和麻雀還沒開口抱怨，坐在吧台飲酒的火雞重重放下酒杯，回頭諷刺。「大家以爲你被那乩身宰了。」

「你說韓杰？」夜鴉說：「他宰不了我，這幾個月，我每天都在想擊敗他的辦法。」

「夜鴉哥，你想出來了嗎？」麻雀問。

「辦法是有。」夜鴉說：「不過需要點時間，我的祕密武器還沒完工。」

「祕密武器，那是什麼？」麻雀好奇問。

「當然是祕密。」夜鴉打量著鳳凰和麻雀，只見他們此時外觀雖無明顯傷勢，但氣力衰竭，顯然受傷不輕，甚至爲著面子，持續消耗術力，化妝般地掩飾著負傷外觀。

夜鴉從嘍囉手中接過另一只行李箱，來到喜樂大沙發前，揭開兩只行李箱。

「哦——」喜樂端著酒杯坐直了身子，睜大眼睛盯著閃閃發亮的兩只大行李箱。「不愧是我頭號大將呀，你一人帶回比他們三人加起來更多的快樂呢。」

「喜樂爺派的任務，我盡力去做就是了。」夜鴉這麼說，心中卻有些不自在——喜樂的讚美顯得有些客套，並沒有如他想像中那樣開心。

喜樂揚了揚手，袖口溢出幾股白風，捲向兩只大行李箱，捲起一瓶瓶「快樂」，輪流檢視，一一讚揚。「不錯、不錯，每瓶都很精純、很棒，無可挑剔，硬要挑的話……」喜樂揮動白風，將一瓶瓶快樂整齊放回原位。「就是太單調了。」

「單調……」夜鴉有些呆愣，像是不明白喜樂對他這兩個月來，日夜辛勞的成果的評價。

「要我比喻的話。」喜樂揚了揚手中酒杯，對夜鴉展示杯中那剩餘三分之一的快樂——若從夜鴉的角度來看，這杯快樂並不及格，比不上他兩只大行李箱裡任何一瓶。

「你在我身邊多年，知道我的愛好，技術也算嫻熟了……」喜樂微笑說：「比起你，他們根本不懂我。」喜樂環視鳳凰、麻雀和火雞一眼。

夜鴉聽喜樂這麼說，本來有些得意，但喜樂接著說：「但是呢——你就是太懂我，所以你帶回來的快樂，太符合我脾胃、每瓶都太像了，像到——讓我有點膩呢。」喜樂說到這裡，見夜鴉神情呆滯，連忙笑著起身，拍了拍他的肩，捧著他臉龐，親吻他額頭，說：「哎喲，你智勇雙全，是我頭號大將，我可不是在責怪你，我只是發現，快樂也可以千變萬化呀，有些不夠精純，甚至奇形怪狀的快樂，嚐起來也挺好玩；就像餐餐都是上等牛排，總是有吃膩的一天，偶爾粗茶淡飯、鹹魚醬瓜，別有一番風情；更重要的是，你可能不太擅長——痛苦。」

「喜樂爺。」夜鴉替自己辯解。「痛苦與魂魄緊密相連，要將大量人魂帶下陰間，很難躲避陽世眼線，您吩咐過，要我們低調行事，別惹上麻煩……」他這麼說時，望向鳳凰與麻雀。

「是呀。」喜樂拍拍夜鴉的肩。「你說的沒錯，你們得更低調點，那傢伙又盯上我了，我還眞害怕喲……」

鳳凰和麻雀低下頭，不敢吭聲。

「可是呀。」喜樂對著夜鴉晃了晃手中酒杯。「這是摻了一點痛苦的快樂，喝起來香，比單食快樂、獨吞痛苦還美，血蝠替我調的。」

「那傢伙。」夜鴉想起倒吊在大廳外的血蝠。「我以爲他只是打手，原來還會調酒。」

「他會的事情還眞不少。」喜樂笑著說：「畢竟人家可是老師傅，什麼都會一點。」

「所以……」夜鴉說：「我聽說，喜樂爺你要我們之後團隊合作？」

「對。」喜樂點點頭。「我對一般的快樂已經有些膩了，想嚐嚐不同的滋味，鳳凰、麻雀、火雞，各有各的手段，他們技術或許沒你精熟，但能採得不同風味的快樂，我要你們結夥上陽世，互相掩護，替我找些更珍貴的東西——可別濫採呀，我只要風味特殊的極品快樂，可別像這次，大家搶出頭、拚數量，牽連的人太多，當然容易走漏風聲——嗯？」喜樂說到這裡，注意到行李箱裡那瓶特大號的快樂，隨手鼓動白風將蓉蓉的快樂捲近眼前，托在手上打量，似乎有些好奇這快樂容量。「你將不同人的快樂，裝在一個瓶子裡？」

「不！這瓶子裡是同一人的快樂，她是我發現的一個寶物；她心中的快樂比一般人多出數倍，她懂得安撫自己、懂得如何讓自己開心。」夜鴉連忙解釋，突然停下口，心中隱隱有些不安。

「哦——」喜樂放下酒杯，揭開這壓縮瓶蓋子，品酒般閉起眼睛嗅了嗅瓶中快樂氣味。「嗯，挺香吶……這是瓶『很努力』的快樂呢……」喜樂舉高大瓶，伸出長舌，將瓶身微微傾斜，倒出細細一注快樂在舌上，抿著嘴細細品嚐，側頭閉目分析起這快樂成分——

人世間的快樂也分千萬種，放假出遊、升官加薪、喜獲麟兒、喬遷喜慶乃至於有情人終成眷屬、投資賭博大發橫財，更甚至見仇人受苦，或各種怪癖引發的快樂，滋味都不相同。

蓉蓉這瓶巨大快樂，若要用食材形容，並非是山珍海味，更像是一道道樸實的家常菜，是長時間的默默累積——她父母雙亡、阿姨病逝，只是尋常的市井小民，她飽滿的快樂來自於阿姨生前的教導和死前的叮嚀，讓她懂得將目光放在世間美的一面，從日常瑣碎時光中挑出點點滴滴的小小的美麗，聚集成這麼一大瓶。

半杯水的道理誰都懂。

做起來很難。

她就是有辦法做到。

「這瓶快樂的主人，有顆美麗健康的心。」喜樂蓋上瓶蓋，微笑對夜鴉說。「你找到了個上等寶物呢。」

「是呀。」夜鴉有些欣喜，說：「喜樂爺，請允許我，單獨經營這支快樂，我懂得怎樣讓她更開心……不會搞出人命、不會引起神明乩身注意……」

「我知道你的經營之道，我嚐得出來。」喜樂呵呵一笑。「愛情。」

「……」夜鴉像是被說破祕密般有些心虛，點了點頭，說：「我假造了身分，當她的情人，她跟我在一起這段期間，比以前更快樂了，只要繼續下去……」

「不。」喜樂揚起手，打斷夜鴉的話，對鳳凰、麻雀和火雞說：「你們四個一起行動，想辦法把這幾個潛力無窮的快樂，提煉成極品中的極品吧。」

「是。」鳳凰和麻雀立時應答。

「喜樂爺，您不讓我單獨經營？」夜鴉有些愕然。「我保證——」

「愛情的快樂確實相當美味——」喜樂再次打斷夜鴉的話，微笑對他說：「但並不稀奇。」他揚動白風，將蓉蓉那瓶快樂放回大行李箱裡，伸了個懶腰說：「千百年來，我嚐過很多了，想嚐點不一樣的。」

「……」夜鴉回頭，看了鳳凰、麻雀，以及窩在吧台的火雞一眼，心中有些茫然。「不一樣的……」

「方法很多喲，夜鴉哥。」麻雀嘿嘿笑了起來——他擅長惡整人心，製造出千變萬化的大喜大悲。

「是呀。」鳳凰微笑附和——她有套惑心情術，能令人陷入瘋狂熱戀，瞬間將快樂提升到極致。

「眞是不想跟這些傢伙合作呀……」火雞喝了杯酒，低語碎唸，他過去只是打手頭兒之一，製造快樂這種事情他一點也不擅長——但他挺擅長用粗糙的手段製造絕倫痛苦。

夜鴉低頭不語。

「怎麼了？」喜樂起身，伸手按在夜鴉心口上，微笑地問：「你的心……跟以前好像有點不一樣，你還有想說的話？」

「不……」夜鴉搖搖頭。「無論喜樂爺吩咐什麼，我都全力以赴，沒有第二句話。」

「那就好。」喜樂點點頭。「你辦事認眞俐落，但有時認眞過頭、鑽了牛角尖，反而把事情看窄了；我知道你花了不少心思『經營』你說的那道快樂，但我怕你砸了太大心思……暈了船，可不好……」

「喜樂爺您放心。」夜鴉立時說：「我做任何事都不是爲了自己，完完全全都是爲了喜樂爺您，這次我絕對不會犯錯。」

「那就好。」喜樂點點頭，環視大廳四人。「這陣子安分點，我請血蝠上去逗那傢伙玩玩，你們幾個等風頭過了再動手。」

「是。」

捌

深夜，高中校外冷清安靜。

韓杰和許保強佇在校外不遠的便利商店，吃著關東煮，望著校門警衛室動靜。

韓杰睨眼瞥著許保強那身裝扮——他穿著黑色緊身衣和灰色迷彩工作褲，外頭套著一件野戰背心，戴著染黑的柳枝露指手套，斜揹著一只細長袋子，一副生存遊戲玩家模樣。

「你會不會太誇張？」韓杰調侃問。

「誇張？」許保強搖頭說。「師父，我又不像你有那麼好用的尪仔標，全部塞在小菸盒裡就好了，我的傢伙一籮筐，整理起來好麻煩，你看——」他這麼說時，還向韓杰展示他那野戰背心上幾個鼓脹脹的口袋裡的傢伙——幾枚以宣紙包裹、外層寫著符籙的鹽米包；兩瓶柳葉鹽水；幾束柳葉符籙；一袋特調驅魔鹽米；一圈柳枝繩子以及備用的柳枝手套。

他背後長袋裡，則是他死纏爛打懇求韓杰透過人脈取得材料，精心特製造成的「第二代伏魔棒」。

警衛室裡的警衛本來悠哉滑玩手機，突然呆滯起身，持著手電筒走出校外，像是要開始巡視了；同時，韓杰手機亮起一則訊息——

「韓大哥，搞定了。」

韓杰向許保強使了個眼色，兩人幾口吞下剩餘食物，起身走向高中校園，繞至另一側靜僻巷弄牆外，攀牆躍入校園，繞了一大圈，與那校園警衛會合。

校園警衛肩上騎著一隻像是嬰孩、又似無毛樹懶的小怪物——他是跟隨土地神老獼猴駐守在鐵拳館裡的跟班「小傢伙」。

警衛神情恍惚，夢遊似地走路搖搖晃晃。

土地神老獼猴本來長年領著一批山魅藏在六月山裡，替前代土地神看管山中囚魔洞裡的血羅剎，後來血羅剎被邪術士喚醒，最終被韓杰以九龍神火燒成灰燼，老獼猴多年苦功感動上天，領到了夢寐以求的土地神證書，領著那批山魅跟班在六月山周邊實習了一段時間，半年前被調動至韓杰與朋友經營的鐵拳館裡，協助韓杰處理太子爺籤令。

上天擔心陽世使者擁有過強力量，一旦誤入歧途，後果不堪設想，修改了韓杰尪仔標規則，縮限他武力；相反地也給予他一定權限，讓他能焚燒地獄符從陰間借鬼、在陽世指揮老獼猴及所屬山魅嘍囉方便行事。

「韓大哥！」王小明一身雪白風衣，戴著白框墨鏡和白色皮手套，腰際懸著他那把模樣威風的大左輪槍，領著校園警衛與韓杰會合。

「在哪？」韓杰望了望許保強——這間高中，就是許保強和董芊芊就讀學校。

「四樓舞蹈教室。」許保強指向校舍樓房某個方向。

韓杰二話不說，快步領著眾人往四樓舞蹈教室方向走去——許保強就讀這所高中，每層校舍樓梯間在放學後都會關閉樓層鐵欄，教室也會上鎖；後頭騎在警衛頸上的小傢伙對著警衛耳朵說話，催眠他取出鑰匙，前頭韓杰見那警衛昏沉沉地動作緩慢，有些不耐，對王小明連使眼色，令王小明穿過鐵欄，直接開門。

大夥加速向上，來到舞蹈教室前。

這次韓杰沒再讓王小明開門，而是示意大家退遠些，自個兒捏出一張尪仔標，在手中一擰，往門鎖上一按。

艷紅火光在他掌上溢開，似火似水的混天綾流入門鎖孔縫，撥弄一番開了鎖。

韓杰緩緩推門走進教室，開了燈，只見舞蹈教室牆面是一張張大鏡，裡頭並無異狀，但飄著淡淡邪靈氣息。

眾人隨後跟入，許保強警戒地自背後長袋裡取出他那「第二代伏魔棒」。是支桃木木刀。

這木刀原料是韓杰向先前購買茶樹以封藏「準岳父」王智漢傷魂的園藝異人討得的桃木木材；許保強另外又託爺爺請一位懂得削製木刀的老友，打造出這把桃木木刀。

「桃木木刀，虧你想得出來。」韓杰見那刀身上寫著符籙，造得有模有樣，忍不住討來揮了揮，只見許保強得意洋洋揭開工作褲側邊那寬長口袋，裡頭還有柄二十公分短木刀。

「既然是刀，以後不能叫伏魔棒了。」韓杰將木刀拋還給許保強。

「名字早就取好了——」許保強俐落接回木刀，嘿嘿笑著說：「鬼王刀。」

「鬼王同意你用他頭銜當武器？」

「他說我高興就好。」

「那就好。」韓杰在這舞蹈教室巡了巡，問：「所以這教室什麼情況？」

「這幾天又有幾個同學長出奇怪桃花，跟之前老師的症狀一模一樣，但情況比較輕微。」許保強說：「全都是舞蹈社的同學——之前跳樓的老師，是其中一個舞蹈社同學的班導師。」

韓杰一面聽，走過一面面練舞大鏡，在其中一面鏡子前停下腳步，瞇著眼睛凝視那鏡面半晌，伸手叩叩鏡面，再從口袋捻出香灰，在掌心畫了道咒，跟著攤掌鼓嘴朝鏡面一吹，只見鏡中的自己逐漸變成半透明。

「哦！」許保強等人湊到那鏡前，只見鏡中景象彷彿疊上另一個世界般，與現實舞蹈教室交錯閃爍——那空間雖也是教室模樣，但老舊陰暗，堆放著古舊教具，還貼著一些奇異陰符。

「鬼門……」韓杰伸手按了按那鏡面，從口袋捻出金粉，在鏡面四角畫了咒，又在自己身上畫了咒，轉頭對許保強等人說：「你們在這裡待著，有事傳訊息，我在底下收得到。」

「底下？這些鏡子就是通往陰間的鬼門？」許保強瞪大眼睛，嚷嚷說：「師父，帶我一起去！」

「給我好好待著！」韓杰見許保強急著跟來，一把將他推遠，瞪了他一眼，跟著轉身跨進鏡面鬼門。

「為什麼……」許保強重新追上，伸手去按鏡面，也想去陰間見識見識，但他手按在鏡面上只覺得冰涼一片，韓杰在自己身上畫下能夠通過鬼門的符，卻沒替他畫，他進不去，只能像是電視觀眾般，盯著韓杰穿過鬼門後在那奇異空間裡來回探查的身影。

韓杰剛穿過鏡面，立時揉了張尪仔標，化出一條混天綾纏上雙臂，一來防身、二來當作照明——這奇異空間也是教室模樣，但似乎經過些許刻意布置，桌椅被挪至牆邊，地板、壁面上畫著奇異符籙，還零星貼著古怪符咒。

韓杰一一檢視那些符籙，只覺得一張張怪符邪氣濃厚，卻不曉得有何作用，他走出教室，只見長長廊道壁面上，零星貼著詭異陰符，幾間教室裡破爛黑板上，也繪製著奇異符籙，他仔細察看那些符籙，同樣發散邪氣，但作用不明。

「……」他一時摸不著頭緒，索性拿出手機，將數間教室景象一一拍照，跟著他一路下樓，沿途經過不少類似教室，四周邪氣濃郁，他隱約感到周圍邪氣深淺不一，便循著邪氣最濃的方向探去，那是這所高中的室內體育館兼禮堂。

體育館大門纏著鐵鍊，鎖頭上裹著怪異符紙，韓杰剛伸手過去，鎖頭上的符紙立時燒出一團紫火，紫火裡探出一條鬼臂，張手要抓韓杰。

韓杰閃開扒抓，反握鬼手手腕，臂上混天綾迅速纏上鬼手，將鬼手燒得激烈顫動。

他猛力一抽，想將那藏在鎖頭裡的惡鬼抽出來，卻只抽出一截斷臂。

韓杰抛下焦黑鬼臂，檢視鎖頭，用混天綾開了鎖，推開體育館大門，不由得睜大眼睛——

整間體育館裡滿布碩大蛛網，攀著一隻隻巨大鬼蛛，蛛網上困著許多古怪東西，仔細一看，竟是豬雞牛羊之類的陽世牲畜；蛛網上幾隻巨大鬼蛛像是因韓杰這不速之客的闖入受到驚嚇，躁動起來，飛快從大網撲下，將韓杰團團包圍。

韓杰甩動混天綾，逼開幾隻鬼蛛，跟著摸出兩張尪仔標，往身前地板一砸，耀起兩圈光，他踩進光圈，雙腿兩側旋起一雙燃火光圈——風火輪。

一隻鬼蛛迎面撲來，被他用混天綾纏捲，定在面前，下一刻，那鬼蛛被自第二道光圈豎起的火尖槍穿身透體，燒成火球。

火尖槍串烤般扠著大鬼蛛持續浮空，韓杰抓著槍柄，轉身砰砰兩槍，敲爆兩隻自背後來襲的大鬼蛛，也敲碎了那串在火尖槍上的焦黑鬼蛛。

他抖了抖火尖槍上蛛屍焦屑，踩著風火輪擊斃剩餘鬼蛛，在大禮堂裡四處巡視半晌，發現一隻隻困死在蛛網上的牲畜，爪蹄上綑著繩子——這些牲畜動物並非狩獵得來，更像是人爲投食在蛛網上的「飼料」。

「誰會在陰間學校禮堂養蜘蛛？」韓杰巡視半晌，一時想不透這兒情況，只能將四周拍照存證，離開禮堂，正想繼續巡視他處，突然收到王小明的手機訊息——

「韓大哥，有大蜘蛛突然殺來！」

「我操！」韓杰催動風火輪，飛快奔回鬼門教室，卻呆立教室中——

鬼門入口消失了。

他穿過鬼門，踏入陰間時，特地檢視過入口，是一面特意懸在牆上的連身大鏡，此時那大鏡卻碎裂一地，鬼門封閉。

他急忙踩風火輪，飛梭竄出教室，衝入廁所——他也懂得數種開啓鬼門的法術，只要有面積足夠的鏡面、水池，他也可以畫咒開門。

但他接連闖了幾間廁所，每間廁所的鏡子都碎爛一地，像是早遭破壞，他總算意識到，那扇鬼門，是枚刻意調虎離山、引他下陰間的餌。

他急急竄出校園，尋找可供他施術返回陽世的大鏡。

□

「是蜘蛛魔女的同夥上來報仇？」

許保強舉著桃木刀，瞪著擋在校園廊道上那巨大蜘蛛，只覺得這些蜘蛛氣息和暑假時見從那些蜘蛛有些相近，又有些不同。

「誰知道！」王小明舉著他那亮晃晃的大左輪槍，對著廊道另一端，那兒天花板上也攀著隻大蜘蛛。「那蜘蛛魔女是陰間女魔頭，勢力不小，韓大哥宰了她，惹來她小弟小妹、親朋好友上來報仇，也不是不可能……哇！」他說到這裡，見前方天花板上大蜘蛛倏地落地，驚駭開槍。

一股濃厚阿摩尼亞氣味在大蜘蛛身前炸開，大蜘蛛像是嗅到殺蟲劑般飛快躲開。

許保強這端的大蜘蛛同時動作，飛快竄來，被許保強大喝一聲，嚇得釘在原地，頭胸上立時捱了許保強一記木刀重劈，碎了幾隻複眼。

許保強此時面容異常凶悍，這是鬼王鍾馗傳授他的獨門異法——扮鬼臉。

不同的鬼臉，有不同的效果，此時他這張鬼臉，叫作「鬼怒」，功效是對鬼怪產生一定的嚇阻力，這嚇阻力的大小，自然視雙方道行差異而定，半年前的許保強入門不久，鬼臉扮得生澀，暑假時保護董芊芊經歷了一場生死大戰，開學後持續跟著韓杰在鐵拳館鍛鍊數月、跑了十幾次除魔任務，體格強健許多，各種捉鬼道術也嫻熟不少。

此時他這張鬼怒擺得有模有樣，一般遊魂野鬼被他厲聲一喝，膽小點的甚至當場嚇哭，這些鬼蜘蛛其實不懂人語、不通人性，鬼怒效用弱了些，但依舊會呆滯一兩秒，這已足夠讓許保強施咒揮刀了。

「喝！」許保強再次劈落那避開尿臭、繞來襲他的大蜘蛛，領著王小明、被小傢伙催眠的校園警衛，一路往下退，接連擊退數隻蜘蛛，退回校園空曠處，等待半晌，沒見其他蜘蛛來襲，正要再次通知韓杰，就聽見韓杰喊聲遠遠傳來。

「沒事吧——」韓杰踩著風火輪奔來與許保強會合——他在陰間很快找著了夠大的鏡子，施法開了鬼門，趕回陽世校園，見許保強等安然無事，這才鬆了口氣。

玖

「嗯，最近確實有收到這樣的風聲。」

少女說話聲自韓杰手機響起，手機視訊畫面上是個模樣清麗的少女。

少女一面說，一面將模樣古怪的零食往嘴裡塞，她身後門旁上懸著一副帶鬃毛的褐色頭罩，那是陰差馬面的專屬面具。

少女是馬面顏芯愛。

顏芯愛嚼著零食，對著手機這端的韓杰和王書語說：「我們每個月都會收到三、五件類似的消息，有眞有假、有新有舊，你說過不需要通知你。」

「是沒錯。」韓杰喝了口啤酒，不置可否——顏芯愛說，近日確實有傳聞說，數月前被韓杰燒死的魔女見從某些舊部，打算向韓杰報仇，但韓杰長年與陰差不睦、與群魔結仇，每次下陰間都搞得大家人仰馬翻，認眞打算找他麻煩或只是單純造謠嚇人的傢伙在底下從沒少過，韓杰也一向不以爲意。

「我是不怕那些傢伙來找我麻煩。」他說：「但把鬼門開在陽世學校裡，還養了一堆鬼蜘蛛，這就不單單是和我的私仇了；要是眞搞出麻煩，上頭追究下來，地府也不好過。」

「這倒是。」顏芯愛說：「等等我上班就跟俊毅報告，不過你說的那間高中，不在俊毅轄區裡……」

「那更好。」韓杰冷笑幾聲。「其他城隍不處理無所謂，我如果下去，會用自己的方式處理。」

「我明白你的意思。」顏芯愛也嘿嘿笑，韓杰的意思很簡單，不在俊毅轄區裡，表示韓杰行事不用給俊毅面子，想怎麼「查」就怎麼「查」。

顏芯愛將零食全塞入嘴，鼓著雙頰離開座位，在自拍鏡頭外發出窸窸窣窣像是穿衣換裝的聲音，一面拉高聲音說：「我會幫你把話傳出去——在陽世孩子學校開鬼門確實是件大事，其他城隍再怎麼看你不順眼，應該都不想自己地盤鬧出這麻煩，有後續消息我會通知你。」

「謝了，另外上次跟妳說的那兩個傢伙……」

「麻雀跟鳳凰。」顏芯愛換妥馬面制服，回到座位前，繼續說：「除非有人故意模仿他們誤導你，不然按照你的描述，那漂亮大姊跟小男孩，應該是他們沒錯……他們之前確實是喜樂手下，但喜樂集團被你弄得亂七八糟，他過去手下不是自立門戶，就是投靠其他老大，他們幹的那些事跟喜樂有沒有關係，一時也很難判斷……吃凡人『快樂』這件事，在陰間雖然不常見，但也不只喜樂一個，如果喜樂手下真的投靠其他魔王老大，幫其他魔王老大幹起這些髒活，也不是沒有可能……不過不管他們跟喜樂有沒有關係，既然發生在你眼前，你都要負責處理，對吧。」

顏芯愛說到這裡，對著視訊畫面裡的分割自拍畫面，整整衣領，起身帶齊裝備，準備出門上班了。

「當然。」韓杰說：「如果背後主謀眞是喜樂，我老闆會更有興趣。」

「哦，我懂了。」顏芯愛走至門邊，取下馬面面具，來到桌前對著鏡頭戴上，整了整鬃毛、撥了撥馬耳上的銀亮耳環。「你的意思是，如果跟喜樂有關，太子爺有可能親自動手處理，如果主謀是陰間其他角色，牌子不夠大，整件事就你自行解決。」

「差不多是這意思……」

「一樣，有消息我會通知你。」顏芯愛取起手機。「我要上班囉。」

「謝啦，麻煩妳了。」韓杰喝乾啤酒，結束視訊通話，抓了抓頭，像是想回想剛剛顏芯愛提供的訊息，身旁王書語敲了敲平板電腦，將一則訊息傳至韓杰手機。

韓杰開啓那訊息，是條網址，那是他與王書語共用的一份雲端記事檔案，剛剛他與顏芯愛視訊，王書語窩在一旁默默聽，順手替他將資訊條列整理成檔案，寫進雲端筆記，再將連結傳給他，讓他隨時查閱。

「現在我不但要收上頭的籤令，還要收陽世的籤令了。」韓杰滑看著手機上王書語替他整理的訊息重點。

「現在最重要的，就是……」王書語正想進一步和韓杰討論這案子，韓杰已經扔下手機，還搶下她手中平板，摟上來亂親一輪，抱起她往臥房走。

「等等，我還沒說完，現在最重要的，就是看好小強跟芊芊的學校，在學校開鬼門，要是，哎喲，你先讓我說完……」

「不，現在最重要的，是陪老婆睡覺。」

「放心，我不會再想不開了……」年輕老師望著學校教職同事和幾位探視同學。「真是不好意思，讓你們看見老師的糗樣……」

距離年輕老師跳樓那天，已過了數日——當時他被鳳凰和麻雀合力施術蠱惑，那經鳳凰「多次釀造」的畸形快樂一下子被抽空，腦袋一片空白，似乎已記不太清楚當夜病房那場混戰。

當晚韓杰擊退了鳳凰和麻雀，那支裝藏快樂的手機並未被他們取走，陳亞衣透過媽祖婆那鼓舞心神的紅面神力替年輕老師加持，一面破解那手機封藏快樂的祕法，將快樂盡數還給了年輕老師——自然，物歸原主的快樂受到了相當程度的損傷，但至少讓年輕老師內心不至於一無所有，使他還記得過去經歷過的美麗時光、明白自己年輕有爲，還有大好前程。

許保強和董芊芊混在放學探望老師的學生之中，見老師平安，這才放心離開，轉而前往鐵拳館。

韓杰坐在鐵拳館那張用來供奉老獼猴的小桌旁的一張凳上，歪著頭盯視手機，神情顯得有些焦躁。

「師父，上來玩兩下吧。」許保強一進鐵拳館便迫不及待地換下制服，換上擂台T恤、鞋子，攀上擂台，倚在擂台角柱叫喚韓杰——這數個月來他隨同的除魔案件都是些嘍囉等級的遊魂野鬼，昨夜大戰鬼蜘蛛，讓他興奮得整夜睡不著覺，一整天對董芊芊稱有大事要發生，稱自己練了幾個月的拳腳、肉體和法術終於有認真表現的機會了。

許保強見韓杰抬頭瞪他，起初嬉皮笑臉擠眉弄眼，見韓杰沒有反應，像是真的發怒，這才乖乖翻下擂台，開始熱身、乖乖重訓——來鐵拳館，基本功課先練完，韓杰有空才陪他過兩招，這是韓杰早交代過的事，雖然有時候韓杰倘若心情好，這規矩會稍稍放寬，讓他熱身之後就喊他上台陪他練拳，但今日韓杰心情顯然不太好。

許保強正拉筋伸展，見韓杰朝他走來，更不敢怠慢，刻意將每個伸展動作做得標準紮實。

「今天學校情況怎樣？」韓杰來到許保強身旁，扠著手問。

「完全沒狀況。」許保強這麼說。「我也很意外。」

一整天下來，學校沒有半點異狀，董芊芊沒有再發現舞蹈社同學身上長出奇異桃花，許保強下課探視數次，舞蹈教室內外也沒有什麼奇異氣息，昨日鬼蜘蛛一戰，像是夢醒般沒有留下半點痕跡。

「師父，你說會向城隍府探探消息，探出什麼了嗎？」許保強忍不住問。「真的跟那蜘蛛魔女有關？」

「有。」韓杰點點頭，簡單轉述昨夜睡前與馬面顏芯愛的視訊交談。「說可能是那魔女的手下想找我麻煩……」

「那跟之前害老師自殺那些傢伙有什麼關係？」許保強問。

「誰曉得。」韓杰無奈說：「可能有關也可能無關……我只是覺得有點不爽。」

「爲什麼不爽？」

「因爲又蹦出一堆事情……」韓杰隨口簡述今日收到的三張籤令——

城隍府通報，陰間非法獸園內鬨，有員工帶著一批惡獸躲入陽世，可能禍及活人，盡快找出他。

一陰邪術士習得厲害邪術，欲召喚陰間魔王聯手作亂，給我好好「教誨」他，別讓他成爲下一個吳天機。

幾個重囚逃獄上凡，他們火力強大、行跡刁鑽，好幾間城隍府聯手都逮不著，向天庭申請支援，你幫忙處理一下。

「唔……」許保強一面拉筋，一面整理著韓杰轉述的籤令內容。「所以師父你今天一下子又收到三件新案子？『獸園』？那是什麼？」

「底下有些傢伙無聊得很，什麼都能玩。」韓杰沒好氣地說：「有些傢伙上陽世蒐集動物魂魄，回去煉成怪獸，賣給黑道、魔王當寵物或是打手……」

「所以……」許保強對這案子挺感興趣。「那張籤令的意思，是陰間一家養怪獸的，裡頭有個員工帶著一批怪獸跑上陽世來了？他想幹嘛？」

「我也想知道……」韓杰有些不耐。

「第二件案子，是陽世法師準備勾結陰間魔王作怪，聽起來跟師父你之前說的吳天機很像，所以太子爺要你在他變成下一個吳天機之前『教化』他。」許保強說：「第三件案子是一批火力強大的陰間逃犯逃獄？連牛頭馬面都對付不了他們？需要師父你支援？」

「沒錯呀，你幹嘛重複一遍？」韓杰扠著手原地踱步，見許保強熱身完畢，準備重訓，突然喊住他。「今天別重訓了，上來吧。」

「耶！」許保強見韓杰往擂台走，趕緊跟上，卻見韓杰沒有拿手靶，而是開始戴拳套，且還拋給他一副拳套——不是練拳用的拳擊手套，而是綜合格鬥用的露指手套。「今天教我什麼？」

「沒特別教什麼。」韓杰戴妥拳套，上台抓抓頭，跳了跳，隨意熱身。「來聊聊你現在會些什麼。」

「會些什麼？」許保強翻身上台，揮出幾記刺拳。「鬼求道、鬼見愁，我都能擺得很標準了——」他這麼說時，隨意用手指推擠臉孔皮膚，輕易推出幾張常人不可能做出的表情。

「很好。」韓杰突然一記刺拳直取許保強鼻子，在擊中他之前陡然收回。

「哇！」許保強正擠著鬼臉，直到韓杰收拳這才緊急側頭閃避。

「嘖……」韓杰皺眉搖頭，像是對許保強的反應速度有些不滿，跟著他連出數記虛拳，雖都刻意避免擊中許保強，但照許保強閃避速度，他這幾拳要是真打，許保強沒一拳閃得掉。

「躲不掉的話，就用手護頭！」韓杰皺眉低斥。「我說過幾遍？」

「是……」許保強像是察覺今日韓杰有些焦躁，連忙專心抬臂護頭，只見韓杰一記記快拳倏倏竄來，往他胳臂縫隙打，雖然每一拳都在擊中他之前收回，但只覺得冷汗直流——

他沒辦法躲開韓杰任何一拳。

他用胳臂護住頭，韓杰的拳頭就會瞬間出現在他腹肋處，他放下胳臂要擋，韓杰的拳頭已經在他臉旁竄過數次。

兩分鐘虛打對練，許保強沒受半點傷，卻嚇出一身冷汗。

韓杰退到角柱，撐著繩圈，像是在思索著什麼，許保強望著韓杰背影，隱約察覺韓杰用意——如果這不是練拳，而是實戰，對手不是韓杰，而是敵方殺手、厲害邪魔，他早死無數次了。

他喘著氣，喃喃地說：「師父，如果我眞的用上『鬼見愁』，速度會更快、血也厚一點……」

「……」韓杰轉過身，倚著角柱，向許保強比了個「過來」的手勢。「換你出拳，想辦法打傷我。」

「換我出拳？」許保強愕然問：「打傷你？」

「對。」韓杰說：「用什麼方法都行，拳頭、腳踢、摔技、關節技，什麼都行，用咬的、用騙的都行。」

「啊？」許保強困惑上前，對著退到角落的韓杰打出兩記刺拳，都被韓杰閃過。

他正滿心困惑，韓杰已經飛快繞到他背後，伸手敲了他腦袋一下。「什麼鳥蛋拳，給我認眞點！」

「是……」許保強連忙轉身，接連揮拳追擊韓杰，不是被韓杰閃開，就是被韓杰揮手格下。

「大力點、大力點！」韓杰抬手格拳、抬腿擋踢的力道愈漸加大，好幾次將許保強揮來的拳頭「擋」得彈開老遠，架勢都亂了，只用「守勢」就將許保強逼到了角柱，且不時提醒他出拳時機。「就是現在、現在，破綻，我臉出現破綻了你沒看見，慢了慢了，我說你才打，我怎麼可能讓你打，快快快快快！出拳重一點，沒吃飯是吧！」

許保強左拳往韓杰側腹勾去，被韓杰用右臂夾住左手，他右拳揮向韓杰左頰，被韓杰用左手抓住拳頭，兩手受制，只聽見韓杰和遠處老龜公同時大嚷：「頭錘！」

「啊？」許保強呆了呆。「頭錘？」

「我說——」韓杰像是對許保強這呆愣反應有些失望，微微向上一蹦，身子一彎，竟用自己的臉，往許保強額頭猛烈一撞。「頭錘啊！」

磅啷一聲，許保強應聲倒地，摀著額頭像是痛極，抬頭見韓杰直勾勾站在他身邊，面無表情望著他，整個鼻子歪得誇張，鼻血泉湧洩下，滴滴答答地落在擂台上，濺在許保強臉上。

「阿杰，你今天吃了炸藥啦？」老龜公駭然拿著毛巾，上台摀住韓杰鼻子，將他拉下台，往廁所推。「現在是營業時間，店裡還有客人呀。」

幾個健身客人見韓杰竟用自己的鼻子來教許保強「頭錘」，不禁都傻了眼。

拾

「一塊肉吃不飽的話就再叫一塊。」韓杰喝著紅茶，指了指許保強面前空鐵盤。「我請客，儘管吃。」

「啊？」許保強正大口吃著牛排館裡的自助吧餐點，一旁的董芊芊才剛吃完牛排，拿餐巾紙拭嘴，聽韓杰這麼說，左顧右盼，不解地問：「這裡自助吧不是吃到飽嗎？」

「對呀。」許保強嘴裡還塞著食物，說：「吃到飽幹嘛多點，吃其他的就好啦。」

「牛肉蛋白質比較豐富……」韓杰抓抓頭，彆扭地說：「多吃點肉，多長點肌肉……」

「不用啦！」許保強指了指面前兩只餐盤上堆滿滿的小菜。「豆干、豬耳朵、豬腳、炸雞，都有蛋白質啊，師公有教過我怎麼吃。」

「……」韓杰聳聳肩，不置可否。

「嗯？」許保強望著韓杰鼻子，問：「你鼻子剛剛整個歪了，現在還會痛嗎？」

「差不多好了。」韓杰捏了捏鼻子，不久前歪掉的鼻子，此時外表僅有些發紅，他盯著許保強額頭──還隆著一處腫包。「你回去冰敷一下，拿幾條毛巾弄濕放冷凍庫，輪流拿出來用，過兩天就不痛了。」

「有蓮藕身眞好。」許保強這麼說：「受傷一下子就好了。」

「是呀……」韓杰苦笑了笑，說：「所以……其實我根本不知道怎麼帶你，過去十幾年，我一直單槍匹馬。」

「你不是已經帶好幾個月了嗎？」許保強說：「我們並肩作戰很多次了。」

「不一樣。」韓杰搖搖頭。「這次對手不是一般遊魂野鬼，可能跟地底魔王有關，我的身體跟你們不一樣，我可以死纏爛打，但你不行；剛剛如果我是你的敵人，你有九條命也不夠死，你連毛都還沒長齊，我不能讓你和他們打……」

「長齊了啦。」許保強咧嘴笑著，指指董芊芊。「不信你問芊芊。」

「問我幹嘛啦？」董芊芊大力擰了許保強胳臂。「你白痴喔！」

「媽的……」韓杰板起臉，說：「我不是跟你開玩笑。」

「我……我也不是開玩笑呀。」許保強不服說：「師父你自己說過，陰間魔王不能隨便上來陽世，其他嘍囉什麼的，有暑假那個蜘蛛魔女厲害嗎？」

「沒有……」韓杰說：「見從是即將成魔的準魔女，差不多是能上陽世的傢伙裡，最高一級的敵人了。」

「那就對啦！」許保強說：「我連準魔女都見識過了，那時我還很菜，現在我鬼臉都學得差不多了，其他對手也沒蜘蛛魔女那麼強，那有什麼好怕的。」

「見從是被我宰掉的。」韓杰瞪著許保強，說：「我怕的就是你現在這樣……」

「我現在……怎樣？」

「之前你功夫沒學全，會怕、會逃。」韓杰說：「現在你覺得自己厲害了，不跑了，但如果對手夠陰、夠狠、夠厲害，你一不小心可能就丟掉小命；實戰跟演習不同，沒有人可以即時提醒你該怎麼做，就算提醒你也不見得反應得過來，我跟你說——我也一樣。」他說到這裡頓了頓，繼續說：「就算是我，也常常捱打、常常粗心大意、常常吃虧上當，但是我身體夠硬，可以亂打，你不行……所以這次事情我自己處理，我不能讓你們冒險……」

「什麼？」許保強瞪大眼睛，連連搖頭。「不行啦，師父，我也要一起……」

「我操。」韓杰不耐地說：「你都叫我師父，師父說的話你不聽嗎？」

「小老弟呀……」

一個奇異粗獷的聲音自許保強喉間響起，許保強像失了神般兩眼發直、閃閃發光，咧嘴緩緩地說：「他師父是我，他該怎麼做，我說了算，輪不到你說話。」

「鬼王老大，是你？」韓杰有些訝異，一旁的董芊芊見鬼王突然降駕許保強身子，也有些驚訝，瞪大眼睛望著許保強。

「是呀。」鬼王附身許保強說：「這件事，我要你帶著他一起幹。」

「……」韓杰默然幾秒，說：「我只聽我上頭命令。」

「你上頭已經下令了，你回家瞧瞧就知道了。」鬼王沙啞笑了幾聲，操使許保強的手指了指許保強腦袋說：「他的安危你不用擔心，你當我接下案子、領了酬勞美酒，什麼都不幹？我有那麼不負責任嗎？」

「哦？」韓杰聽鬼王這麼說，這才放心地點點頭。「如果有鬼王老大幫忙看著，那我就帶他玩玩吧……」

「唔唔……」許保強身子一顫，思緒似乎還凍結在鬼王降駕開口之前，與韓杰爭辯起來。「我不管啦，我也要幫忙啦，我練這麼久，我——」

「好。」韓杰揚手打斷許保強糾纏，說：「讓你幫忙，不過有一個條件。」

「除非鬼王降駕接管，不然平常你跟著我行動，得聽我指揮，我叫你打就打、叫你跑就跑。」韓杰這麼說：「聽見沒有？」

「這當然啊，哪次不是這樣！我什麼時候不聽你話了！」許保強揮手抱怨：「這陣子鬼王在夢裡只顧著喝酒，根本不教我新招……他才不管我死活咧！」

□

黑暗中，夜鴉扠著手，遠遠望著垂掛在客廳吊燈下方那男人。

男人四十餘歲，此時長舌垂出口外，已經死去一段時間。

圈著他頸子的那條繩圈，繩身漆黑，發散著陣陣悲苦氣息，繩上透著黑絲，捲著吊燈甚至深入牆中——若非這黑色繩圈奇妙力量幫忙固定吊燈，這燈飾應當支撐不住男人體重。

若不算近兩個月，這男人的人生平凡無奇，他外貌普通，自一所不高不低的大學畢業，覓得一份不好不壞的工作，年復一年領著不多不少的薪資、過著不上不下的人生。

兩個月前，他遇上鳳凰——假扮的投顧經理，經歷了今生全加起來也比不上的大起大落。

他著魔般愛上鳳凰，對鳳凰言聽計從，不但動用多年積蓄，還挪用公款，甚至向地下錢莊借下大筆借貸，按照鳳凰的指示玩起股市當沖。

兩個月來，他的快樂跟痛苦像是失控的雲霄飛車般，這兩天衝破雲霄、下兩天墜入地獄，他買的股票有時翻倍大賺、有時血本無歸——這是鳳凰和麻雀最擅長的把戲，讓他的心在狂喜跟劇痛間來回擺盪，彷如牛胃反芻般反覆不停地「精煉」著他的快樂——

本來按照鳳凰和麻雀的計畫，他們竊走那年輕老師的快樂和魂魄後，就輪到這男人，但當晚被韓杰擊敗，負傷逃回陰間，來不及找上這男人。

鳳凰在陰間也沒閒著，透過手機和男人聯繫，持續讓他作著美夢，堆積他心頭快樂。直到今夜二度上來，將他的快樂一口氣提取清空。

兩小時前，下班後的男人還喜孜孜地返家換裝，準備迎接宣稱出差返國的鳳凰，要帶她吃頓上好宵夜，慶祝股市連日大漲，財產數字日漸豐厚。

但壞消息、手機訊息、新聞像是鞭炮般接二連三爆炸——

他手中那支屢屢突破高點、衝上外太空的股票，所屬公司宣布倒閉，價值數億的股票轉眼變成廢紙；他挪用公款的事情被發現了，公司主管、法務一通通電話令他彷如置身冰窖；鳳凰打來的電話，說不用他來接機了，她有了新歡，正準備跟新歡去看夜景。

夜鴉等人假扮成錢莊討債打手，在他被連環壞消息打擊得天旋地轉之際，登門拜訪。

麻雀沒收了他那支積存著滿滿快樂的手機，遞給他那黑色繩圈。告訴他現在只有兩條路可以選，一條是還錢、一條是死。

他選擇死。

他甚至沒能認出變裝的鳳凰，就將腦袋套過繩圈，踢倒了腳下的椅子；他也不知道這兩個月來的股市波動、挪用公款，甚至是借貸，全都不是真的，而是麻雀的幻術——影響凡人股市波動這事情太過高調、且麻煩，使用幻術簡單多了，先前年輕老師墜樓事件，算是失誤，最後惹來神明使者介入，這次他們上來，行事更加謹慎低調，影響能小則小。

夜鴉面無表情，望著男人的身體漸漸冰冷，魂魄被拘入黑色繩圈中——那並不是男人痛苦的盡頭，而是痛苦的開始。

繩圈裡藏著麻雀訓練的惡鬼，負責調理男人的魂魄，就和鳳凰釀造快樂一樣，持續凌虐男人的魂魄，鍛打他的痛苦。

麻雀走到男人面前，下一秒，頭下腳上地蹲在天花板上，解開黑色繩圈。

男人的身體啪啦墜地。

麻雀捧著黑色繩圈，湊近鼻端聞嗅：「好棒吶！喜樂爺一定會滿意這道菜！」

「別偷懶。」鳳凰提醒他：「繼續加油添醋，在繩子裡慢慢燉他、熬他、煮他。」

「還用妳說。」麻雀嘿嘿笑著，將繩子收進口袋。「我有很多點子。」

「下一個是誰？」火雞不耐煩地取出手機，滑看名單，上頭有五個人名，男人是其中一個，這五人是他們四個這幾天在陰間討論之後決定的人選，都是資質不錯的快樂名單。

「這個好了，離我們最近。」麻雀這麼說。

「不。」鳳凰搖搖頭。「今晚一個就夠了，同天太多人自殺，全都是上吊，都找不到繩子，這樣一定會上新聞吶。」她說到這裡，頓了頓，望著麻雀。「你另外四隻苦煉鬼，想好用什麼裝了嗎？」

「美工刀吧。」麻雀說：「割腕。」

「另外三個呢？」

「鐵鎚砸頭如何？」

「太不自然了，想個低調點的……」

「嗯……」麻雀一下子想不出來能囚禁魂魄、看起來又低調的自殺道具。「我再想想，反正妳說今晚一個就夠了，下一個用美工刀，我再想想有沒有其他東西。」

「……」夜鴉面無表情地聽鳳凰和麻雀討論，心中暗暗透了口氣。

今晚還輪不到蓉蓉。

但很快就要輪到她了。

拾壹

「妳相信輪迴嗎？」

「相信啊。」

「妳之前不是不相信，怎麼突然又信了？」

「我前世大概是一隻小麻雀，你是一隻老鷹。」

「怎麼說？」

「我上輩子被你吃下肚，這輩子來向你討債了。」

「有可能喔。」

「你到底什麼時候回來啦，我好想你，好想見你。」

「快了，這兩天就去找妳。」

深夜，夜鴉盤坐在五光十色的城市高樓頂端。

在與蓉蓉互道晚安後，他將視線從手機螢幕轉移到整個城市，和兩三小時前相比，入夜之後，燈滅了許多，但依舊很亮，亮得讓人看不清天上星星。

百年來，夜鴉始終不習慣越來越亮的陽世夜晚。

他在世時的陽世夜晚，只要天空無雲，抬頭就能望見美麗星空；他死後變了鬼，一步步成為喜樂左右手，每幾個月上陽世蹓躂辦事，百來年過去了，陽世夜空彷如上下顛倒。

夜空昏暗朦朧，反倒大地愈加燦爛，從高處遠望，地比天更像星河。

他滑看著手機上一張張與蓉蓉的合照，經過了百年，他幾乎忘了當年女孩的確切模樣，只記得她有雙美麗眼睛，和那枚與蓉蓉眼角一模一樣的痣。

「妳是她嗎……是她嗎？」夜鴉盤坐在上下顛倒的星河中呢喃低語，思緒彷彿回到了上個世紀的那個時空——

當年變回一個人的夜鴉，靠著扒竊，獨自苟活了兩、三年。

他不願遠離女孩，始終在那大老闆華宅周圍市鎮活動，每隔一兩個月，就會返回大宅周遭遊盪幾天，等待與她重逢的那一天。

在他十九歲那年，終於等到了。

那天適逢佳節喜慶，她難得能夠離開大宅外出放風——自然，她身邊跟著家僕，是兩個年紀約莫十五、六歲的小婢女。

他們在市集，隔著一處擺在十字街口中央的雜耍攤位，望見了彼此。

夜鴉盯了她半晌，視線挪移到她手中牽著的那個不足三歲的小男孩，小男孩和兩個小婢女的注意力全放在攤子上的雜耍戲子身上。

夜鴉感到兩、三年來壓在心頭的重擔一下子消失了，他一直擔心她在那大宅裡會受欺負，但見到她此時衣著漂亮，手上牽著孩子，身邊還跟著隨侍，比以前更美了，這才鬆了口氣，向她點了點頭，轉身離開。

他茫然走過一條條街，滿臉淚水被風一吹，凍得和冰一樣，他抹了抹臉，這才發現自己走回了當年老光集團在這市鎮裡的落腳處。

他深入那小巷弄，走過一間間破屋，聽見身後腳步聲，轉身見到是她。

她喘著氣，追了上來，握住他的手，問他這兩年好嗎？

他說自己混得還不錯，問她怎麼獨自一人追來，孩子呢？

她說她編了個理由，說天暗了風大，先讓一個小婢女帶著孩子返家，自己領著另一個小婢女轉去替老爺挑禮物，再趁著市集人多，獨自拋下那小婢女，一路追來——沿途她早已不見夜鴉影蹤，只能憑著記憶，找來當年窩藏數個月的破落據點。

當真撞見了他。

他用淚水抹去臉上髒污，說自己很替她開心，要她回去之後好好保重，他會祝福她一生幸福。

她說她不回去了。

隔天天還沒亮，他們鬼鬼祟祟地從當年藏身破爛空屋中出來，開始逃亡。

在入夜之前，他們已經逃到了隔鄰城鎮。

昨日她外出本便要替那大老闆買節慶禮物，身上帶了些錢，加上一身首飾，足夠他們過上好一陣子。

女孩提議找個可以落葉生根的地方，平平靜靜窩上一生。

夜鴉覺得她的提議不錯，當年的他與後來成為喜樂左右手的他自然大不相同，那時他對人生沒有什麼璀璨想像，在他短暫的人生中，除了替老光工作時，想著如何得手、如何逃脫之外，多數時候腦袋裡想的，除了她和早逝的母親之外，不過就是下一餐的著落。

只要能活下去就好了。

平平淡淡、無憂無慮，對那時的他而言，就是最大的幸福了。

他們憑著過去和老光集團東奔西走時的回憶，選中一個兩人都喜歡的目的地，是個純樸的小村，純樸到當年兩人隨著老光集團流落到那時，覺得沒什麼油水好撈，便匆匆趕往下一個熱鬧地方。

那小村就像是他們的救贖之地，他們想在那個地方展開新生。

目的地離他們很遠，要走上許多天，他們毫不猶豫地往那兒出發。

逃亡的時光艱苦又美妙，他和她好久沒有這麼快樂了，或者說，在那幾天裡，是他和她的短暫人生中，最幸福的時刻。

女孩沿途變賣首飾、華服，換上樸素衣裝，隨著夜鴉一路低調趕路。

一個月後，他們抵達了距離那樸素小鎮不遠一處稍微繁華點的市鎮，當年他們在這市鎮待過好幾個月，扒過不少有錢人，算是熟稔；他們在這市鎮裡買了些作物種子、柴刀和簡單的鍋碗、生活工具，找了間旅店，吃了這個把月來最好的一餐，好好休息一晚，翌日趕赴樸素小村。

那小村靠山，他們打算在山上找塊地，搭個遮風避雨的小屋，山上有野味和野菜，配上乾糧，吃住不成問題，足夠撐到兩人找著零工，賺點銀兩，擴建小屋，種更多菜、養些雞鴨；菜種多了、雞鴨生蛋，還能拿去小村和鄰近市鎮賣點錢。

拾貳

黑色廂型車駛在山區產業道路上。

「就是前面那棟別墅?」許保強彎著腰，往前探頭探腦，想要瞧清楚大家口中的「鬼屋」究竟長什麼樣子——

「鬼屋」是韓杰三張新籤令中，那批地獄重囚的陽世據點。

鬼屋外觀其實一點也不恐怖，在老邁夫妻屋主細心維護下，內外都乾淨整潔，還有個漂亮幽靜美麗的小花園;「鬼屋」二字，只是這次任務的位置代號。

鬼屋主人是一對和善的老夫妻，此時正被地獄陰魂附體，透過網路購買大批陽世藥材、香燭、紙錢元寶，在鬼屋後院施法——這批陰魂中，有個擅使奇術、道行深厚的惡鬼，他們將買來的紙錢元寶燒下陰間，聘僱傭兵、購買武器。

與這陽世「鬼屋」相對應的「陰間鬼屋」，此時也駐守著幾個地獄逃犯以及一批僱傭兵。

廂型車持續駛近鬼屋，車內三人三鬼，正副駕駛座一男一女，一身黑色西裝，領口上分別頂著顆牛馬腦袋，他們是陰間城隍府派上陽世支援的牛頭馬面。

廂型車後座除了許保強外，還有韓杰、陳亞衣和王小明。

「底下圍好了嗎？」韓杰問：「別這頭打進去，那頭跑光了。」

「陰間鬼屋外面道路兩端、山上山下都封鎖了，除了幾十個牛頭馬面外，還有幾支民間巡守隊，連黑白無常都出動了。」副駕駛座上那穿著黑色迷你裙、踩著厚底鞋的馬面顏芯愛，回頭對韓杰展示手機螢幕，螢幕上正呈現著此時此刻、陰間鬼屋外頭的攻堅即時畫面。

「這些傢伙連火神砲都弄來了？」韓杰湊近一看，只見到陰間鬼屋別墅二樓陽台欄杆後頭，竟架設著火神機砲，守在機槍手後頭兩個陰魂，扛著火箭筒，朝著遠空駛來的直升機發射火箭彈。

「韓大哥，你等等打算怎麼打？」陳亞衣手握奏板，一張臉墨黑一片，已經向媽祖婆借好力，隨時可以出戰。

「幹！你們現在才開始討論戰術？」駕車的牛頭張曉武大聲嚷嚷。「要開幹啦——」

「等等，前面有人！」韓杰遠遠見到鬼屋外一個老婦人，赤腳持著一雙菜刀，走上產業道路，像是已經發現來者不善，想要攔車。

她是鬼屋女主人，身體附著地獄陰魂。

牛頭張曉武絲毫沒有停車的意思，反而踩足了油門，加速往她衝去。

「喂！她不是鬼，她是活人！」韓杰大叫，伸手揪著張曉武肩頭。

「幹！」張曉武扭肩推開韓杰的手，換檔進一步加速，唰地撞上老婦人。

廂型車在觸及老婦人那瞬間，炸成一片黑霧。

韓杰彈在空中揉開兩張尪仔標，甩出混天綾捲上許保強身子，踩著風火輪唰地落進鬼屋庭院，踢倒兩個地獄亡魂，朝著庭院外道路上那團黑霧大罵：「我操你個張曉武，車上載著活人你不知道嗎？」

「哇——」許保強被混天綾纏著，在空中翻了幾個滾，安然落地，嚇出一身冷汗，摸著戰術背心，只見幾只口袋裡的符籙道具撒落滿地，正急著要撿，就見到鬼屋裡地獄陰魂舉著衝鋒槍推門殺出。

「小心！」韓杰甩動混天綾，替許保強和自己擋下一片彈雨。「陰間的槍，裝上『鬼牙』，可以打死活人！」

道路那端，陳亞衣在廂型車炸成黑霧時，同樣被飛甩上天，立時被自奏板竄出的外婆苗姑接個正著，保護她安然落地。

黑霧消散，老婦人昏死在馬面顏芯愛懷裡。

牛頭張曉武揪著那附身老婦人的地獄陰魂，一面掄拳狂毆那陰魂，一面瞅著韓杰嘿嘿笑，像是惡作劇成功般。「這車是陰間最新道具，能載人，但撞不死人。你沒聽說過嗎？鄉巴佬！陽世俗！」

「我操——」韓杰全力甩動混天綾擋下鬼屋裡一陣陣掃射，無心和張曉武鬥嘴，他拉著許保強衝至庭院一張戶外小桌旁，捻出金粉在小桌上畫了道咒，跟著掀翻小桌，和許保強躲在桌後。

寫上金粉的小桌彷如盾牌，能擋下鬼牙槍的子彈。

「進攻——」王小明舉著大左輪槍，朝著剛剛被韓杰踹倒的兩隻地獄陰魂開了幾槍，也找了個掩蔽物躲著，望向韓杰，像是在等他號令。

張曉武替那附身陰魂銬上骨銬，往顏芯愛腳邊一扔，顏芯愛抬腳一踏，厚底鞋重重踩在那陰魂胸口，踩得他動彈不得。

張曉武拉開領口，露出裡頭的緊身衣，扯下緊身衣領口上的一只吊牌，大步往鬼屋走去，他那黑西裝袖口、領口、褲管紛紛炸出黑煙，嘩啦啦地凝聚出一套重型防彈護甲。

「俊毅老大，曉武哥跟韓杰已經打進鬼屋庭院，你們可以全力攻堅了。」顏芯愛攙著老婦人，與陰間鬼屋外的俊毅城隍通話。

「幹你老師！」穿著厚重防彈護甲的張曉武，從護甲背後取下一把霰彈槍，走過韓杰小桌邊，見到韓杰和許保強蹲在桌後，哼哼地說：「到底是你支援我還是我支援你呀？」

他一面說，一面朝自鬼屋二樓陽台舉槍出來射他的地獄陰魂開火還擊。

他這把霰彈槍用的彈藥是電擊彈藥，殺傷力不如裝了鬼牙的私槍，但壓制力和攻擊範圍都不小，即便打在門窗上也能電得屋內惡鬼哇哇大叫、手腳麻軟。

「地府現在給你們的裝備這麼精良？」韓杰取出一張尪仔標揉開，見張曉武那套防彈護甲堅實，捱了幾陣掃射都安然無恙，不禁有些好奇。

「幹，地府最好對我們這麼好！」張曉武直挺挺地站在彈雨裡裝填新彈，開槍壓制屋內惡鬼，一面說：「這是老子花錢跟小歸買的，一套多貴你知道嗎？」他一面說，一面轉身讓屋內陰魂射他後背。「儘管射、你們儘管射，射越爛越好，老子這件裝甲有終身保固，打壞了小歸會替我修到好，不用白不用。」

穿著重甲的張曉武，高舉霰彈槍，擺出像是淋浴般的姿勢，像是在享受彈雨洗禮，聽見韓杰朝他大呼小叫，回頭一看，只見陽台陰魂扛出火箭砲對準了他。

張曉武飛身閃避，火箭砲在庭院中央炸開，將張曉武震飛老遠。

「我操你個白痴！」韓杰將那張揉爛的尪仔標往二樓陽台扔去。

尪仔標在空中炸出金光，翻出一隻小豹，吼叫著撲倒二樓陽台那發射火箭的地獄陰魂。

「準備好了嗎？」韓杰朝許保強使了個眼色。

「嗯！」許保強頂著一張怪異鬼臉，對韓杰點點頭，同時，他的身體正快速變形，一雙胳臂變得粗長，撐破T恤袖子，還生出粗毛，彷如大猩猩胳臂。

「上！」韓杰甩動混天綾，捲上許保強身子，將他往二樓拋去，同時催動風火輪緊跟在後，一同攻進二樓。

陳亞衣躍過被火箭彈炸得天旋地轉的張曉武身子，奔向別墅大門，見門後陰魂舉槍要開，立時重重踏地，大喝一聲：「你敢開槍試看看！」

一圈漆黑自她腳下飛快擴散，震進屋內，守在大門內的陰魂像是被陳亞衣這記漆黑震波震懾般，持著槍顫抖好半晌都不敢扣下扳機。

「殺呀！」王小明朝著半敞門內拋了枚手榴彈，見屋內黃煙噴竄、騷動起來，便衝出掩蔽物，開槍掩護陳亞衣。

「你們這些傢伙竟然帶槍上陽世作亂，好大膽吶——」陳亞衣奔到那半敞別墅門前，一記飛踢衝踹進屋。

屋裡幾隻惡鬼正被王小明拋進的那童尿手榴彈熏得睜不開眼，一聽陳亞衣吼聲，嚇得槍都握不穩，紛紛腿軟倒地。

二樓也傳出陣陣哀號，頂著「鬼見愁」鬼臉的許保強，額生鈍角、嘴冒獠牙，一雙胳臂壯碩不下猩猩，掄拳亂打，將惡鬼們揍得往一樓逃。

「通通給我跪下！」

陳亞衣見一隻隻惡鬼往樓下逃，再次重重抬腳踏地，頂著黑面威嚇怒吼，嚇得惡鬼們紛紛趴伏在地上。

「聽到沒有，跪下！」許保強蹲在二樓欄杆上，幫腔大吼。「不然我啃掉你們腦袋——」他這鬼見愁兼具鬼怒效果，和頂著黑面神力的陳亞衣一搭一唱，像是士官長訓誡新兵般，將這批陰間重犯嚇得魂飛魄散，再也不敢反抗，紛紛棄械投降，被隨後趕入的張曉武和顏芯愛，一一銬起，清點人頭。

「咦？師父呢？」許保強東張西望找起韓杰，此時他雖仍維持著那鬼見愁模樣，但分心之下，殺氣消散不少，額頭鈍角消退、牙也短了，威嚇力量變小，身旁有隻惡鬼膽子便大了，悄悄起身像是想逃，立時捱了王小明兩槍，被臭翻倒地，捂著眼睛打起滾來。

「幹你老師，不准再開槍了！」張曉武儘管戴著牛頭面具，有陰差身分加持，仍覺得這尿彈氣味臭不可聞，朝王小明破口大罵。「你想臭死老子啊？」

王小明委屈地說：「牛頭大哥，這不能怪我，要怪小歸老闆呀，他配給我的武器就是童子尿彈。」

「幹！」張曉武提起那捱了尿彈的惡鬼，將他上銬，轉頭怒斥王小明。「老子是陰差，都只能分發到電擊槍了，你這肥宅想拿什麼槍？」

五分鐘後，陽世鬼屋裡的群鬼全數投降，老夫妻被驅離了惡鬼，被攙至臥房，沉沉昏睡。

臥房裡那張連身大鏡，上頭還繪著奇異符籙，這就是陰陽兩處鬼屋相連的「門」。

陳亞衣待在臥房檢視昏死的兩老身子，正打算施術抹去連身鏡上的鬼門，便見到韓杰自這大鏡鬼門探身而出。

他跨出連身大鏡，抖抖外套，身上還瀰漫著陰間焦灰氣味，另一手還提著一個大漢，那大漢臉上有三道大疤，模樣粗獷凶惡，但此時被韓杰用香灰繩子五花大綁，動彈不得。

韓杰將那大漢提向陳亞衣，對她說了幾句話。

陳亞衣連連點頭，一旁苗姑抖開紅袍，將那大漢收進了紅袍口袋。

「師父！」許保強轉回臥房，見到韓杰，愕然問。「你怎麼在這？」

「順路去底下幫點忙。」韓杰捻出香灰，畫了個咒，抹去鏡上符籙，關了這鬼門。

原來剛剛他見屋內惡鬼沒太大威脅，許保強用鬼見愁已經足以壓制群鬼，底下還有一票幫手，便指揮小豹找出鬼門，一路殺進陰間鬼屋，踩著風火輪橫衝直撞、四面亂打，揪著惡鬼劈頭就問帶頭老大是誰。

本來坐擁強大火力的陰間鬼屋裡的亡魂逃犯，沒料到陽世鬼屋這麼快被攻破，直接被韓杰打進內部，那些架設在陽台上的重型武器一時無法掉頭，被韓杰一陣衝殺，立時潰散。

屋外幾個城隍見鬼屋裡頭騷動起來，陽台上操作重武器的陰魂都進屋支援，立時下令攻堅，大批陰差攻入鬼屋，將這批陰間逃犯、傭兵，全逮個正著。

「怎麼不帶我下去見識見識？」許保強見韓杰抹去鬼門，不禁抱怨。

「別急。」韓杰白了許保強一眼。「將來遲早會下去。」

拾參

清晨五點整，鬧鐘嗡嗡作響，許保強蹦跳下床，飛快穿衣整裝，揹上背包。

他一整夜沒睡，就等這一刻。

今天是寒假第一天，韓杰準備正式執行第二張籤令——後續的線報已經揭露那召魔術士的藏身地方，韓杰要去「教化」他了。

許保強步出臥房，爺爺早已醒來窩在客廳看報。

「準備跟師父出征啦？」爺爺翻著報紙問。

「是呀。」許保強點點頭。

「小心點。」

「放心！我現在超強！」

許保強下樓出門，騎著腳踏車趕往火車站與韓杰會合；他們搭上火車，目的地其實不算太遠，但是騎車往來倒也挺累。

韓杰倒是沒帶多少東西，只帶幾件換洗衣物，見許保強揹著個登山大背包，不禁皺起眉頭。「我們只去兩三天，你帶這麼大一包幹嘛？」他拉開許保強背包拉鍊，見裡頭除了換洗衣物之外，還有一綑柳枝、柳葉、一大包鹽和幾小袋米，不禁啞然失笑，拍了他腦袋一下。

「你白痴嗎？」

「師父，你自己說，生活也是訓練的一部分。」許保強說：「我把東西準備齊全，揹在背上走路都能當作重訓，不好嗎？」

「當然不好。」韓杰無奈說：「用點大腦，你出遠門想練身體，找個公園跑跑步、拉單槓、做點伏地挺身，不用揹著米包到處跑；而且我們一到那邊馬上就要行動，你揹這些鬼東西麻煩死了。」

「那怎麼辦？」許保強無奈問：「不然我找個寄物櫃放，等回來再拿。」

「不用不用。」韓杰搖頭，望著火車票。「下次聰明點就行了。」

兩人上了火車，剛找著座位坐下，韓杰手機響起，來電顯示是個陌生號碼，他一接，手機那頭劈頭立時傳來張曉武的飆罵聲：「我幹你這顆韓吉老師咧——你昨天是不是偷了個傢伙上去？你想幹嘛？」

「不好意思，你打錯電話，沒這個人。」韓杰掛上電話。

張曉武再次打來，暴怒大吼：「我幹——」

韓杰再次掛上電話。

手機三度響起，來電顯示是顏芯愛，韓杰接聽。

「韓大哥……」顏芯愛無奈問：「昨天鬼屋行動，我們清點過人頭，少了一個，所有人都說是他帶頭，那傢伙是這批逃犯的頭目。」

「然後呢？」韓杰問。

「那些傢伙說，他們見到他們老大被太子爺乩身——也就是你，抓走了。」顏芯愛說。

「……」韓杰微笑沉默，幾秒後才說：「我有點事情問他，問完了就放回去給你們。」

「我幹他老師，他以爲他是誰？我幹——」張曉武的飆罵聲從手機那端傳來。

顏芯愛也說：「你有事要問，可以跟我講，我可以幫你問……你這樣擅自……」

「不好意思。」韓杰說：「你們這次任務是好幾間城隍府聯合行動，作主的也不是俊毅，其他城隍我信不過。」他說到這裡，頓了頓，又說：「那傢伙我交給媽祖婆乩身保管，她祖孫倆會替我問話，問完了就通知你們去領人，其他城隍有意見，叫他們寫狀紙告上天庭——如果可以把我告倒、告到太子爺開除我，我會燒紙錢下去打賞各位，我要結婚了，還要顧著鐵拳館，我也不想一天到晚忙這種屁事……」

韓杰沒說完，張曉武的飆罵聲再次遠遠響起，顏芯愛像是安撫張曉武般打起圓場。「這次是城隍聯名向天庭請太子爺出動乩身幫忙，讓人家問幾句話也不算太過分；而且讓媽祖婆的人問話，說不定更能問出眞話……」

「韓兄。」俊毅接手通話：「你覺得陰間逃犯這件事，跟見從舊屬想找你麻煩這件事情有關？」

「不曉得……我不確定他們跟見從有沒有關係，但我的直覺告訴我，這些事情沒那麼簡單；媽祖婆乩身問出話，我會第一時間通知你們上來領人。」韓杰這麼說完，客氣寒暄幾句，掛上電話。

許保強聽得滿腹疑問，正想發問，韓杰便收到陳亞衣傳來的訊息——

「韓大哥，外婆問出來了，那傢伙受一個叫作『血蝠』的傢伙收買，提供他軍火，要他鬧點事情。」

韓杰撥了通電話過去。

「俊毅那邊應該會向妳要人，先別交人，替我問清楚『血蝠』的事情，弄清楚了再通知他們領人。」

「沒問題。」

韓杰掛上電話，思索一會兒，哼哼笑了起來。「眞巧，都是有翅膀的。」

許保強聽得一頭霧水，問：「翅膀？什麼翅膀？」

「你還記得你們老師跳樓那晚嗎？」韓杰說：「鳳凰、麻雀都有翅膀，他們之前是陰間魔王喜樂的手下，還有個夜鴉，也有對大翅膀，這次又多了個血蝠……哼哼！」

「然後呢？代表他們是一掛的？」

「誰知道。」韓杰說：「不過之前底下那些傢伙每次想幹大事，就故意派一堆鳥蛋上來惹事，讓我很忙。」

「所以……」許保強問：「這個召魔的法師，也跟他們同夥？」

「晚點見到他就知道了。」

□

身材瘦高的中年男人自中藥行步出，他神情憔悴、頭髮凌亂，戴著細框眼鏡、穿著襯衫和舊夾克，提著一袋藥材走至對街，乘上車，將藥材放置副駕駛座椅上，發動引擎。

「韓大哥，目標出來了，他上車要走了……」王小明一身米色風衣，戴著碩大的特製遮陽斗笠和墨鏡，揹著一只銀色背包，坐在公寓樓頂圍牆牆沿，雙手各自拿著一支手機，遠遠地監視著中年男人，將男人動靜一一回報給韓杰。

汽車緩緩駛動，轉彎。

一具模樣古怪的空拍機跟在汽車後方十餘公尺上空。

王小明望著右手手機，俐落地單手操作手機上的操作介面，控制這陰間空拍機追車。同時，他站起身，在公寓樓頂時飛時走，他背後那只銀色背包，下方有兩具造型類似火箭噴射口的裝置，這是飛行背包——鬼能飛天，但每隻鬼道行不一，飛行能力有高有低、速度有快有慢，王小明算是飛行能力不佳的那種，這銀色飛行背包能夠提供他額外飛天動力，讓他在天上輕盈得像隻鳥兒。

空拍機、全身遮陽裝備、飛行背包，自然都是小歸提供的裝備，讓他在陽世全力協助韓杰。

王小明道行不高、腦袋也不特別聰明，但對電玩和電子科技產品特別在行，他在樓宇頂端飛跑，單手操作空拍機追車，持續將中年男人的位置通報韓杰。

「繼續盯著他，人別離太近，他會發現。」

「遵命！」

韓杰和許保強在幾條街外的燒臘店裡，匆匆扒完飯，坐上租來的機車，朝王小明通報的地點駛去。

十餘分鐘後，中年男人停下車，提著藥材走近一處老公寓。

王小明在數十公尺外的公寓樓頂水塔上停下腳步，遠遠望著男人開門走進公寓，一面向韓杰回報位置，一面操作空拍機緩緩飛近公寓，從樓梯間小窗，持續跟監那中年男人。

男人在三樓停下，準備取鑰匙開門。

空拍機逼近樓梯間小窗，男人像是察覺到什麼般往窗外一瞥。

空拍機在男人轉頭前一刻，飛快拉高——這空拍機是陰間道具，陽世凡人其實看不見，但倘若男人身懷道行，或許會發現。

王小明就算變了鬼，身手也不太靈活，但他操作空拍機卻俐落得很，一見男人轉頭，手指立刻做出反應，操縱空拍機飛出男人視線外。

男人進屋，關門，還站在前陽台朝外頭張望半晌。

王小明躲在遠處樓頂圍牆後，探頭瞧了老半晌，見男人進屋，正要打電話詢問韓杰下一步指示，便見到韓杰機車轉進這條巷弄。

「韓大哥，那間。」王小明立時飛身追上韓杰機車，將中年男人住家指給韓杰看。

「好。」韓杰點點頭，捻了張尪仔標抖出混天綾，按上公寓大門開鎖，交代王小明幾句，領著許保強上樓。

韓杰來到那中年男人家門前，按下電鈴。

十餘秒後，中年男人揭開木門，警戒地望著韓杰。「你……是誰？有什麼事嗎？」

「老兄——」韓杰冷笑扠手，單刀直入地問：「你跟哪位老大合作？」

「啊？」中年男人呆了呆，搖搖頭。「我不明白你說什麼，我不認識你……」

韓杰挑挑眉，望了手機兩眼，又問：「我這樣問好了，你最近在幹什麼勾當？」

「我……」中年男人深吸口氣，露出了幹壞事被揭發的神情，緊張地說：「你說什麼？我哪有……幹什麼勾當？」

「誰知道你幹什麼勾當。」韓杰望著手機，螢幕上顯示著王小明操縱的空拍機畫面。「你沒事綁個女孩在家，脫光人家衣服，在她身上寫一堆符，這算是什麼勾當？啊？你自己說吧。」

「神經病！」中年男人駭然怒吼，重重關上木門。

韓杰手機螢幕上的空拍機畫面裡是個房間，角落有張祭壇小桌，中央鋪著塑膠帆布，就躺著一個赤身裸體的女孩。

女孩胳臂上有些針孔，身上寫滿符籙文字，一動也不動地沉沉睡著。

地板還擺著幾把用以屠宰、分解大型牲畜的專用刀具——斬骨、剝皮、切肉，每把刀功能不同。

空拍機飛出那古怪空房，外頭客廳平凡無奇，像是尋常人家的客廳，中年男人還佇在陽台，背抵著木門喘著氣，身子劇烈顫抖。

韓杰望著空拍機畫面裡，中年男人驚恐顫抖的模樣，又敲了敲門，說：「你不想聊聊嗎？」

中年男人喘了喘氣，不理韓杰，快步走回客廳，往女孩房間走，伸手旋動門把，陡然大驚——女孩房門反鎖著。

是王小明鎖的。

王小明蹲在女孩身旁，滿心愛憐地瞧著這面貌清秀的女孩。

據韓杰後續取得的籤紙線報，這女孩是這中年男人準備用以獻給陰間魔王的「祭品」，目的是換取魔王賞賜他特異力量——這行徑和當年陳七殺一模一樣。

韓杰帶著許保強步入中年男人家陽台，關上鐵門和木門。

喀啦兩聲，鐵門開了，再喀啦兩聲，木門也開了。

「你……你們幹嘛？」中年男人指著踏進客廳的韓杰大喊。「這是我家，你們進來我家幹嘛？」

「你可以報警啊。」韓杰指了指客廳電話。

「……」中年男人一聽「報警」，立時露出心虛的神情。

「你要跟我聊聊嗎？」韓杰大剌剌地往沙發坐下，許保強有樣學樣地也窩進沙發，像是大哥談判時在旁助威的小弟般，兇狠瞪著中年男人。

「你……你想要聊什麼？」中年男人喘著氣說。

「我要知道，你跟哪位魔王合作？」韓杰冷冷問。

腿。

「魔王？什麼魔王？」中年男人皺眉。

「只有魔王，才敢幹活人獻祭這種勾當。」

「什麼魔王、什麼活人獻祭，我聽不懂你說什麼……」

喀啦，女孩房門緩緩開了，從韓杰的位置，正好可以看見躺在房間中央的女孩一雙小腿。

中年男人回頭，自然也瞧見房中女孩，他臉色青蒼發白，急急辯解說：「那是我外甥女，她病了，我替她治病……」

韓杰朝許保強使了個眼色。「報警吧。」

「是。」許保強點點頭，拿起手機撥了一一〇。「喂，警察局嗎？這邊發生綁架案，位置是——」

「呀——」中年男人像是發瘋般朝許保強撲來。

韓杰一腳踹在廳桌上，將廳桌踢得打横，撞上撲來那中年男人的雙膝，讓他整個人翻摔過廳桌，轟隆撲倒在地，抱著膝蓋哀號。

韓杰起身，將男人胳臂拗至後背，將他壓在地上，伸手在他背上、肩頭、腦袋上敲敲扣扣，像是在檢查他的身體，露出疑惑神情。「菜雞一隻……什麼魔王會看上這種貨色？」

「什麼魔王？什麼魔王？」中年男人哀號求饒。「我……我不知道你說什麼……老師、老師不是魔王……老師是神明！是神明！」

「老……師？」韓杰皺起眉頭。

拾肆

夜晚，夜鴉四人佇在老婦人屋中。

老婦人躺在床上，已經沒了氣息，她是這次夜鴉等人上來狩獵的那份快樂名單上第二人。

和名單上前一個中年男人一樣，老婦人在短時間裡歷經了狂喜，然後跌入深淵——在鳳凰的幻術下，她以為重病多時的兒子痊癒了、要出院了，喜孜孜地準備熬雞湯、燉補品，但那幻境情節卻急轉直下，剛出院的兒子在她面前被大車輾得支離破碎，她見到模樣古怪的鬼差持著鏽蝕尖叉將她兒子碎塊一塊塊叉到她面前，勉強拼湊成人形，開始審理著她兒子生前一件件過錯，稱要將他打下十八層地獄，且宣判老婦人的連帶責任。

驚駭到心臟麻痺的老婦人，魂魄被封印進麻雀手上一只小盒，無縫接續著生前幻境——對老婦人而言，那虛構出來的幻境幾乎等於成真，她在盒中被假扮陰差的惡鬼審理、恐嚇、用刑，不但自己受刑，也目睹一個個親人受刑。

麻雀托著手上小盒，悄聲吩咐著盒中惡鬼接下來的酷刑花樣。

那小盒就像是一個壓力鍋，火力全開地替喜樂熬煮著一份上等痛苦。

□

「夜鴉，喜樂爺吩咐我們要團體行動不是嗎？你要單獨去哪？」鳳凰望著夜鴉。

夜鴉稱今晚有事，明晚在第三份名單住家會合。

「兩天後輪到我那對象，這兩天我替喜樂爺多調味添點火……」夜鴉淡淡地說。

「不必這麼麻煩。」鳳凰微微笑說：「如果你想趁這兩天盡量提高她的快樂，那很簡單，我的幻術……」

「不用了。」夜鴉說：「妳那些把戲，我也不是不懂……我負責她一段時間了，我知道她喜歡什麼。」

「喲，這麼認眞。」火雞扠著手，倚在牆角，瞅著夜鴉冷笑。

「……」夜鴉斜了火雞一眼，沒有搭理他，身形一閃，已經竄到公寓上空，面無表情地往與蓉蓉約定的地點飛去。

蓉蓉在快樂名單上排在第五位，後天是假日，也是她生日，麻雀提議在那天「採收」她的快樂，應該可以採得最大值。

按照眾人規劃，夜鴉在後天與她約會、替她慶生，送上一捧玫瑰——

那捧玫瑰，即是鳳凰與麻雀聯手打造用以吸取快樂的道具。

玫瑰在吸取蓉蓉快樂的同時，會釋放鳳凰幻術，進一步讓蓉蓉墜入地獄。

鳳凰和麻雀替那幻術劇情構思了幾個版本，第一個版本是在夜鴉送花之後，第三者隨即現身，逼迫夜鴉在兩人之間做出抉擇，自然，夜鴉不會選擇她——這版本除了老套之外，甚至有些滑稽，對向來樂觀的蓉蓉來說，或許不是最沉重的一擊。

第二個版本，是兩人約會結束返家途中，夜鴉出了意外——但橫禍出現得太過突然，對蓉蓉而言，震驚或許遠大於痛苦。

第三個版本，是兩人遭到夜鴉仇家綁架，蓉蓉將親眼見到幻境裡的夜鴉被仇家殘酷凌虐至死，同時她自己也會遭到慘無人道的對待，直到她再也忍受不了，逮著機會自盡，當她決定自盡那一刻，眞實世界裡的她會同步行動，自我了斷——鳳凰、麻雀、火雞對這版本最爲滿意。

鳳凰說可以讓眾人進入她的幻術裡玩耍一番。

火雞想親自上陣在幻境裡扮演仇家、肢解虛擬夜鴉、凌虐蓉蓉，這是他最擅長的事情。

麻雀要眾人快點決定劇情，他才可以吩咐那婚戒盒裡的惡鬼，在擄獲蓉蓉魂魄後，延續幻境內容，進一步熬煮她的痛苦。

夜鴉表示自己沒意見，大家覺得怎樣好，就怎樣做。

□

夜鴉在空中遠遠瞧見佇在ＤＶＤ出租店騎樓下守候的蓉蓉，他俯衝向下，落入前一條街裡一處無人暗巷，抖了抖風衣領口，往巷外走去。

他邊走，全身裝扮同步變化，一頭馬尾長髮變成斯文短髮、漆黑風衣變成毛衣、皮褲變成牛仔褲、黑靴變成休閒鞋。

他的五官也微微變化，本來蒼白且嚴肅的臉龐浮現出血色、堆起了笑容。

他來到蓉蓉身旁，摸了摸她的頭。

她抬起頭，給他一個大大的擁抱。

兩人走入ＤＶＤ出租店，挑了兩部片，帶著滷味和冷飲返回蓉蓉租屋處，吃滷味看完兩部片，跟著洗了個鴛鴦浴、調暗了燈光，擁吻親熱起來。

夜鴉摟著蓉蓉，身體持續著交合動作，視線卻盯向窗外。

窗外是鳳凰和麻雀，他們笑嘻嘻地觀賞著夜鴉的一舉一動，不時出言調侃。

「要是喜樂爺知道夜鴉哥這麼盡責，一定會很感動。」

「是呀。」

夜鴉靜默無語地與蓉蓉做著，直到完事，與蓉蓉併躺在漆黑臥房床上，哄她入睡。

鳳凰和麻雀這才離去，夜鴉望著天花板上一枚枚螢光貼飾，腦海裡浮現起許多年前的那一晚——

那夜天上新月如鉤、繁星點點。

他與女孩蹲在避雨小棚外逗著撿來的看門小狗，觀星賞月。

他們來到小村山間已十來天，身後用以遮風避雨的小棚正開始擴建，此時已經稍微看得出「屋子」的雛形，等明天他們聯手將竹床搭好，就不用晚晚以芋葉鋪地當床了。

小棚外有塊小田，種子入土沒幾天，還要花上好段時間才會長出成果——他們過去沒有農耕經驗，這田種得拙劣，或許會失敗許多次，但女孩變賣首飾衣服的錢還剩餘不少，兩人都年輕，平時摘採山菜、抓些野兔老鼠甚至昆蟲什麼的，也足夠兩人過活。

一步步走下去，有天他們或許可能在小村買塊地，蓋間磚砌小屋，落地生根、生兒育女，或許平淡，但比起過去漂泊各地行竊，安穩多了。

兩人被蟲鳴蛙叫圍繞著、沉浸在幸福裡，過去當賊的警戒心減少幾分，直到腿邊小狗叫起，這才發現後方那陣細細碎碎、踏草而來的腳步聲逐漸明顯。他們繞過小棚，只見後方隱隱亮著火把光芒。

「看到了！在那邊——」

一大隊人馬持著刀，舉著火，快步往小棚逼近。

大老闆發出懸賞、聘僱好幾路人馬，四處尋找私奔的他們——男的剁碎了餵狗，帶回雙手作爲憑證；女的捉回大宅，不論生死，賞金不變。

這是大老闆開出的追緝條件，他不介意女孩死活，只要能出口惡氣即可。

好幾路人馬分別找上老光，向老光打聽他那集團過去活動路徑，推測夜鴉和女孩可能的落腳處；其中一路人馬終於找進這小村，四處打探近日有無一對年輕男女在附近出沒。

小村人少，他們本來沒有打聽出什麼風聲，但偏偏有個眼利的小弟，在傍晚時分，瞧見不遠處山腰上那縷生火煮食的炊煙。

夜鴉和女孩奔回小棚，拿了錢和柴刀，拔腿飛逃。

他倆幹了許多年扒手，腳程都快，但追兵裡幾個年輕小伙子身手也不差，身邊還帶著獵犬，無論他們怎麼逃，始終擺脫不了追兵。

他們撿回的小流浪狗，被獵犬咬著後腿，被追兵一刀斬下半邊腦袋，女孩也被獵犬咬著小腿，摔倒在地，夜鴉回頭斬死一頭獵犬，和接力撲上的三頭獵犬殺成一團，直到哨聲響起，負傷獵犬退下，夜鴉這才驚覺，他們已被團團包圍。

夜鴉和女孩無路可逃，殺傷兩人後，被擊落柴刀，綁回小棚。

如同大老闆的懸賞令，夜鴉被眾人當著女孩的面砍下雙手，活活砍死。

夜鴉死後，成了孤魂野鬼，他死狀淒慘，生前記憶破碎凌亂，從陽世漂流到陰間，過了好幾年，才逐漸拼湊回完整記憶，那時他還不知道女孩下場，只漫無目的地四處晃盪。

流落陰間的他同樣被欺壓，直到在一處老舊市集被喜樂發現。

喜樂似乎瞧出夜鴉潛力，耐心聽他講述生前往事。

「真是可憐吶，還好你被我撿了，要是被陰差抓去，說不定要送去地府審判，打下十八層地獄呀。」喜樂這麼說：「我現在想幹些大事，想擴張勢力，需要一批人手，你願不願意替我做事？」

夜鴉當時，提出了微薄的要求。「喜樂爺……您……勢力大，我……我想拜託您，替我打聽一個人。」

「誰？」

「我不曉得她現在……是死是活……」夜鴉怯怯地說：「她現在應該很無助，只要能幫上她，讓她處境好點……我什麼事都願意做……」

「是嗎？」喜樂眼睛閃閃發亮，問了女孩姓名，透過關係，直接向閻羅殿調動資料，查出了女孩下落——

也死了。

在夜鴉被砍死的那夜天明之前，女孩被凌辱取樂盡興的追兵們割喉放血，用厚布裹屍，運去向大老闆討賞。

女孩死後不久即被陰差逮著，早已審完，她因生前扒竊，需要下地獄服刑幾年，才能領取輪迴證，等候輪迴。

「我如果幫你救出她，讓她立刻輪迴轉世。」喜樂將調查的結果告訴夜鴉——

那時夜鴉獲得喜樂賞賜的些許道行，身手超過先前欺壓他的陰間惡霸許多，替喜樂立了幾件大功，被喜樂視爲值得栽培成左右手的第一人選。「你願意長長久久效忠我嗎？」

夜鴉顫抖地下跪磕頭。

「只要喜樂爺幫得了她，我永生替喜樂爺做牛做馬。」

「好。」

不久之後，女孩獲得特赦，被分發至大輪迴殿宿舍裡等候輪迴。

夜鴉則奉喜樂命令，領著幾個手下潛入某個魔王重要據點，成功竊得某些重要犯罪證據——在陰間，魔王與地府陰司勾結，也與陽世術士勾結，不同勢力彼此互相競爭、爭搶地盤，有時甚至會借刀殺人，煽動天庭出力鎮壓敵對勢力。

夜鴉竊得的證據，足夠讓天庭出動乩身神使，對付敵對魔王在陽世豢養的那批陽世術士，同時也能夠讓暗助敵對魔王的地府陰差們，轉而與喜樂合作，一口氣斷絕那魔王陰陽兩界一切資源。

完成任務的夜鴉，沒來得及見上女孩一面——畢竟喜樂關係太好，替女孩弄得的那張輪迴證，都是鑲金框的特別資格證，讓女孩能夠插隊快速輪迴。

緊急趕往大輪迴殿的夜鴉，只能在陰差帶領下，從輪迴殿內遠遠望著女孩踩上大輪迴盤，隱沒於其他輪迴魂魄身影中。

夜鴉好幾次想要大聲喊她，卻沒眞的喊出聲，一來他知道她即將轉世成人，不該讓她心生掛念；二來他知道她已經喝下孟婆湯，或許已經不記得自己。

總之，夜鴉懷抱著感恩的心，返回喜樂據點，接受喜樂褒賞。

那次任務之後，陰間勢力此消彼長，喜樂資源、人脈、關係倍增，敵對魔王則孤立無援；很快地，喜樂地盤飛快擴張，成爲與第六天魔王平起平坐的一方之霸。

夜鴉則效忠喜樂至今。

拾伍

街坊鄰居團團圍在公寓外，對著被警察押出的中年婦人指指點點。

婦人歪著頭喃喃碎語，突然尖叫：「老師、老師！救我，求求您大顯神威，救我，我不要坐牢——」

「……」韓杰和許保強佇在頂樓加蓋牆沿，望著中年婦人被押上警車。

兩人身後那加蓋建築內外，還有不少員警持續蒐證。

半小時前，韓杰在那中年婦人對一名嬰孩割喉前一刻，攻入屋內制伏了婦人，報警抓人。

和昨天中年男人一樣，婦人對韓杰盤問「魔王」二字毫無反應，只滿口「老師」。

「老師？」許保強抓抓頭。「地下有個叫『老師』的魔王嗎？」

「沒聽說過。」韓杰聳聳肩。

一名刑警上前喊了韓杰一聲，遞給他一支手機，韓杰接聽，是王劍霆。

王劍霆是台北市刑大年輕刑警，他爸爸王智漢過去曾任市刑大小隊長，與韓杰熟識多年，兩人合力解決不少離奇懸案；近一年前，地底魔王密謀斷絕韓杰三界一切支援，王智漢成了那盛大計畫裡的犧牲者，不僅命喪陽世，且被灌注殺人惡徒生前記憶，替魔王合夥成員那頑劣兒子頂罪。

最終韓杰連同陰陽兩界的夥伴們，殺去陰間閻羅殿，救出王智漢魂魄，擊退魔王聯軍。王劍霆則接替王智漢，成爲韓杰與警界的聯繫窗口之一。

「韓大哥，聽說你那邊又出現同樣的案子！」王劍霆聲音有些驚愕。

「是啊……」韓杰抓抓頭。「犯人是個大嬸，綁了個小嬰兒——好像還是她親戚小孩，跟昨天那女孩一樣，身上寫了符，符也差不多……」

「昨天那人已經供出許多事，但細節我還不清楚……我幾分鐘前剛到而已！」王劍霆氣喘吁吁地說——今早韓杰特地撥了電話給劉長官，要求劉長官下令調動王劍霆南下支援昨日擄人案件，方便和他保持聯繫，誰知道今兒個一早，韓杰收到王書語電話，說籤鳥小文叼出兩張新籤，內容是先前術士籤案後續發展，稱其他縣市出現相同法師，要韓杰緊急前往阻止。

「現在怎麼辦？」韓杰莫可奈何。「你要過來這裡，還是……」

「我會請那邊警方把嫌犯帶來我們這裡，一次問清楚。」王劍霆這麼說。

韓杰身旁那刑警似乎聽見王劍霆說話聲，神情有些不悅，吸了口氣說：「這樣我們有點難做喔……」

韓杰還想說些什麼，自己手機響起，只好將王劍霆那通電話交還給刑警老兄，讓他們自個兒溝通轄區問題；他接聽自己手機，是王書語打來的。

「杰——」王書語聲音緊張，急急地說：「又來了！」

「什麼？」韓杰瞪大眼睛——小文再次遞來新籤，且不等王書語返家，而是直接將籤抓去王書語任職的律師事務所，在王書語辦公室窗外用腦袋撞窗惹王書語注意，放他進窗，將籤紙交給王書語。

魔王手下術士擄人獻祭，火速救人！

王書語快速唸出籤令內容和事件地址，緊張地問：「你現在趕去來得及嗎？」

「不確定，不過我會處理，妳快拍下籤紙照片傳給我，另外傳給劍霆一份。」

「好。」

韓杰取得王書語傳來的翻拍照片，立時拍拍那刑警肩膀，搶過他手機，對王劍霆說：「立刻通知台南市刑大，第三件擄人案出現了。」韓杰急急說：「你姊會把地址傳給你，你替我報案，我立刻趕去。」

「什麼？台南！」王劍霆語氣驚愕，還來不及多問，韓杰便將手機還給那刑警，帶著許保強和王小明下樓，臨走前還不忘將租來的機車鑰匙拋給那刑警。「老兄，我租的車麻煩你了。」

「師父，你不騎機車去火車站？」許保強跟在韓杰身後，好奇地問。「你想直接叫計程車下台南？」

「來不及。」韓杰從樓頂來到四樓，卻沒有繼續下樓，而是轉進四樓婦人家，繞過在屋內持續蒐證的員警，走進浴廁，將浴缸塞子塞上，放起水來——屋內員警都是樓上那帶頭刑警學弟，先前見學長和韓杰互動交談多次，都以爲韓杰是自己人。

「喂，劉長官。」韓杰一面放水，一面撥電話給位居中央的劉長官。「有件急事要拜託你，昨天的擄人案你知道吧，我要你——」

韓杰要劉長官下令成立一個專案小組，讓王劍霆共同參與，即時向他通報消息。「我收到第三件案子的籤令，現在就要趕過去，後面還有幾起我不知道，這兩件都沒死人，之後會怎麼發展，就看我的消息夠不夠快……」

劉長官過去差一點被當成祭品獻給陰間魔王，韓杰救了他，多年來劉長官十分禮遇韓杰，提供各種警界資源協助韓杰執行籤令任務——魚幫水、水幫魚，若無韓杰十餘年來四處奔走、戰鬼伏魔，各種稀奇古怪的社會案件會增加不少，劉長官或許沒有今天的高位。

「別說了，你快趕去台南，我會幫你處理好。」劉長官急急地說：「等等，你怎麼過去？來得及嗎？我可以派車……」

「不用，我走捷徑更快。」韓杰婉拒劉長官調派專車，掛上電話，見浴缸水已三分滿，將許保強也喊了進來，吩咐他關上門。

「師父！」許保強見韓杰從口袋捏出一把香灰，呢喃唸咒，握拳在浴缸水面上晃動，讓香灰自拳頭小指間隙流洩至水面，立時明白他的意圖。「你想開鬼門！」

「對。」韓杰握著香灰，在浴缸水面上寫出一道大符——香灰施了咒，落至水面不散不沉，反而微微發出青光。

整個水面倒影開始變化，和先前許保強學校那舞蹈教室鏡面一樣，疊上一層虛幻影像，像是兩個世界重疊在一塊兒。

韓杰用拳中殘灰，在那符籙尾巴抖了抖，拖出一條香灰尾巴捏在手上，對許保強說：

「好了，下去。」

「哦？從陰間過去比較快？」許保強瞪大眼睛，好奇抬腳要往浴缸跨，韓杰卻將他腳拍下，拎著他後領將他上半身按進浴缸。

「哇——」許保強怪叫一聲，只覺得上半身一陣怪異沁涼，被按進浴缸潛水的身子並沒有撞著浴缸底部，而是從浴缸裡「探」了出來。

他瞪大眼睛，望著四周浴廁。

壁面斑駁老舊，空中飄浮著點點殘灰、瀰漫著淡淡火焚氣味。

另一個世界——陰間。

「還不快點！」

許保強感到腰際被重重拍了一下，聽見韓杰的喝聲從底下遠遠傳來，連忙手撐浴缸探身出來，轉頭見到浴缸那端韓杰像是跳水般，捏著香灰尾巴撲進浴缸，唰地探身竄起、翻身出來。

緊跟著，王小明乘著一輛兒童玩具車唰地飛出，飄在空中，背後那只飛行背包還呼呼噴著青火。

韓杰抖了抖捏在手中的香灰尾巴，那浴缸水面陡然一沉，鏡面幻影消失，關上鬼門，領著許保強和王小明急急下樓，來到街上；這公寓樓中有幾戶住著陰間遊魂，見活人出來，有些驚訝大呼小叫，有些嚇得逃遠。

「在陽世是人怕鬼，在陰間是鬼怕人。」王小明這麼說。

「我知道，師父說過，活人來到陰間，銅皮鐵骨、力大無窮……」許保強好奇地四面張望，只覺得陰間乍看之下像是陽世夜晚，但更古舊破落許多，且永遠不會天明。

「別發呆，要出發了。」韓杰捏出一把香灰，撚成六條香灰繩子，一同捲上王小明車尾，他將其中兩條纏上自己和許保強腰際，餘下四條分出兩條要許保強抓緊、纏著雙手，跟著捏出三張尪仔標，砸出三對風火輪，一對附上自己雙腿、一對貼上許保強雙腿，最後一對，裝上王小明座下玩具小跑車後輪外側。

「GO——」王小明威風高呼一聲，踩下油門，他那玩具跑車速度本便不慢，裝上風火輪後更輕更快，拖著韓杰和許保強唰地往前飛竄，眼看要撞上建築，後頭韓杰一抖香灰繩子，指揮風火輪協助小跑車轉向兼穩定車身。

「嘩！」許保強第一次踩風火輪，速度快得令他咋舌，幾次急轉彎將他甩得擦撞牆面、撲地拖行，只微微疼痛，沒有受傷，眞如韓杰過去說的——陽世活人來到陰間，銅皮鐵骨、力大無窮。

他們從巷弄竄上大街，確認了方向，一路往高速公路飆去。

高速公路底下交流道彎彎曲曲，還有不少車輛。

「直接飛過去！」韓杰見許保強駛向交流道，立時騰出一手，捏出第四張尪仔標和一把香灰，在手中揉出一陣金光。

「什麼？」王小明驚呼：「我這小跑車不會飛呀，背包拉不動你們兩個活人……」

他還沒嚷完，只見頭頂射過一道金光，筆直往前飛竄，那金光底下還拖著數條香灰繩子，香灰繩子另端緊緊捲著車身。

那道往前飛梭的金光，將整輛小跑車連同韓杰、許保強，一同拉上半空，飛越過整片交流道，直接飆上高速公路。

「哇！是火尖槍！」王小明見前方那道金光飛勢漸緩，原來是韓杰扔出火尖槍增加動力。

「回來、回來……」韓杰一面招手喚回火尖槍，一面轉頭問許保強。「小子，習慣了沒？」

「太爽啦——」許保強緊握著香灰繩子，踩著風火輪隨著車跑，一路奔來，漸漸習慣風火輪的飛速跟操控。

「不行。」韓杰搖搖頭，伸手接回火尖槍，像是擲標槍般，喝地往前再一擲。「師父，回到陽世也借我風火輪用用吧。」

「哇——」在王小明怪叫聲中，小跑車再次火箭般騰空飛竄，一口氣飛越幾十輛車。

「爲什麼不行？」許保強在空中尖叫問。

「在陰間你摔不死。」

韓杰說完，小跑車斜斜落下，轟隆落地，許保強一個沒踩穩，撲倒在地，被拖行好長一陣，終於穩住腳步，起身飛奔，狼狽地說：「我可以練習……」

「你又不是我，你的命只有一條。」韓杰這麼說，再次接回，再次擲出。

「哇——」眾人再次飛竄騰空。

不到二十分鐘。

小跑車一個甩尾轉入巷弄，停在一處連棟透天門前──這戶人家，即是第三件術士擄人案件陽世地址對應的陰間位置。

「查查地址對不對。」韓杰抬頭仰望這四層連棟透天公寓。

陽世陰間路名、地址編排規律略有不同，王小明飛快滑著手機，自一個陰陽兩界地址轉換查詢ＡＰＰ裡，鍵入韓杰籤令的陽世地址，比對眼前連棟透天公寓的陰間門牌。「沒錯，就是這戶！」

「上去。」韓杰收去許保強和小跑車上兩雙風火輪和火尖槍，僅留一對風火輪在自己腳上，一把揭開那透天玻璃門闖入那戶人家。

這透天公寓住著陰間住民，見韓杰帶著活人闖入，嚇得大呼小叫起來。

「別慌別慌！」王小明嚷嚷安撫。「神明乩身辦案，別怕、別怕，你不會有事！」

但屋裡幾個等候輪迴的陰間住民嚇得慌了，一點也不理睬王小明的安撫，有個拿起電話就要報警通知陰差。

「喂喂喂──」許保強抹了抹臉，露出一臉詭譎神祕笑容，朝著幾個驚慌的陰間住民喊：「大家安靜聽我說！我們不是壞人。」許保強擠眉弄眼換了張奸巧臉，說：「我們不會傷害你們，我們只是想──」他說到這裡，望向韓杰。

「向你們借個廁所。」韓杰乾笑兩聲，自顧自找起廁所。

「對，借廁所。」許保強說：「神明乩身出勤，大家幫個忙，上天會論功行賞。」

「……」幾個陰間住民呆愣愣地望著許保強，同時抬手，指向廁所方向。

韓杰沒等他們指路，早已找著廁所，那廁所沒有浴缸，韓杰便對著鏡子畫符，同時對外催促。「喂！王小明呢？過來——」

「小明哥！」許保強堆著怪異鬼臉，搖了搖王小明。

「你說上天有賞？」王小明呆愣愣地望著許保強，呢喃說：「我想要一個女朋友……」

「怎麼你也被催眠啦？」許保強見王小明也被他鬼笑加鬼詐哄暈了，連忙變了張臉，大力搖他肩頭。「醒醒！」

「喝！」王小明這才驚醒，看見韓杰站在廁所外扠手瞪他，急忙上前。「怎麼了，我怎麼了？」

「沒事，鬼門開了。」韓杰一把拎起王小明，將他往鏡子裡塞。「去給我探探路，看看那頭動靜……」

「沒事沒事、別怕別怕……」許保強回復成鬼笑臉，一面張手安撫屋內陰間住民們，緩緩退到廁門前。

韓杰拿起手機，撥了通視訊電話給王小明。

螢幕上立時呈現返回陽世的王小明手機拍攝畫面。

一樓透天廁所外客廳，擠滿攻堅員警。

「韓大哥，一樓好多警察！」王小明持著手機拍攝怪叫。

「上樓看看。」韓杰吩咐。

王小明飛身竄上二樓，只見二樓一間房門微微敞著一條縫，門後似乎擋著大櫃，門外幾名員警輪流朝著裡頭喊話。「先生，你別激動，有事好好談——」

王小明舉著手機湊近半敞門縫，偷拍房內情景，只見房中雙人床上有一男一女。

女人赤身裸體，身上畫滿相同的奇異符籙，歪頭閉目，像是昏迷般一動也不動。

男人蹲在女人身後，左手握著把尖刀，用胳臂架著女人脖子，右手高舉一只金屬打火機。

那只金屬打火機蓋子揭開，燃著小小火苗。

這對男女和床被枕頭，一片濡濕。

床下還有兩只白色塑膠空桶——汽油。

「韓大哥！這男人灑了汽油！」王小明尖叫。

「我看到了。」韓杰這麼說，思索半晌，突然問：「那房間有沒有廁所？」

「廁所？」王小明探頭入房，望了望，點頭說：「有！有廁所，這是套房。」

「好，你聽好，等等聽我口號……」韓杰一面吩咐王小明，一面撤去一樓鏡面鬼門，領著許保強轉往二樓。

許保強隨著韓杰趕上二樓，闖入對應陽世男人位置的陰間套房，見套房裡有個小鬼驚嚇尖叫，連忙堆出鬼笑安撫。「乖、乖喔……我們不是壞人……」

底下陰間住民紛紛飄上，湊在門外往裡頭張望，他們仍沉浸在許保強鬼臉效力中，昏沉沉地牽著那孩童小鬼，望著在廁所裡對著鏡子畫香灰施咒的韓杰。

韓杰開啓鬼門，將手機遞給許保強，吩咐幾句，再捏出兩枚尪仔標，揉出陣陣金光，對著那金光呢喃下令，跟著轉頭望向許保強，揚手豎指，比出倒數動作，同時緩緩後退，腳下風火輪催速輪轉。

「小明哥，準備喔，三、二、一……」許保強對著手機倒數計時，大喊：「行動！」

韓杰將兩團金光抛入鏡面鬼門，再轉身一個躍步，橫地蹬踩上浴鏡對面牆壁，像是游泳蹬牆般，身子反彈打直，倏地竄入鏡面鬼門。

那頭，王小明立時蓋上男人打火機揭蓋，熄滅火苗，同時緊緊抓著男人右腕，不讓他重開打火機。

兩團金光化爲兩隻小豹，飛身竄出廁所，一隻撞上房門，將門關上，還躍起頭頂門把喇叭鎖，將門反鎖；另一隻撲上床，咬著男人左手尖刀不放。

「怎麼回事？」男人尖聲怪叫，只覺得左右手都出現怪異阻力，令他無法自由活動。「老師？老師？我這邊不對勁，這是什麼？是鬼？有鬼啊？」

「又是『老師』？」韓杰撞出鬼門、步出廁所，來到男人面前。「他到底是誰？」

「你……你是誰？你是誰？」男人瞪著平空現身的韓杰，駭然尖叫，掙扎起來。

韓杰一個箭步竄近大床，一拳勾上男人下巴，將他擊暈。

「裡面發生什麼事？」「開門！」「先生，你別激動！」「快破壞門——」

韓杰本來打算制服男人，就撤回鬼門，讓員警破門接手處理，但聽那男人剛剛也喊「老師」二字，又見那暈死女人一身符籙文字和先前兩件案子的受害人如出一轍，滿腹疑問憋得難受，索性臨時改變主意，一把將暈厥男人從床上扛上肩挑著。

「韓大哥，你要帶走這男人？」王小明見韓杰將男人往廁所扛，連忙跟進廁所。

「我有話問他。」韓杰對著王小明手機喊。「小強，離鏡子遠點！」

「是！」許保強剛聽見手機那頭喊話，見到鏡中影像晃動，連忙退開。

男人唰地被韓杰擲入陰間廁所，撞碎了洗手台，摔在地上──活人在陰間有銅皮鐵骨，雖然腦門著地，卻也沒受傷，只是呻吟起來，像是摔醒了。

韓杰和王小明先後穿過鬼門，見男人醒轉，又補他一拳，讓他繼續睡，撤了小豹和鬼門，和許保強抬著男人下樓。

「韓大哥，你想怎麼問他？」王小明好奇。

「還沒想到……」韓杰撥了通電話給王劍霆，向他大致敘述第三件擄人案後續發展，託王劍霆與這頭員警打聲招呼，稱自己帶走犯人問話，問完會帶去王劍霆那專案小組交人。

韓杰掛上電話，正打算撥通電話給小歸，問他公司在這附近有沒有倉儲據點能借輛車用用，突然瞥見前方有輛小發財車停下，那司機正要下車，索性吩咐許保強。「小強，看你的了，騙他載我們回去。」

「我試試看。」許保強立時奔向那司機，擠出鬼笑和他攀談，跟著轉成鬼詐哄他幾句話。

那司機呆愣愣地點點頭，上車，再次發動引擎。

「韓大哥，可以上車了！」許保強朝韓杰揮揮手，自個兒坐上小發財副駕駛座。

韓杰扛著男人躍上小發財車車斗，揑了把香灰吹成繩子，將男人雙手反綁在背後，跟著抖出個香灰布條，蒙住男人雙眼，再賞他一巴掌，將他搧醒。

「唔唔……怎麼了？」男人醒轉、喘著氣，害怕地問：「我在哪裡？你是誰？你們是誰？」

「……」韓杰思索半晌，說：「老師是誰？」

「老師、老師？」男人驚恐問：「你是誰？你怎麼知道老師？」

「我不知道老師，所以才問你。」韓杰揑住男人下巴，重重拍他的臉，兇狠地說：「你最好給我老實講，不然，不然……」

「不然……」男人害怕地問。「你想怎樣？」

王小明蹲在一旁兇惡幫腔：「在你身上畫符，把你砍成一百八十塊，燒下陰間餵鬼！」

「啊！」男人駭然大驚。「不要、不要，我求求你……」

「那你就給我乖乖說，老師到底是誰？」韓杰扠著手問：「你把女人綁架回家，在她身上畫符，到底想幹嘛？」

「綁架？」男人怪叫：「我沒有綁架！她……她是我老婆！」

「你老婆？」「你在你老婆身上畫符，還澆她汽油，你想幹嘛？」韓杰和王小明訝然追問。

「她……她偷男人！臭婊子！」男人忿恨不平大叫，激動掙扎起來，肚子被韓杰搥了兩拳，安靜下來，喘著氣說：「老……老師說，有辦法讓她回心轉意……」

跟著，男人供出「老師」傳授的那套複雜異法——先使用藥物迷昏妻子，在她身上寫滿符籙，將特製藥材放入她口中舌下，持續使用迷藥、持續更換藥材，七天七夜之後，妻子將對他唯命是從。

韓杰愕然罵：「我操！這啥鳥蛋法術？」

王小明也在一旁起鬨幫腔。「這樣搞七天七夜，餓都餓死了吧！」

「我……我根本還沒弄完，警察就衝進來說我綁架呀！」男人辯解說：「我怎麼解釋？」

「你眞想讓老婆回心轉意，還準備汽油？」王小明瞇著眼睛質問，像是偵探逼問嫌犯般。「你可別說你本來打算七天之後，法術沒效，就燒了她……」

「……」男人突然安靜下來，冷冷地說：「燒了又怎樣？」

王小明似乎被男人冷峻的語氣嚇著，訝然說：「你……你眞的打算燒她？」

「是呀！」男人陡然躁動大吼：「要嘛乖乖當我老婆，要嘛當烤豬，烤母豬呀，哈哈哈！」

啪——韓杰賞了男人一巴掌，然後捏著雙頰大力搖了搖，在他耳邊威嚇說：「少廢話，我不想聽你老婆討客兄的事，我要知道那老師是誰。」

「……」男人喘了幾口氣，哽咽說：「你……你們知道我花了多少錢、付出多少心血在她身上嗎？她竟然背叛我，我沒有權利這麼做嗎……」

「你當然沒有。」韓杰哼了兩聲，說：「她對不起你，你可以甩了她，交新女朋友、討新老婆，誰說你可以綁人燒人了？哪個老師跟你說的？他到底是誰？」韓杰說到這裡，一手掐住男人雙頰，一手伸至他背後，捏住他一根手指，湊在他耳邊恐嚇。「我剛剛說過了，我要知道那老師的事，你再講一句廢話，你的手指會斷喔……」

「啊！」男人感到食指被緩緩扳動，微微發疼，嚇得怪叫說：「我不知道老師是誰！我沒見過他。」

「沒見過他，他怎麼教你這鳥蛋法術？」

「網路！他用網路跟我聯絡！」

「網路？」韓杰呆了呆，皺眉思索半晌，正想追問，男人主動說了。

「我不曉得老師是誰，但他主動找上我，他知道我的祕密，他知道……」男人喘著氣，嚷嚷地說：「他知道我買了汽油，打算跟我老婆同歸於盡……」

「啊……」王小明陡然醒悟。「原來你是先買汽油想燒老婆，跟著才學法術呀。」

「他一開始怎麼聯絡你的？」韓杰追問。

「在夢裡……」男人恨恨地說：「我買了汽油，等了好幾天，她都沒回家……嘖！她三天兩頭就往那王八蛋家裡跑！她也不想想我對她多好！」

「講老師的事。」韓杰搖了搖男人手指。

「啊——」男人怪叫幾聲，繼續說：「我連續幾個晚上，夢見老師，他告訴我一個帳號……」

連續幾個晚上，男人夢見「老師」在夢中對他說話，說知道他的一切，說能夠幫得上忙，還告訴他一個通訊軟體帳號。

最初兩天，男人半信半疑，他想縱火與妻子同歸於盡，卻等不到妻子返家，腦袋裡那則帳號又長又複雜，但偏偏記得一清二楚，某晚酒後，他開啓通訊軟體，加了那帳號。

通訊軟體裡的「老師」使用的大頭照，是張人偶照片。

老師自稱擁有靈通神力，能夠幫助男人解決一切困難，甚至拉拔他一同得道升天。

男人倒是沒有那麼遠大的企圖，他只盼老婆回心轉意。

老師說這一點也不難。

男人按照老師傳來的符籙圖樣照片臨摹畫符，終於等到老婆返家，在晚餐裡下了迷藥，準備對她施術。

「這老師搞什麼鬼？你說你夢見他，夢裡他長什麼樣子？」

「這我不知道呀，夢裡的樣子模模糊糊的……」

韓杰雖然問清緣由，但仍一頭霧水，不明白那老師究竟打什麼算盤，他追問數次，男人頂多供出那老師帳號，其餘一問三不知，畢竟他結識老師，也不過這兩三週的事。

韓杰盯著手機，正猶豫要不要加入那老師帳號，直接攤牌，突然聽到副駕駛座上許保強的驚呼。

「師父！芊芊出事了！」

拾陸

董芊芊坐在一輛駛上產業道路的汽車裡，頭上套著布袋、雙手被童軍繩綑著。

不久之前，她外出買午餐，剛提著她與媽媽的便當步出燒臘店準備返家時，便在巷弄裡被兩男一女團團包圍，用水果刀抵著她，還用乙醚摀她口鼻，將她押上一旁待命汽車，蒙住她的頭、綁起她雙手。

但她僅僅暈厥數分鐘，便逐漸醒轉——是一陣陣嗡嗡聲喚醒了她，她認得這嗡嗡聲，是月老派在她身旁的金龜子的振翅聲。

月老這些金龜子只有她看得到，負責傳達月老指示的案件，也會按時將她的工作進度回報上天。

雖然她被蒙著頭，什麼也看不見，但耳邊的嗡嗡聲讓她感到安心，她知道金龜子們一路追車跟著她，必然代她發出求援訊號，她無須驚慌，只須要耐心等待。

她相信韓杰和許保強一定會即時趕來救她。

她不動聲色，佯裝昏迷，細細回想在被迷昏前所見情景，擄她的人是兩男一女，都是中年人，模樣平凡，看上去都像是一般市民。

手機響起，是她的鈴聲，她知道是媽媽等不著她返家而打來的關心電話。

身旁男人搜出電話，關機。

她思索起對策，韓杰和王書語不只一次教她面臨各種緊急狀況時的應對之道，遇伏受擄就是其中一種狀況，王書語要她盡量保持鎮定，別激怒或是嚇著對方，逮著最佳時機，全力反抗突圍——問題是，什麼時候才是最好的時機呢？

她從汽車傾斜的角度和行駛時的震動，猜測汽車應該駛上山，不久之後，汽車停下，三人下車。

她被扛出車外，抬了一陣，被搬入一處室內，放下。

她被抬行時，或許是不習慣被男人碰著身子腰肋，反射地動了動。

「她醒了？」

「再用點乙醚。」

她躺在地上，一動也不動，感到頭罩被揭下，臉上又被覆上沾有乙醚的毛巾。

起初她閉氣強忍，但撐不了太久，吸了幾口氣，漸漸感到暈眩。

就在她沉沉睡去之際，那嗡嗡聲再次在她耳邊響起，且越來越響，再次將她喚醒。

她睜開了眼睛，和擄她的中年女人打了個照面。

那女人像是正在替她脫衣，見她睜開眼睛，嚇得向後坐倒，然後掙扎起身。「喂，怎麼乙醚沒用呀？」

董芊芊發現自己雙手上的童軍繩已經解開、外套和毛衣被脫下，上身僅剩衛生衣和胸罩，以及掛在胸前的一串符包。

她掙扎站起，只見她身處房舍像是一間私人工寮，腳下鋪著一張塑膠帆布。

女人奔近桌邊，揭開乙醚不停往毛巾上灑。

矮胖男人提著一隻被割了喉卻猶自掙扎的公雞，揪著雞頭子往大碗裡灑血。

精壯男人一手尖刀、一手磨刀棒，喀嚓嚓地磨著，在他身旁那張小桌上，擺著幾樣奇異法器、符籙，還有幾把用來肢解大型牲畜的刀具。

矮胖男人拋下雞、精壯男人放下刀，緩緩圍上董芊芊。

董芊芊後退幾步，見這工寮小門緊閉，不但有兩道鎖，還有好幾條門栓，即便可以從內側開啓，也要花上十來秒扳動每一道門栓。

「你們是誰？想做什麼？」董芊芊緩緩退到牆邊，緊握著胸前那串符包。

「我勸妳最好乖一點，少受點罪。」女人抓著那沾滿乙醚的毛巾逼近董芊芊，突然尖吼。「抓住她——」

兩個男人一左一右，大步撲來，抓住董芊芊胳臂。

董芊芊扯落胸前符包，揪在掌心擰揉起來。

女人一把將乙醚毛巾摀上董芊芊臉面。

董芊芊閉著氣，右掌一攤，符包碎散，落下零碎紙屑、紅粉。

兩男一女像是觸電般跳開，還不停甩手揮打四周，彷彿被什麼螫著般。

他們喘息半晌，再次上前，又再次退開——

他們看不見飛繞在董芊芊身前三隻大虎頭蜂，以及停在董芊芊肩上那大鍬形蟲。

鍬形蟲和三隻虎頭蜂的形體像是用紅色墨線勾勒出般，且微微發亮，有如造型霓虹燈飾；董芊芊身爲月老園丁，能夠繪製「紅墨蟲醫」，不同的紅墨蟲有不同的能耐，蝶蛾幼蟲能啃食病桃花、撫慰人心，蜻蜓能跟監盯梢，蟻隊能找物尋人，大蜂、鍬形蟲、獨角仙能驅趕小鬼，螫咬陽世活人雖不會致傷，卻能讓人感到接近眞蟲螫咬的疼痛，算是董芊芊在情急時的自保祕法。

董芊芊施展這紅墨蟲術，須以自製紅墨水或是鮮血繪製，也能事先畫好收著，必要時施術召喚墨蟲——她那胸前符包，即藏著三隻虎頭蜂和一隻鍬形蟲，此時一口氣召出防身。

「什麼東西在螫人？」「蜜蜂？」「好痛！」三人被紅墨虎頭蜂一陣叮螫，疼得哇哇怪叫。

董芊芊趁亂拾起毛衣往身上套，奔近工寮鐵門扳開一條條門栓要逃，瘦高男人不顧蜂螫疼痛，硬追上來揪著董芊芊胳臂想將她拉離門邊，但被董芊芊肩上的大鍬形蟲飛來撲面箝著人中，董芊芊趁著瘦高男人被鍬形蟲箝得驚駭劇痛之際，使出數個月來韓杰和王書語傳授的防身手法，反揪著瘦高男人胳臂，伸腿將他拐倒在地，急急開門逃出。

她循著山路往下跑了一陣，突然聽見身後引擎聲逼近，回頭一看，竟是兩男一女駕車追來，她見汽車衝勢凶猛，像是想直接撞她，連忙轉入小路側面樹林，突然聽見車內男女尖叫騷動，汽車失控，斜斜往前一衝，衝下山坡，轟隆隆翻了好幾個滾，車底朝上，卡在幾棵樹間動彈不得。

原來剛剛那瘦高男人駕車要撞董芊芊，幾隻虎頭蜂集中叮螫駕駛頭臉，螫得他失控衝出小路，董芊芊在山路邊探頭往下張望，見那汽車摔得不輕，裡頭兩男一女傷勢不明，連忙回頭返回工寮，拾回外套和手機報了警，緩緩走近那汽車，害怕地往車裡瞧。

車內兩男一女擠在一塊兒掙扎哀號，看似傷勢不輕。

兩輛機車遠遠駛來，駕車二人是馬大岳和廖小年，陳亞衣則坐在馬大岳後座，一手捏著奏板，遠遠見到董芊芊安然無恙，這才鬆了口氣。

□

韓杰穿著四角褲、頂著半乾亂髮，捏著一罐啤酒走入書房，來到王書語身旁，向桌上平板電腦視訊畫面那端的王劍霆打了聲招呼。

「媽呀韓大哥你喝啤酒，我真羨慕你，我只能喝咖啡。」視訊那端的王劍霆，此時還待在專案小組辦公室裡，看來神情疲憊。

「這案子辦完了來我家裡喝。」韓杰舉罐向王劍霆搖了搖。

「真希望有些進度。」王劍霆乾掉手中半杯黑咖啡，吁了口氣。「我等不及想見見那位『老師』究竟是何方神聖了。」

午後韓杰和許保強本來在陰間押著擄妻男人逼供問話，突然接到陳亞衣急報，說董芊芊受擄，韓杰只得臨時改變計畫，將駕駛趕上車斗，自己搶入駕駛座，還扔了兩張尪仔標附上小發財四輪，全速往北衝，直接一路駛向董芊芊被擄處，在山下找了間浴室畫鬼門回到陽世，將擄妻男人綁在電線桿，令許保強看著男人，自個兒領著王小明衝上山救人。

他上山見到董芊芊時，陳亞衣等已經來了十餘分鐘，警車和救護車剛到，正忙著將車內兩男一女救出送醫。

他花了點時間搞清楚情況，進那工寮瞧了瞧，一見施法器具，立時撥了電話給王劍霆，告知事情變化，讓王劍霆轉告這頭警方，要他們下山順便將韓杰從南部一路帶下的擄妻男人一併帶回，交給專案小組。

直到韓杰返家前，王劍霆陸續傳來消息，是先前幾件擄人案的嫌犯的口供，和專案小組在他們家中搜出的事證——

所有擄人嫌犯，全是透過網路與主使者聯繫。

他們都叫主使者作「老師」。

他們手機裡僅留存著少許幾則對話記錄——在「老師」叮囑下，他們每次與老師聯繫過後，都會立時刪除對話記錄，僅將老師傳授他們的符籙樣式、施法儀式、藥材配方另外整理存檔。

在王劍霆最後一次報告中，韓杰得知擄走董芊芊的三人，也是老師的弟子，他們今日的擄人行動，正是老師指示。

除了今日挾持董芊芊的兩男一女外，其餘擄人犯彼此並不相識，也沒有與其他弟子聯絡通信和金融往來的任何記錄——那老師幾乎與每一個弟子單獨聯繫，給予每個弟子的指示也略有不同，但施法儀式卻有個共通之處——使用乙醚迷昏對象之後，在其身上畫下符籙。

但不論是上午打算燒妻的男人，還是挾持董芊芊的兩男一女，韓杰嗅得出他們身上和所用法器、符籙，幾乎沒有什麼術力道行，即便這些「學生」眞拜了個身懷異能的術士爲師，似乎也是剛入行的菜鳥——這點和所有嫌犯的口供一致，老師主動接觸他們，全是這兩、三週內的事，且第一次與老師聯繫，都是在夢境裡。

沒有一個人親眼見過老師本人。

「這案子雖然扯進越來越多人。」王書語苦笑說：「但至少到目前爲止，還沒有人眞正受傷喪命，算是不幸中的大幸……」

「這就是最怪的地方。」韓杰皺著眉頭說：「活人獻祭，不是件小事……魔王眞要找幫手，也是找陳七殺那種老鳥幫忙，不會找一堆菜鳥亂搞……」

「怕就怕……」王劍霆說：「那老師有些弟子，已經把人給切了，但我們還不知道……」

韓杰和王書語聽了，都沉默不語，這些弟子大都與老師直接聯絡，大夥也不清楚自己究竟有幾個師兄弟姊妹；韓杰依靠小文叼籤令辦案，神明沒吩咐的事兒、沒點名的人頭，他自然也不會知道。

「網路跟夢……」王書語說：「不曉得從哪條線下手調查比較容易呢。」

「夢這東西，我還眞沒研究，網路我更不懂了……」韓杰抓抓頭，喝了口啤酒。

王劍霆說：「那些傢伙習慣定時清除瀏覽記錄跟對話內容，我們已經請了刑事局電腦犯罪組協助調查，相關部門有跟國外幾家通訊公司調閱資料，這部分需要點時間……」

「我問你——」王書語轉頭問韓杰：「如果你會託夢法術，且想對個網路上的陌生人託夢，你會怎麼做？」

「至少得弄清楚對方住哪兒，什麼時候待在家裡、什麼時候睡覺，然後接近他，對他放符下藥，或是派王小明半夜摸上他家……」韓杰這麼說。

「所以這世上，沒有隔著網路，看著照片姓名，就能對目標施展的法術？」王書語問。

「我幹乩身這麼多年，還真不知道哪樣法術隔著電腦螢幕施法就有效果，至少我完全沒聽過，也沒碰過。」韓杰攤攤手。「真有這麼厲害的法師，那全世界大總統、知名人物都在這法師手掌心裡了，連神明眼線都找不出啦……」

「也就是說……」王書語思索半晌說：「那老師一定和目標直接或是間接接觸過，才能託夢給目標，例如透過快遞、信件之類的東西，讓弟子接觸到他的符咒。」

「這些我們也有想到……」王劍霆說：「我們已經開始調查他們過去幾週出沒位置的監視器，清查他們所有接觸過的對象，看有沒有出現共同對象；信件的部分暫時已經查完了，這段期間他們都沒什麼郵件包裹，不過——」他說到這裡，苦笑了笑說：「如果那老師派小鬼下咒什麼的，我們就真沒辦法了。」

韓杰見王書語看著他，像是在等他開口，無奈說：「看我幹嘛？如果小鬼當我的面要對人下咒還是託夢，我當然看得見，但我沒辦法聞出一個人兩、三個禮拜前有沒有被小鬼託夢過……啊！」他說到一半，突然聽見身後一陣振翅聲竄近，回頭見小文迎面撲來，將一只剛燒成籤令的紙管往他臉上拋。

「我操！」韓杰甩了甩頭拍拍臉，罵了小文幾句，撿起那籤令揭開——

明晚四名陰間殺手，欲上陽世殺人奪魂，別讓他們得逞。

這道急令底下還附著一行地址，那是家高級餐廳，時間是晚上八點。

「什麼！陰間殺手？」韓杰望著那籤令，抓頭搔耳半晌，像是對這突然落下的大案有些反應不及。

拾柒

比起夏日黃昏華麗燦爛的魔法時刻，冬天夕陽像是羞澀的孩子，草草露臉打過招呼，便匆匆沒入城市另一端。

蓉蓉和夜鴉坐在高聳大樓餐廳窗邊，欣賞夜幕初降時天色漸暗、樓宇街燈一盞盞亮起的換場光景。

他們經過輕鬆愉快的白天約會之後，來到這高級餐廳享用燭光晚餐。

蓉蓉端著一小杯餐前酒，臉蛋微微發紅。

夜鴉靜靜望著她閃亮眼睛，和眼睛下那點俏皮小痣。

餐廳侍者推來餐車，將餐點一一端上桌。

這侍者容貌冶艷美麗，她與蓉蓉目光相對，朝她點頭微笑。

蓉蓉望著鳳凰離去的背影，對夜鴉說：「這家餐廳服務生好漂亮。」

「有嗎？」夜鴉哦了一聲。

「少假。」蓉蓉哈哈一笑，說：「我又沒有不准你看美女，你可以看呀，我也喜歡看美女跟帥哥；而且你明明有看，我看到你看她了。」

「我沒說我沒看呀。」夜鴉：「我只是不覺得她美。」

「屁啦。」蓉蓉說：「她很美呀。」

「妳比較美。」

「少來。」蓉蓉笑逐顏開。「我不需要男生這樣哄我，又不是小公主！」

「誰哄妳。」夜鴉瞪大眼睛說。「我是認眞的啊，妳知道我不說謊，妳眞的比較美呀。」

「哪有——」蓉蓉細數著自己外表某些不夠完好之處，一面稱讚鳳凰容貌精緻、身材妖嬈，然後，她問夜鴉：「你到底喜歡我哪裡？」

「嗯……」夜鴉想了想，說：「我喜歡妳每一輩子。」

「每一輩子？什麼意思？」

「妳相信輪迴嗎？」

「又來了，又是這個問題，你有在信什麼奇怪的宗教呀？」

「沒有……」夜鴉淡淡一笑。「我只是想說，如果眞有輪迴，妳活幾輩子，我就喜歡妳幾輩子……」

「好爛的梗喔，噁心耶。」

「妳下輩子不想跟我在一起嗎？」

「看你下輩子表現啊，追幾個禮拜，就想綁我好幾輩子，太便宜你了吧。」

「也是……」

□

兩人用完晚餐，來到餐廳附設露天酒吧，窩在情人躺椅上看星星。

四周像是被包場般沒有其他客人，本來能從餐廳望向外頭的幾扇大落地窗，說也奇怪，從外往裡頭看時，卻像是擋著半透明窗簾般朦朦朧朧，這寬闊露天酒吧像是陷入奇妙結界，只有夜鴉和蓉蓉——

以及留守吧台的火雞、擦桌倒水的麻雀，和佇在門旁待命的鳳凰。

蓉蓉枕著夜鴉胳臂，呢喃地說：「好像……作夢一樣……」

「為什麼這麼說？」夜鴉問。

「我以為這種幸福只會在電影裡出現，不會降臨在我身上。」蓉蓉捧著夜鴉的手，輕輕啃吻他的手背，說：「我沒有這麼幸運……」

「跟幸運無關，妳值得幸福……」夜鴉淡淡地說，攬著蓉蓉的胳臂稍稍施力，將她攬得更緊些。

「嗯……」蓉蓉挽著夜鴉胳臂，將臉貼上夜鴉胸膛。

麻雀推著餐車走來，替兩人半空水杯倒滿水。

麻雀對夜鴉挑挑眉，彷彿在提醒他時間差不多了，要他做好準備。

夜鴉沒有反應——距離眾人計畫中的八點，還剩十分鐘。

兩人頭枕著頭，時間一點一滴地過去。

鳳凰捧著美麗玫瑰遠遠走來兩人身旁，彎腰將玫瑰捧向蓉蓉，微笑說：「這是妳身旁這位先生送妳的花。」

「咦！」蓉蓉坐直身子，驚喜望著夜鴉。

夜鴉點點頭，示意蓉蓉接下玫瑰。

蓉蓉接過玫瑰，聞著一陣濃烈花香，眼眶微微濡濕，只覺得滿腔喜悅彷彿水壩潰堤般，隨著莫名湧出的淚水，滴答落在朵朵玫瑰上。

一捧玫瑰，開始迎接蓉蓉破堤宣洩出來的快樂。

「奇怪？奇怪？」蓉蓉顫抖地捧著玫瑰，難以自抑地激動落淚，像是不明白自己此時爲何哭泣，她抬起頭，淚流滿面瞅著夜鴉笑。「幸福過頭會哭，原來是眞的……」

「……」夜鴉伸出手捧住蓉蓉的臉龐，拇指替她拭淚的同時，也輕輕撫過她眼角小痣。

蓉蓉神情漸漸呆滯，彷彿陷入夢境。

這捧玫瑰在吸取蓉蓉快樂的同時，也對蓉蓉施放幻術，此時蓉蓉已經墜入鳳凰和麻雀等人編排的劇本幻境中，即將迎接惡夢。

夜鴉捧著蓉蓉的臉，望著她茫然雙眼，伸手捏捏她耳垂。

情人椅周邊耀起光芒，鳳凰和麻雀驚駭地左顧右盼，察覺到不對勁。

「怎麼回事？」火雞的吼聲自吧台嘯起，唰地竄上半空，背後張開一對醜陋誇張的巨大羽翼，一條火龍直直竄起、疾追在後。

同時，麻雀、鳳凰也分別被一條火龍逼上半空，在空中飛逃亂竄。

「是太子爺乩身！」「他怎麼會知道今晚……」

兩條火龍在情人椅周圍盤繞豎起、兩條火龍自椅下竄出，像是虎口般上下閉合，全往夜鴉咬去。

夜鴉全身炸出黑氣，擋下四條火龍，同時雙手一張，握著兩柄巨大電鑽，集中鑽破一條火龍，破空竄上好高、張開黑翼，轉向對付衝追上天的另三條火龍。

樓宇邊緣，韓杰腳踏風火輪、手持火尖槍，揪著龍角、踩著龍背，指揮火龍升空攔截夜鴉等「陰間殺手」。

「我操！眞的是你這傢伙──」韓杰一聲令下，踏著火龍截下夜鴉，挺槍就往他腦袋刺去。

夜鴉舉著電鑽格擋火尖槍，瞅著韓杰哼哼賊笑。「好久不見呀……」

那頭，苗姑自地板竄出，抖開紅袍將蓉蓉手上那捧玫瑰裹住，一把奪下，只感到那捧玫瑰在小紅袍裡躁動起來，玫瑰裡封藏的惡鬼像是要往外竄。

「哇！」苗姑全力壓制那鼓脹小紅袍，被惡鬼拖出老遠，手上紅袍轟地掙開，十餘隻兇猛惡鬼一口氣掙脫衝出，有的搗著被小紅袍灼傷之處怒吼、有的圍上苗姑扯她手腳。

「外婆──」

陳亞衣的吼聲自餐廳傳出，一圈紅光自幾面迷濛巨大落地窗向外透開，苗姑哇的一聲，紅光滿面，被灌注了源源力量，立刻將拉扯她手腳的惡鬼甩開，抖著小紅袍四面鞭退惡鬼。

同時，幾面巨大落地窗上的朦朧幻景漸漸退去，餐廳內側，許保強、陳亞衣終於找著通往露天酒吧的入口。

許保強推門衝上露天酒吧，頂著張怒容將一個竄來襲擊他的惡鬼吼飛，舉著木刀追著惡鬼亂打。

陳亞衣則在馬大岳和廖小年護衛下找著蓉蓉，見她像是被抽空了心神般呆立原地，臉上還掛著淚痕，一下子摸不透她中了什麼邪法，但見她耳際上夾著一枚小巧耳環。

那耳環盈盈發亮，緩慢地、持續地對她灌注能量。

「哼！別想搶喜樂爺獵物——」麻雀怪叫一聲，和鳳凰雙雙落在蓉蓉和陳亞衣左右兩邊，麻雀揚手拋來兩枚丸子，砸在地上炸出團團毒煙。

幾道白光自毒煙團向外射出，跟著更大一團白光四面散開，陳亞衣一張臉半邊黑、半邊白，左手牽著蓉蓉，右手打出一拳，胳臂轉起漆黑旋風，令那想趁著毒煙熏人之際衝上搶人的鳳凰吹得止步。

鳳凰揮動金爪斬散陳亞衣那黑旋風，正要繼續逮人，又被許保強躍來擋下，許保強此時頂著一張比鬼怒更兇的怪臉，頭臉身軀緩緩變形，一雙胳臂變粗變長，還生出扎人硬毛。他亂揮木刀硬格鳳凰金爪，被鳳凰一爪扒斷了木刀，雙腿、腹部捱著麻雀擲來的幾柄小刀，哎呀呀地往後退了好幾步，表情一變，鬼見愁就要失效。

「媽祖婆借力給你！」陳亞衣一張黑白怪臉上浮起紅紋，往前一踏，伸手在許保強背心上一拍，耀眼紅光自許保強眼耳口鼻射出，穩定了他的鬼見愁。

「鍾馗老大，借法給我！」許保強大吼一聲，擠眉弄眼、飛快變臉，一手撥落麻雀後續擲來的小刀，一手抓著半柄木刀高高一舉，只聽見空中轟隆一聲雷響，他那柄木刀轉眼成了支狼牙棒，牙尖上還勾著一張張退魔符籙，這是能夠向鬼王鍾馗借法的鬼臉——「鬼求道」。

他借著了這狼牙棒，立時將臉變回鬼見愁，舉著狼牙棒以一敵二，保護蓉蓉和陳亞衣；許保強論道行遠不如鳳凰、麻雀，但在媽祖婆紅面神力加持下，又向鬼王鍾馗借了法，再加上背後陳亞衣和苗姑掩護，鳳凰和麻雀一時也難以突破防線，搶回蓉蓉。

天上，一條條火龍在空中交錯穿梭，韓杰挺槍踩輪駕著火龍游鬥夜鴉和火雞。

火雞一手短斧一手短刀，像是狩獵般將幾條纏夾火龍相繼撕裂，竄向韓杰，朝著夜鴉大叫。「他這火龍也沒什麼，左右夾他！」

「啊——」夜鴉怪叫一聲，左手電鑽被韓杰以火尖槍擊飛，下半身被一條火龍捲著，連忙鼓動黑風抵擋火焚，慘叫跌下樓去。

「喝！」火雞剛竄到韓杰面前，沒料到夜鴉突然敗退，一下子還沒反應過來，又被韓杰張口吼出的第九條火龍咬個正著，慘叫竄遠，全力催動邪氣滅火。

底下鳳凰麻雀見到夜鴉、火雞接連挂燒敗退，又見韓杰驅龍殺下，嚇得鑽進地板撤逃老遠。

眾人往蓉蓉聚去，找了半晌，只見地上散落零零星星的玫瑰碎瓣，但整捧玫瑰卻不知去向。

□

醫院病房昏暗，蓉蓉躺在病床上持續昏睡，臉上淚痕濕了又乾、乾了又濕。

王小明坐在窗邊，舉著手機拍攝蓉蓉睡容，視訊連線給待在醫院外一家二十四小時速食店內的韓杰等人觀看。

昨晚，韓杰收到太子爺急令，立時聯繫陳亞衣和許保強，要他們做好準備，今晚前來攔截這批陰間殺手。

韓杰白晝時要王小明在餐廳及露天酒吧各處，安裝十數枚陰間隱藏攝影機，與眾人在餐廳樓層下方百貨公司樓層逃生梯裡待命，他們很快鎖定了夜鴉與蓉蓉。

他們發現除了蓉蓉和夜鴉以外的所有客人、侍者，一個個全像是中了幻術，重複進行著機械式的動作，低調而安靜。

接近八點時，韓杰見鳳凰、麻雀有所動作，立刻下令攻堅救人——他擲出九龍神火罩，讓火龍穿牆衝鋒，掩護苗姑搶人，陳亞衣和許保強等走逃生梯衝入餐廳，他自個兒則直接從廁所開窗踩著火龍飛天截擊夜鴉。

他們擊退夜鴉四人，一時卻難解開蓉蓉所中幻術，只能將她送醫觀察。

「是、是……」陳亞衣捧著奏板抵額，低語半晌，睜開眼睛說：「順風耳將軍說，上頭已經收到我們燒上天的頭髮和破碎花瓣，那女孩中了陰間幻術，媽祖婆正研究如何解咒，天亮之前，就能賜符下來；至於那些玫瑰花瓣，裡頭帶著淡淡的快樂，的確是用來竊盜快樂的道具，那些傢伙應該將她的快樂盜下陰間了……」

「這個耳環……」韓杰捏著一枚小巧耳環，在眼前晃動檢視。「同樣也是陰間的東西……」他望著陳亞衣。「妳說……剛剛這耳環並沒有吸取她的快樂，而是反過來將快樂輸進她身體裡？」

「對耶，我也覺得奇怪……」陳亞衣在一年前閻羅殿大戰之後，花費不少時間，協助韓杰將從喜樂各處據點奪回的快樂比對名冊之後「物歸原主」，這可是件巨大工程，九成以上的快樂連可供比對的名冊都沒有，無法判斷失主，只能暫時封存在天庭；歸還快樂的法咒由媽祖婆傳授，她能察覺出人心中快樂遭盜取時及注入時的變化——

這枚陰間耳環，內藏著遠超過外型大小的快樂，在蓉蓉心中快樂被那捧玫瑰掠奪一空之後，像是急救點滴般，將蘊藏的快樂緩慢輸進蓉蓉心裡，讓她不致於因爲短時間失去所有快樂，而產生嚴重心理疾病。

「夜鴉……」韓杰凝視耳環，若有所思。「你們到底在玩什麼把戲？」

拾捌

鳳凰和麻雀左右攙著火雞，四人狼狽相視幾眼，夜鴉吸了口氣，伸手推開門。

喜樂端著高腳杯，橫躺在廳中單人沙發，悠哉滑玩手機。

血蝠靜靜坐在沙發前方一條長桌角落，持著乾布摩挲擦拭著一把像是西洋死神使用的巨大鐮刀，漆黑長柄浮凸著一枚枚小小的骷髏鬼臉，巨大刀刃上閃動著紫紅異光，這是他的慣用武器，他每日都會細心保養。

四人提著行囊，緩緩走至喜樂面前，將戰利品堆放在喜樂面前，單膝蹲下。

幾名喜樂身旁侍者立時上前整理起這些戰利品。

「喜樂爺，名單上五份極致快樂都到手了。」鳳凰這麼說，她與麻雀這次沒有直接與韓杰交手，未受大傷。「但是痛苦……只有四份。」

「嗯。」喜樂淺淺啜飲一口杯中快樂，點點頭，瞧也沒瞧眾人一眼，只說：「辛苦大家了。」

「我們明明已經很低調了……」麻雀見喜樂神情從容，似乎無心追問為何五人名單，卻只帶回五份快樂和四份痛苦，忍不住想主動解釋。「那些乩身不知從哪裡聽來的消息，他們早有準備，我們中計了，那是個陷阱……」

火雞嘴巴微微張合，像是想說點什麼，但他全身焦傷，喘氣顫抖，他被韓杰迎面吐了條火龍，傷勢最重，此時即便蹲著，也倍感吃力，像是隨時都要倒下。

「難免的事。」喜樂仍然未看四人，只是喝乾杯中快樂，揚揚眉說：「先帶火雞去治療吧。」

「是……」夜鴉搖晃起身，與鳳凰、麻雀一起攙扶火雞站起；他早火雞一步被那火龍咬著，墜落下地，但他先前曾與韓杰大戰數次，知道韓杰那九龍神火罩的厲害，一被火龍纏上，立時鼓動黑氣滅火，因此傷勢不像火雞那樣慘重。

四人往醫療房走去，喜樂卻突然輕咳一聲。「夜鴉。」

夜鴉站定腳步，回頭望向喜樂。

「來，聊聊你們這次戰果。」喜樂揚揚空杯。「替我選杯最可口的。」

「是。」夜鴉點點頭，轉身走向喜樂，他頭臉火焚傷勢飛快癒合——他以一身黑氣道行修補魂傷表象，實際上這火傷要痊癒，需要數天時間。

他走至喜樂面前，見侍者們正持著奇異管線，接上五樣裝盛快樂的道具，將道具裡的快樂引流進五只精美大玻璃瓶中。

五只玻璃瓶閃耀起光芒，各自呈現著不同顏色。

吸納蓉蓉快樂的那捧玫瑰花逐漸凋零，裝盛她快樂的那只玻璃瓶愈漸閃耀，是遍布點點銀鑽光點，彷如星雲銀河般的美麗桃紅色。

侍者們很快將五份快樂引流完畢，將空空如也的五樣道具掃入垃圾袋中，跟著把四份囚禁著痛苦魂魄的道具，放入四只鐵盒，一一上鎖，捧入收藏室。

「眞美麗呀……」喜樂望著蓉蓉那瓶快樂，伸長了手，將手中酒杯，舉向夜鴉。「你替我選一杯吧。」

「是。」夜鴉接過酒杯，來到五只大玻璃瓶前，依序望過五瓶快樂，然後單膝蹲下，視線掃過蓉蓉的快樂，停留在五人名單上第一人——那股市失利，上吊身亡的男人快樂。

他放下酒杯，捧起上吊男人的快樂瓶子，正要揭開瓶蓋，卻聽喜樂嘻嘻一聲。

「等等。」喜樂視線仍放在手機上，一手指向蓉蓉那只瓶，說：「我改變主意了，我想先嚐嚐桃紅色那瓶。」

「是……」夜鴉放下上吊男人快樂，轉而揭開蓉蓉那瓶快樂，在高腳杯中倒入七分滿，然後蓋實玻璃蓋，端著酒杯走向沙發。

喜樂關上手機，坐直身子，揚起手，接過夜鴉遞來的那杯快樂。

他像是品酒般輕輕搖晃酒杯，端至鼻端嗅了嗅，輕啜一口含在口中細細品味，嚥下。

「眞是——」喜樂閉著眼睛，享受蓉蓉精純快樂滾過口舌、流入肚腹的過程，忍不住呻吟讚歎。「太美味啦！」

喜樂睜開眼睛望著夜鴉，說：「這就是五人名單裡，缺少了痛苦的那份快樂？」

「是……」夜鴉點點頭，解釋說：「當時，太子爺乩身突然現身突襲……除了他之外，還有其他乩身，這女孩是個陷阱……」

「陷阱？」喜樂望著夜鴉，緩緩地問：「我記得這女孩，不是由你負責嗎？」

「是，不過——」夜鴉朝喜樂深深一鞠躬。「我想或許有人玩過頭，留下線索，給人抓到了把柄……」他說到這裡，轉頭望向長桌遠端血蝠。

血蝠緩緩拭著鐮刀，沒說什麼。

「哦。」喜樂哈哈一笑，說：「你想說，你們之所以被那乩身盯上，是因為血蝠在陽世動作太大的關係？」

「我和那太子爺乩身交手過幾次，我知道他的脾氣跟習慣，越招惹他、他越纏人。」夜鴉這麼說：「喜樂爺，您放心，我會查出是誰走漏消息。」

喜樂直勾勾盯著夜鴉，啜飲蓉蓉的快樂，笑說：「這倒不必，血蝠已經查出來了。」

「啊？」夜鴉望著喜樂，一時反應不過來。

喜樂微笑將手機拋給夜鴉。

夜鴉接過手機，望著螢幕上的照片，是一條夜巷。

喜樂抬手伸指，虛空輕劃、隔空翻動相機照片；下一張照片，一個身影凌空飄站在公寓某戶人家陽台鐵窗外。

那身影黑衣黑褲、馬尾飄揚，背後還展開一雙漆黑羽翼。

夜鴉難以自抑地顫抖起來。

「屋裡的人叫作蘭花，是陽世資深眼線。」喜樂微笑點頭。「你在替我收成女孩快樂的前一晚，上陽世眼線家串門子？」

「我……」夜鴉喘著氣，顫抖地說：「喜樂爺，您聽我解釋……」

「好。」喜樂點點頭，說：「我聽你解釋。」

「她……」夜鴉混亂思索半晌，說：「她是她……她是您與我的約定……我沒有先知會您，是我不對，能不能，給我一個機會，我上去替您製造更多快樂跟痛苦，彌補這次……」

「等等。」喜樂揚手打斷夜鴉說話。「我沒聽清楚，你說誰是誰？什麼『與我的約定』？」

「是她……」夜鴉解釋。「一百年前，您答應我，幫助她輪迴的那個女孩，她應該……是她的轉世。」

「啊？」喜樂呆了呆，啞然失笑，舉起手中半杯快樂。「一百年前？所以這是個百歲老太婆的快樂？」

「不是、不是！」夜鴉連連搖頭。「或許是第三世，甚至第四世，但是我記得、我記得她，她是她！當年您答應我，讓她輪迴……我才替您做牛做馬、永生永世……」

「你說——」喜樂哦了一聲，眼睛微微瞇起，幾聲冷笑。「『才』？」

「我……我……」夜鴉一時不知從何說起，支支吾吾地說：「這是您與我的約定……」

喜樂望著夜鴉半晌，嘿嘿地說：「是呀。這是個約定，所以呢？我要你替我取她的魂魄，你就不替我做牛做馬了嗎？你就——」

喜樂說到這裡，下一瞬間，已經站在夜鴉面前，一手舉著酒杯，一手攬著他後腦，在他耳邊說：「向陽世眼線告密啦？」

喜樂說到「告密」兩個字時，雙眼凶光四射、嫩白臉面青筋浮凸、銳牙暴長、口唇發黑，一張美男俊臉，瞬間變化駭人凶魔。

「喜樂爺……求您……給我……個機會……」夜鴉被喜樂攬著後腦，下巴抵在喜樂肩上，看不見喜樂那張凶臉，但感到那窮凶極惡的憤怒魔氣。「只要……只要不是她，我會替您蒐集一切快樂和痛苦！永生永世！」

「只要不是她？」喜樂冷笑一聲，攬著夜鴉後腦的手，拂上他後背。「很好，還會開條件。」

「不……不不！喜樂爺，這世間還有很多……」夜鴉說到這裡，感到後背猛地劇痛，哀號一聲跪倒在地。

喜樂身影已經坐回沙發，望著手中那支巨大黑色羽翼——那是喜樂賜予夜鴉的「道行」，當年夜鴉靠著喜樂賞賜的道行，從陰間人人喊打的弱小亡魂，搖身成爲剽悍戰將。自然，這百年來，夜鴉並非不求進步、他也會自行修煉，但這翅膀是他道行法術基底，他即便自我鍛鍊，也是優先強化翅膀。

喜樂摘去他半邊翅膀，等同拔除他三成道行。

「我就給你一個機會。」喜樂冷笑將巨大單邊黑翼一口口咬裂、吞吸入腹——這是他賜予夜鴉的道行，自然也能收回。

「不過不是現在。這段時間，你就幫忙打理儲藏室吧。」喜樂將杯中剩餘快樂一口飲盡。「血蝠會接替你的位置，帶領鳳凰他們把『機會』帶下來，交到你面前，讓你決定一切；到時候，可別再搞砸啦。」

「把『機會』交到我面前？」夜鴉先是困惑，跟著似乎猜著喜樂想法，不禁害怕起來。「喜樂爺，我……」

幾個侍者上前，替夜鴉銬上腳鐐、戴上手銬，將他押往儲藏室。

夜鴉被推離大廳時，經過血蝠身旁，與他對了對眼。

血蝠面無表情，繼續擦拭他那巨大鐮刀。

夜鴉知道火雞、鳳凰、麻雀，都沒有辦法在他毫無察覺的情況下跟蹤他、偷拍他，但如果是這血蝠，或許辦得到。

「唉，看在你是我愛將的份上，我實在不想讓你爲難，我告訴你答案好了，傻瓜——」喜樂再次喊住夜鴉，笑著說：「她不是她，嘻嘻。」

「什麼……」夜鴉呆了呆，一時不明白喜樂意思，想再多問，喜樂已經繼續玩起手機，不再理他。

幾名侍者將夜鴉押入儲藏室。

□

寬闊儲藏室裡陰森寒冷，彷如冰窖，聳立著一座座頂天撐地的大櫃和貨架，但此時儲藏室裡的快樂存量，僅有整座儲藏室容量的數十分之一，不少貨架、大櫃裡的瓶罐都是空的。

這老市集地下據點是喜樂過往發跡之地，這冰凍地窖也是喜樂早期收藏快樂的重要倉儲之一，不但有巨大的收納空間，甚至有專門記錄快樂主人姓名、基本資料的詳細名冊——喜樂是快樂老饕，他對快樂不僅僅是品嚐和攝取，他甚至會令手下將快樂分類、記錄、分析，一旦嚐到令他回味再三的快樂，就會反過來查閱主人資料，派手下上陽世尋找身心、成長歷程相近的凡人，奪取他們的快樂。

自然，快樂就和指紋一樣，人人不同，但上千年的品嚐經驗，讓喜樂分辨得出各種快樂的細部差異，例如愛情產生的快樂、財富產生的快樂，乃至於親情、友情、食衣住行等生活瑣事上的點點滴滴的快樂，滋味皆不相同。

在有大量資料可供參考的基礎下，快樂就能夠精挑細選，甚至於重現、再製。

夜鴉四人先前行動，就是替喜樂製造、培養快樂，進而收成快樂。

「喜樂爺可能會在這裡待上一段時間，儲藏室要整個翻新，大廚打算先從這一塊開始進行設備更新。」一個削瘦青年領著夜鴉來到儲藏室一角，指著那兒幾座大櫃、貨架、資料和瓶罐，說：「我們先把空間騰出來吧。」

青年在貨架前架好長梯，爬上長梯從貨架上方取下瓶罐，彎腰遞給長梯下的夜鴉，要他放上板車。

夜鴉默默接放瓶罐，試著催動黑氣，只覺得身子虛弱，一點力氣都使不上來——他望著鎖住他雙腕、雙腳的鐐銬，鐐銬鐵鍊有一定長度，不致於限制他一般活動，但刻在上頭的怪異符籙，似乎阻礙他施展道行法術。

「用法術幫忙打掃，收拾這瓶瓶罐罐，是比較快。」青年似乎看出夜鴉意圖，淡淡地說：「不過喜樂爺讓你來這裡幫忙，也算是對你的處罰，當然不會讓你輕鬆幹活。」

「……」夜鴉也沒說什麼，默默接過一個又一個瓶罐，堆疊上板車，再推著板車將瓶罐載至他處安放，往返十數趟，這才清空了幾處貨架高處所有瓶罐。

他和青年開始搬運貨架中下層瓶罐和些古怪工具，隨口問：「你也是犯了錯，被喜樂爺趕來這裡做苦工？」

「不是。」青年搖搖頭。「我沒你這種資質，喜樂爺看不上我——我過去在陽世，也是做苦工的，我天生就只能做苦工。」

夜鴉沒再多問，不知花了多久時間，才將這十來坪所有瓶罐全部清空，跟著拿著鋸子、大鎚，拆卸這些老舊貨架，然後組裝新設備——用來收藏快樂的新設備像是大大小小的置物櫃，每格空間都有專屬的溫控裝置，可以依照快樂類型來設定溫度。

青年說，不同的快樂在不同保存條件下，會產生不同變化。

這新型保存設備組裝複雜，剛剛組好一小塊，青年便催促其他嘍囉，將先前五人名單的快樂轉運過來，放入五處不同格櫃中，關上櫃門，設定格櫃裡的溫度和燈光。

夜鴉透過櫃門上的透明小窗，望著蓉蓉的快樂在收藏格櫃瑩黃光芒照映下，反射出更加美麗的色澤。

「熟成一段時間，味道會更好。」青年這麼說。

他們沒有休息，繼續組裝其他儲藏設備。

拾玖

供桌上一只小巧雅緻的檀香爐，飄起縷縷白煙。

韓杰、王書語、陳亞衣和許保強齊聚客廳，望著一位身穿旗袍的老太太，聽她講述那夜經過。

老太太叫「蘭花」，是神明眼線，負責將陰陽兩界魂朋鬼友們收集來的消息，整理過後回報上天；天庭情報部門收到陽世眼線回報的消息後，進一步篩選轉進負責該類型事件的神明辦公室，各神明再自行分配任務給底下陽世使者——小文挑給韓杰的籤令，便如此而來。

「蘭花奶奶，妳剛剛說……」韓杰望著蘭花，有些疑惑。「跟妳說那條情報的人，穿著黑色風衣、黑皮褲、黑皮靴、黑手套，還綁馬尾？」

「不只呢。」蘭花呵呵地笑。「還戴著墨鏡。」然後頓了頓，問：「你說你們碰到四個殺手，其中一個是他？他來跟我告自己的密？引你們去抓他？」

「我實在搞不懂他玩什麼把戲，但按照結果來看，就是這樣。」韓杰皺眉苦笑。

「我猜……他是在保護她。」陳亞衣說：「這樣的話，『耳環』就說得通了。」

「妳想說……那傢伙愛上那個女的，但是不得不奉命執行任務，所以故意告密，引我們去破壞？」韓杰抓抓頭，乾笑兩聲。「那傢伙看起來不像是會做這種事的傻瓜。」

「平時再聰明的人，一旦愛上了，也會變傻。」陳亞衣這麼說，還補上一句：「小說、電影裡都這麼演，我想眞實世界也是這樣吧。」

「如果他要告密，有必要親自現身嗎？」韓杰不解地說：「派個嘍囉什麼的不行嗎？」

「如果他沒有親自來……我可能不會用急件報上天。」蘭花插嘴說：「每晚來找我的朋友不少，我自己都要篩選老半天，他現身那晚可眞嚇壞我了——」

閻羅殿大審事件之後，蘭花等資深眼線住家受到特別看照，沒有經過許可的孤魂野鬼，隨意上門惹事，會被打上標記，引來神兵追緝。

「那小子身手不得了。」蘭花述說那晚情景——夜鴉穿牆進入她臥房，嚇壞一票老朋友，驚動了房中警報法陣，追緝標記的符令四面八方打向夜鴉，全被他用黑氣披風接下。

夜鴉冷冷地留下一張紙條，上頭載明時間地點，稱受老大指示上來告密，要破壞敵對勢力計畫，給對方一個教訓。

臨走前，夜鴉還打傷蘭花幾個老朋友，甚至砸爛神壇。

「我那時以爲他瘋了。」蘭花呵呵笑地說：「原來他故意展現自己的能耐，想拉高注意力，故意驚動上頭……」

「這樣子搞，肯定會走漏風聲，瞞不過喜樂。」韓杰搖頭說。「他做事沒這麼粗糙……」

「他們團體行動，他的時間跟行動會受到限制。」王書語說：「也可能他掙扎到最後一刻才做出決定，時間緊湊，只能用這種魯莽的方法。」

「好吧。」韓杰攤攤手。「如果眞是這樣……我不認爲這件事這樣就結束了，他們應該還會有動作，現在不能確定夜鴉是不是還幫喜樂做事，如果是的話，那我老闆會很高興。」

「因爲……」王書語說：「師出有名了？」

「是呀。」韓杰說：「閻羅殿大審之後，我下去十幾次，每次都打得亂七八糟，勦掉第六天魔王跟喜樂一堆據點，最後是因爲地府受不了我三天兩頭下去大鬧，照三餐向上天申訴，加上幾次下去沒有新發現，所以任務中止——這次如果又是喜樂興風作浪，那之前的任務就有理由重啓了；那魔王閒不下來想找樂子，我老闆絕對樂意奉陪到底。」他說到這裡，正想再問些話，手機響起，是王劍霆打來的。

「韓大哥，又出現相同的案子，人我們已經制伏了，肉票也救出來了……」王劍霆語氣有些疲憊，卻夾雜些許興奮。「現場發現新事證，你要不要過來看看？」

「我立刻過去。」

□

「聽起來挺有趣的……」鳳凰和麻雀整裝完成，站在儲藏室外，聽那個頭矮小的駝背老頭，滔滔不絕地述說這段時間，韓杰等人在陽世忙亂的情況——

血蝠領命讓韓杰疲於奔命，他不像一年前夜鴉那樣高調行事、成天找韓杰單挑，而是透過關係，煽動見從舊屬伺機發難；買通獄卒放出受刑重犯，指示重犯頭目上陽世搗亂。

「血蝠打聽到一個有趣的小子，託他搞些事讓那乩身忙，那小子是個天才、野心不小，不過最近玩過頭了，我正要他收斂點，別留下把柄……」駝背小老頭揚起手機，正要撥號，轉頭望向一旁的血蝠，問他：「老哥，有沒有要交代的？」

血蝠倚牆扠手閉目，那巨大鐮刀豎立在身邊，他沒有回答，只搖搖頭。

「那我自己交代啦。」小老頭撥完號碼，等那頭接聽，立時說：「喂喂喂，我上次不是告訴過你，要你拿捏一下分寸，你有拿捏嗎？你給我聽好，你……」

鳳凰和麻雀無心細聽小老頭電話內容，他們一個看看手機、一個伸著懶腰，有一搭沒一搭地交談：「火雞還沒打夠呀？看來他氣炸啦。」「沒辦法，他傷得最重，知道自己被夜鴉出賣，當然氣啦……」

血蝠睜開眼睛，看看懷錶，握起巨大鐮刀，二話不說往外走。

「出發了！」小老頭向鳳凰和麻雀招招手，三步併兩步跟上血蝠，還不住向電話那端訓斥。「什麼叫我別干涉太多，別忘了你替我們工作，你是有拿酬勞的！啊呀，敢掛我電話！這小子眞當自己成了德高望重、門徒滿堂的『老師』啦？」他一面追著血蝠，氣急敗壞嚷嚷叫罵，跟著身子一蹦上天，搖身變成了隻褐色小蝙蝠，飛至血蝠那柄大鐮刀刀柄上，化為一只蝙蝠模樣的奇異吊飾，撲撲振翅，還隱隱發出抱怨聲。「老哥，我跟你說，那小子信不過呀，他不受控制……」

「走了。」鳳凰和麻雀也跟上血蝠，同時撥打電話，通知火雞時間到了。

□

「哼，我知道了……」

火雞掛上電話，望著癱伏在地板的夜鴉，抬腳重重踩了他腦袋一下，呸的一聲，轉身離開，還丟下一句。「等我回來再陪你玩。」

青年走來，將遍體鱗傷的夜鴉翻過身，揭開一管藥膏，擠出塗抹在夜鴉身上幾處傷勢嚴重處，包括他被踏裂的腦袋、撕開的下顎和臉頰、胸腹幾道深長破口，和斷折骨穿的手腳；替他將穿出皮肉的斷骨推回胳臂和大小腿中，將流洩出的內臟塞回腹腔內，將歪扭的鼻子扳正，將穿進眼球的長釘拔出，拍拍他的臉，對他說：「來幫忙吧，大廚在催了……」

「好……」夜鴉甩甩頭、吁口氣，蹣跚跟在青年身後，往儲藏室深處走，來到「廚房」。

廚房頗大，裡頭還有其他對外廊道。

大廚外觀是個醜陋的中年大叔，頂著個胖壯肚子、模樣猥瑣，但一身廚師袍子倒是潔白乾淨，還戴著白手套——整間廚房，像是實驗室般一塵不染。

「喂喂喂！」大廚見青年帶著狼狽不堪的夜鴉踏進廚房，立時吆喝起來。「有沒有搞錯，把臭身體沖乾淨再踏進來，想死是不是？」

「是、是是……」青年連忙將夜鴉拉進一旁一間沖水間，這沖水間空間不小，牆邊擺了張大桌，桌上擺著各式刀具，天花板垂下幾條鐵鉤，地板還隱隱可見血水，像是兼具屠宰功能。

青年將夜鴉推進沖水間，要他脫光衣服站在牆邊，拿起水管開了水往他身上沖，還令他自行拿刷子刷洗身體，夜鴉默默照做，洗淨身體，換上乾淨白服，在外等了幾分鐘，青年也沖過水換上新衣，這才帶著夜鴉重新上廚房幫忙——

夜鴉一點也不驚訝這廚房規矩，他也認識這大廚，大廚是喜樂的御用主廚，專門替喜樂烹製各式餐餚和點心，喜樂有潔癖，因此大廚嚴格要求廚房衛生十分正常。

「夜鴉……哥……」大廚望著夜鴉，堆起笑臉，說：「可別怪我對你嚴格，這是喜樂爺的規矩，在你復職之前，我只能如此對你，否則，苦的就是我了……」

「我明白。」夜鴉點點頭。「這是你的職責，我不會放在心上——而且就算我復職，你也不用給我面子，你替喜樂爺燒菜的時間，比我跟著喜樂爺的時間更久，喜樂爺手下有很多人能取代我，卻沒人能取代你。」

「你知道就好。」大廚得意一笑，隨即變臉大聲喝斥夜鴉和青年。「還愣在那幹嘛，過來幫忙整理食材呀混蛋！」

「是。」青年立時領著夜鴉過去，幫忙洗菜備料，桌上幾十樣食材，有陽世蔬果，也有陰間奇藥，甚至是宰好拔完毛的小雞、蛇、蛙、鼠等陽世動物。

大廚將兩人洗好的蔬果、藥材鋪入砂鍋，放上切塊的蛇雞鼠蛙，跟著將砂鍋端上大爐，加水開火燉煮，跟著轉去揭開大冰箱，翻出一袋東西，回到料理桌邊揭開——

是一具不足十個月的陽世嬰身。

那嬰身腹部開了道口子，裡頭臟器俱全，但像是處理完畢的食材般被大廚提在手裡，大廚重新洗了洗嬰身，放入砂鍋食材中央，跟著加滿水。

「發什麼呆，去給我挑點調味料過來——」大廚將一張紙條扔在夜鴉臉上，朝他大吼。「動作快點，千萬別挑錯了。」

夜鴉拾起那紙條，上頭寫著一排編號，那是每一瓶快樂的編號。

他和青年穿上膠鞋和大手套、提著一籃分裝杯，返回儲藏室，按照紙條上的編號和指定份量，將大廚指定的快樂裝入杯中。

夜鴉對照紙條，在幾面貨架間尋找半天，也找不著最後一組編號，正困惑間，便見到青年捧來一只小盒。

「這不是快樂，是痛苦。」青年捧著小盒，領著夜鴉返回廚房，脫去膠鞋和手套，將一籃快樂和那盒痛苦交給大廚。

大廚拿著一柄奇異湯杓，在砂鍋撈著湯渣和浮油，將一杯杯快樂倒入杓中，在鼻端聞嗅半晌，跟著淋入鍋中。

隨著砂鍋水滾，湯面閃耀著各色螢光，飄著奇異香氣，那是十餘種快樂混合成的滋味。其中也包含了約莫三十公克左右的蓉蓉的快樂。

「喂，你做什麼——」大廚見夜鴉將一只只盛裝過快樂的空杯拿至流理台開水清洗，氣得衝來抄起菜刀，一刀斬在他肩上，再將他一拳擂倒。

「抱歉！大廚……我忘了跟他說……」青年連忙趕來將那些被夜鴉放入流理台裡的空杯

取出，向大廚鞠躬，卻也捱了大廚一巴掌，摔倒在夜鴉身旁，摀著臉仍不住求饒。「是我不好，您原諒我……」

「混蛋！識相點！」大廚唾罵幾句，轉身回到砂鍋前，繼續掏著湯渣。

夜鴉注意到大廚撈起湯渣，並未倒掉，而是全放入一只大瓷碗裡。

湯渣撈得差不多了，大廚這才揭開小盒，從中捏出一團盈亮黏稠、像是漿糊團的東西，那東西被大廚捏在手上，竟微微發出了哭聲——

那是修煉多時、痛苦至極的魂魄。

大廚捻了雙長筷，挾開嬰身嘴巴，將痛苦魂魄團塊，塞入嬰身口中，再挾合上下唇，低聲呢喃唸咒。

嬰身雙眼睜開一條縫，手腳微微掙動起來。

大廚蓋上砂鍋蓋。

青年推來一只餐車，餐車上放著餐具和一只小爐，爐上燃著青火，大廚將砂鍋放上小爐，令青年推出，還不忘叮嚀他。「小心點喲，這鍋不便宜，要是打翻了我可保不了你，只好把你做成下一餐來賠啦……」

「是……」青年小心翼翼地推著那鍋哭號不停的砂鍋，轉入另一條通道，替喜樂送餐。

夜鴉撫著肩頭，望著通道那方，耳際隱約迴盪著怪異哭聲，他肩頭陡然劇痛，是大廚拔出了嵌在他肩頭的菜刀。

「還愣著幹嘛！」大廚洗著菜刀，朝夜鴉大吼。「快點幫忙備料。」

夜鴉儘管不明白為何已經出餐，大廚仍要他備料，但還是乖乖按照大廚吩咐，從流理台旁幾只大箱中，挑出些果菜——大都是些破損的菜葉和有些瑕疵的果實。

「喲喝！」大廚飛快將夜鴉洗淨的果菜切妥，跟著拿起一只裝盛過快樂的空杯，加了半杯水，搖晃半晌，倒入另一只空杯，直到這半杯水，輪過十餘只空杯後，倒入最後一只空杯。

夜鴉望著那半杯水，見裡頭飄懸著點點光芒，這才明白剛剛大廚勃然大怒的原因，裝過快樂的空杯，仍殘餘著些許快樂，隨意沖去便浪費了。

大廚開火加油將鍋燒熱，跟著扔下剛剛幾樣砂鍋動物切下的殘料，以及夜鴉洗淨的瑕疵果菜，大火快炒半晌，然後從一旁沸騰水鍋中，撈出一團麵，倒入鍋中拌炒幾下，跟著調味，最後淋上那半杯「快樂水」，甩兩下鍋，關火倒入盤中。

「眞香——」大廚嘻嘻哈哈地捧著特製炒麵，捏了雙筷子，來到廚房角落藤椅坐下，挾起炒麵大力吸吮入口、咬嚼吞食，不時陶醉地嚷嚷。「這快樂實在太好吃了……」

「……」夜鴉默默望著大廚，終於明白這第二道餐是大廚替自己做的。

青年返回廚房，神情顯得有些興奮，他向大廚鞠了個躬，奔到爐旁，捧起炒過麵的大鐵鍋，探頭張口舔起鍋身，舔得滿臉油水湯汁，見夜鴉望著他，竟像隻護食野狗般朝夜鴉唾罵：「菜鳥！這是我的！你別想搶——等你像我一樣在廚房幫忙十年以上再說！聽到沒有！」

「……」夜鴉望著青年，默默無語。

「問你話吶。」大廚窩在藤椅上幫腔。「聽到沒有，菜鳥？」

「我聽到了。」夜鴉點點頭，對青年說：「我不會跟你搶。」

青年這才放心，繼續捧著鐵鍋狂舔，喉間還不時滾動著獸吼聲。

大廚吃完炒麵，將盤子也舔得乾乾淨淨，似乎還意猶未盡，提了瓶酒到流理台旁，逐一拿起剛剛那些輪流盛那半杯水的空杯裝酒喝，像是想將空杯裡的快樂氣味一丁不剩地吸乾吞盡。

「好香、好香，這味兒好像在哪裡嗅過……」大廚捏著一只空杯連飲三杯，還捨不得換杯，將鼻子湊在杯口聞嗅。「是啦，我想起來啦，好熟悉的味兒呀……是她……是她呀？是那個……可憐的女人呀！」

夜鴉望著大廚陶醉神情、望著他手中空杯，聽他醉言亂語，猛地像是捻著了枚詭譎線頭，不扯難受——

大廚手中空杯，正是盛裝蓉蓉快樂的空杯。

「看在你是我愛將的份上，我不想讓你為難，我告訴你答案好了，傻瓜，她不是她。」

夜鴉耳際，迴響起喜樂這句話。

貳拾

陰間終年漆黑、不見天日，人死成了鬼，有些和生前一樣會倦會睏，有些則長年不眠不憊，這類不用睡、不能睡的鬼中，有些想回味活人入睡放鬆，陰間也有專用藥物，讓這些睡不著的傢伙，進入與陽世生人睡眠相近的夢鄉。

大廚能睡也能不睡，但一醉便睡得和死豬一樣。

青年睡不著，但習慣服用藥物，進入夢鄉回味生前家鄉、親友和心儀多時的女孩。

夜鴉從來不睡。

他獨自一人來到幾只老舊大櫃前，翻看著名冊。

傻瓜，她不是她。

這個大儲藏室，不僅儲藏著快樂和痛苦，也儲藏著大量快樂主人的資料，供喜樂手下後續上陽世尋找或者釀製喜樂感興趣的快樂。

夜鴉沒嚐過快樂，也不怎麼感興趣，但他長伴喜樂身邊，聽喜樂訴說過種種關於快樂滋味的奧祕，他知道快樂的滋味千變萬化，變因也極其複雜——身心狀況、飲食習慣、健康疾病、年齡、教育、癖好、際遇乃至於觸發快樂的事件，都會影響一個人產出的快樂滋味。

好熟悉的味兒呀！是她！是那個可憐的女人！

夜鴉翻過一本本名冊，毫無所獲，他突然想起自己要找的資料，應當不是快樂名冊。

他來到收藏痛苦的大櫃前，找著擺放名冊——比起快樂，烙印在靈魂深處的痛苦更加珍貴——畢竟掠奪快樂，不見得要取人性命，但是要捕捉痛苦，就必須連魂一起擄下陰間，風險更大上許多。

因此存放在這兒的痛苦名冊，也較快樂名冊要少很多。

他翻到一個名字，深深吸了口氣。

擄獲時間點和當年她身故時間差不多，都在約莫一百來年前。

「不……」夜鴉暗暗祈禱她們只是同名同姓，低聲呢喃。「喜樂爺不會騙我……她輪迴轉世了，她變成她了……她……」

夜鴉跪在痛苦名冊櫃前，緊緊捏著名冊，內心激烈掙扎著。

一百年前，他用永生永世做牛做馬，換取女孩輪迴轉世。

一百年後，他遇見了蓉蓉，他以爲蓉蓉是女孩的轉世再轉世。

但喜樂說不是。

□

「吶。」大廚手按紙條，一巴掌搧在夜鴉臉上。

夜鴉眼睛眨也不眨，捱下這巴掌，跟著彎腰拾起落地的紙條，與青年踩上膠鞋、戴上手套、提著分裝杯，上大儲藏室按照紙條編號，挑取所需快樂。

他來到蓉蓉快樂格櫃前，正要伸手揭櫃門，卻被青年喊住。

「讓我來。」青年面無表情地推開夜鴉，揭開櫃門捧出大瓶快樂，指示夜鴉捧好分裝杯，不忘叮囑：「拿好點，手別抖，這五瓶是極品中的極品。」

「我知道。」夜鴉點點頭。「是我親手釀的。」

「嗯……」青年揭瓶蓋，忍不住湊近瓶口，大大吸嗅著瓶中氣味——這是他堅持自個倒的緣故，他不像大廚能獨享分裝杯的餘汁，只能等大廚炒完宵夜之後舔舔鍋內湯汁，分裝快樂時多聞兩下，是他長年待在這大儲藏室裡，爲數不多的娛樂之一了。

「眞的好香吶……要到什麼時候，才能和大廚一樣，替喜樂爺燒菜呢？」青年陶醉歸陶醉，但捧著大瓶的手卻極穩，不多不少，就倒了大廚吩咐的量。

和昨天一樣，大廚做了份美味餐點，讓青年送出，自個兒用分裝杯中殘汁，替自己燒了隻不夠新鮮的肉蛙羹，吃得津津有味，但這次大廚沒用炒鍋，直接整鍋煮了就吃，青年只能佇在一旁乾瞪眼，就盼大廚吃完羹湯，讓他洗碗，他還能舔兩口。

但大廚自個舔得乾乾淨淨。

「我不懂，這快樂……眞的那麼好吃？」夜鴉突然發問。

「我什麼時候說你可以說話了？」大廚斜眼瞪著夜鴉。

夜鴉低下頭，表示錯了，請求原諒。

「這快樂呀……只有嚐過的人，才知道滋味！你沒吃過，當然不懂！」大廚忍不住吹噓起來。「喜樂爺那麼多手下，只有我嚐過快樂——我可不是偷吃，是喜樂爺親口吩咐的，他說我可以舔舔量杯！」他說到這裡，得意地瞧著夜鴉和青年。「你們知道爲什麼嗎？」

青年搖搖頭，夜鴉說：「因爲大廚您替喜樂爺燒菜，必須知道快樂的滋味，才能燒出更美味的菜。」

「對！」大廚拍掌大笑，指著青年。「你這蠢豬，跟著我這麼久，舔了幾百次鍋子，怎不懂得這道理，怪不得人家夜鴉當喜樂爺左右手，你只能當我左右手。」

青年低下頭，面露懊惱，微微偷瞧夜鴉，露出怨懟目光。

「這東西我喝過兩杯，還是不懂。」夜鴉指了指流理台上蓉蓉快樂的分裝杯。「可能我資質差吧……」

「什麼？」大廚瞪大眼睛，不敢置信。「你喝下這快樂？」

夜鴉點點頭。

「兩杯？」

夜鴉又點點頭。

「不可能！」大廚愕然追問：「你敢偷喝喜樂爺的快樂！」

「以後不敢了……」夜鴉嘆了口氣。

「啊？」大廚問：「你是因爲偷喝喜樂爺快樂，所以才被扔來受罰？可是不是說你通風報信，想陷害夥伴……」

「是呀。」夜鴉說：「我藏了兩瓶快樂在家，但我不懂怎麼保存，怕在陽世出勤太久，快樂都擺壞啦，想早點回來，才異想天開暗中報信，想引神仙使者注意，逼大夥兒早點回陰間，誰知道那神仙使者比我想像中更兇，把火雞燒成重傷，事情才鬧大，不然不會露餡。」

「什麼？」大廚愕然望著夜鴉。「你藏了……兩瓶快樂在家？」

「是呀。」夜鴉說：「還有一隻拔了牙的虎爺，聽說很補，現在不知道是活是死。」

「喝！虎爺？」大廚傻眼張口。「那……那可是上等貨呀。」

「大廚。」夜鴉說：「不如這樣好了，你不是時常要外出採買補貨嗎？你帶我外出補貨，我帶你上我家，將虎爺讓給你燒頓好菜獻給喜樂爺，至於那兩瓶快樂，隨你怎麼處置啦……」

「什麼？」大廚瞪大眼睛，嘴角滲出口水，一下子像是反應不過來，只喃喃地問：「你說兩瓶……是多大瓶？」

夜鴉指著廚房一只醬料瓶，約莫一瓶陽世小瓶沙拉油大小。「那快樂主人體質特異，我一開始沒想到她身體快樂存量大，改造許多壓縮瓶，都裝不下，才私藏了些——我知道快樂在陰間值錢，想私下賣個好價錢，或是換點有用的東西……」

「白……白痴呀！」大廚瞪大眼睛唾罵。「這是最棒的東西了，沒有比快樂更好的東西了，換個屁！」

「我現在知道了。」夜鴉說：「所以交給大廚你處置啦。」

「你……」大廚猛然警覺。「你有什麼企圖？」

「沒什麼企圖……」夜鴉苦笑說。「我這錯犯得太大，恐怕要在這裡待上很久啦……那兩瓶快樂、無牙虎爺，都要擺到發臭啦，不如獻給大廚老哥，請你以後多多關照，替我說點好話，將來有天我出去了，偶爾也能替你弄點快樂，魚幫水、水幫魚嘛……」

「唔——」大廚背過身去不停抓頭、連連吞嚥口水，顯然心中掙扎不已。帶著夜鴉外出採買，自然不合規矩，但夜鴉這提議誘惑實在太大，除了兩瓶極品快樂、一隻珍貴虎爺外，若往後夜鴉眞能復職，在外定時替他弄點快樂，這可是夢寐以求的事啊。

大廚轉過身，瞪著夜鴉。「你……家在哪？」

夜鴉報了個地方，那確實是他在陰間的私人藏身地之一。

「那邊呀……」大廚喘著氣，喃喃地說：「剛好……剛好有幾家店離你家近，我早打算去補點貨孝敬喜樂爺了……備料快用完啦……」他喃喃自語到這裡，轉頭望向青年，對他說：「等等我帶他出去補貨，你幫忙把風，知道嗎？」

「什麼？我……」青年愕然之餘，有些不情願，不懂爲何只兩三天，夜鴉在這大儲藏室和廚房裡的地位就超越他了。

「老弟，我順便帶套她的寫眞集給你。」夜鴉說了個影視女星的名字。

那女星退出演藝圈許多年，兒子都結婚了。

但青年在世時，她青春活潑，美麗動人，兩人還同班三年，她是青年每晚堅持服藥睡覺，就盼夢她一回的女神——這是先前青年帶著夜鴉組裝新收藏設備時，無聊之餘講的往事。

「什麼？」青年愕然問：「你……你怎麼會有她的寫眞集？」

「過去我威風時，小弟常送我一些亂七八糟的鬼東西，剛好就有她年輕時的寫眞集。」夜鴉說到這裡，見青年皺了皺眉，立時補充：「我不是說她的寫眞集是鬼東西，我是說我剛好有，拿來送你，大家好兄弟，以後我出去了，可以替你弄點——她的快樂。」

「呃……」青年深深吸了口氣，兩眼大睜。「你說你能弄到她的快樂！」

「當然可以。」夜鴉拍胸脯保證。「在陰間獨善其身很吃虧呀，我已經學到教訓了；我們從現在開始互相幫忙，有福同享，不好嗎？」

「是呀是呀。」大廚瞧瞧廚房時鐘，對青年說：「你保密把風，我帶那快樂回來，燒道好菜、開瓶好酒，酒裡也加快樂，大家一起吃，你不必舔鍋子了。」

青年終年不變的死寂雙眼，此時閃閃發亮，似乎找不出拒絕的理由了。

□

「大廚，外出採買呀？」

廊道守衛見到大廚推著裝載黑色大簍和包裝帆布的拖板車走來，朝他揮了揮手。

「是呀。」大廚這麼說。

「什麼時候替我們也燒點菜呀？」守衛們呵呵笑問。「大家都很想嚐嚐你燒的菜。」

「喜樂爺同意的話，我義不容辭呀。」大廚哈哈大笑，將板車推入載貨電梯，按鈕上升數層，推車出電梯，從一間空屋出來。

這是老市集的尾端。

這空屋外也有些守衛，有些甚至是夜鴉直屬嘍囉。

大廚推著板車，轉進不遠處一間車庫，繞到平時駛出採買的休旅車後方，見車庫裡兩個嘍囉窩著閒聊，便稱上次開這輛車時遇到些問題，要他們檢查引擎有無異狀。

兩個嘍囉繞到車頭檢查，大廚揭開後車門，掀起大簍上的帆布，躲在裡頭的夜鴉立時翻身爬出，藉著大廚假裝抖弄帆布當下，縮身爬入休旅車後座。

大廚將帆布蓋上夜鴉身子，將黑色大簍和拖板車一一塞入後車箱，關上車門，上駕駛座發動引擎。

「大廚子，這車應該沒問題呀……」兩個嘍囉檢查半天，瞧不出哪裡有問題。

「沒問題就好。」大廚揊揊手，示意嘍囉讓開。

休旅車駛出車庫，駛向夜鴉家。

「要是讓喜樂爺發現我帶你出來放風可不得了呀，膽大包天了我……」大廚駕著車，似乎對自己這大膽舉動感到不可思議，但是一想到夜鴉家中藏的兩瓶快樂，和陰間頂級珍饈食材虎爺，又顯得十分興奮。「我幹大廚這麼久，只碰過一次虎爺，那次是喜樂爺宴客，摩羅大王跟幾位閻王都是座上嘉賓呀，這麼大陣仗躲在不起眼的小地洞裡偷嚐虎爺羹，大夥都覺得好笑……」他說到這裡，兩眼發紅，不時回頭嚷嚷問：「喂，你有沒有在聽呀？我突然擔心要是喜樂爺問起，我哪來的虎爺，我該怎麼回答呢？」

夜鴉躲在帆布裡，一動也不動，沉聲回答：「你就說我在外面有個朋友，專門走私珍奇山魅下陰間，你向我打聽出這情報，外出採買時找他聊聊，剛好他弄了隻虎爺找不到管道賣，你報我名字，那朋友給我面子便宜賣你……這樣你有功，我也威風，喜樂爺說不定覺得我還有用，快點讓我復職……」

「不行吶，要是喜樂爺認眞追究他身分，那怎麼辦……」

「你擔心，乾脆自己吃了吧。」

「自己吃呀……」大廚身子發顫，雙眼發光，嘴裡的牙都利了些。

下壇將軍可有神職，「噬神」這檔事兒，他想都不敢想，此時聽夜鴉這麼說，緊張之餘，卻也有些興奮，喃喃地說：「虎爺這種東西……那可是魔王才有資格嚐的呢……你這麼大方讓給我呀……」

「大廚呀，你道行突飛猛進時，別忘了關照小弟我呀，要是喜樂爺眞不要我，以後我認你作老大好了，我本事不大，上陽世採點快樂，倒還行的……」

「老弟呀，你過去是喜樂爺身邊紅人，我哪裡敢打你的主意呀，呵呵、呵呵……」大廚嘴巴雖這麼說，但不停舔舐嘴唇，他當喜樂御用主廚多年，珍貴食材也嚐過不少，但最頂級那些東西自然輪不到他，偏偏他時常處理這些食材，只能看、不能吃，早已憋得難受。

「看看，你家是不是到了……」大廚在一處不起眼的公寓旁放緩速度。

夜鴉探出頭，瞧瞧窗外，說：「對。」

休旅車停下，兩人下車，來到那公寓一樓，大門關著，夜鴉鑰匙早給沒收，隨地撿了枚鐵絲，喀啦開了門，領著大廚進屋，還不忘叮囑。「大廚呀，我那大門其實有機關，剛剛沒用鑰匙開門，已經觸動了機關，等等我進房拿東西給你，你別踏進來，我那些機關認主人的。」夜鴉這麼說，往某個房間走去。

「什麼？你說什麼？」大廚見夜鴉加快腳步，不由得有些不安，連忙跟上，一把攬住他胳臂。「房裡有機關？什麼機關？」

夜鴉在一扇門前，門上懸了個小牌，上頭寫著「生人勿入」四個字。

「裡頭有什麼？」大廚問。

「有幾個看門的。」夜鴉轉動門鎖，推開門，踏入房，還不忘將大廚手撥開，回頭指著地板和門框那一圈斑紋警戒線，對大廚說。「我拿給你，你別超過這條線，警報器會響。」

他這麼說，還指了指房內一張搖椅上那具日式鎧甲。

那套日式鎧甲穿戴在一具稻草人身上，稻草人臉面貼著一張符。

搖椅緩慢地晃動著。

「你在房間裝機關幹嘛？」大廚心中不安更強烈了，緊張地對夜鴉說：「你東西放哪，快拿出來，別耍花樣喲……」他探長脖子往房內瞧，忍不住問：「你把虎爺藏在這裡？」

「我這房間藏了不少好東西，怕遭小偷。」夜鴉淡淡地說，來到一處書櫃前。

那書櫃上方六格擺著些古怪道具，最下層有兩扇小門約莫五十平方公分，他揭開左側門，取出兩只漆黑瓶子，作勢往門外的大廚拋。「接好喔。」

「喂喂喂，別用扔的！」大廚愕然怪叫，但夜鴉已經將瓶子拋來，他接連接住兩只瓶子——大廚平時只燒菜，但畢竟是資深老鬼，身手道行都不差。

夜鴉取出一只漆黑布袋，在袋上拍了拍，準備解開繫繩。

大廚一面旋轉瓶蓋，一面朝著夜鴉嚷嚷。「那是虎爺？你把虎爺藏在袋裡？等等，你要放他出來？你……」他說到這裡，感到手中瓶蓋旋開，習慣性地將瓶口湊近鼻端聞嗅——一柱焰火自瓶口噴出，噴燈般衝燒大廚口鼻。

夜鴉兩記彈指，大廚還來不及拋下手中黑瓶，兩只黑瓶接連炸開。

「吼！」大廚兩手被炸得焦爛，著急拍臉滅火，一面爆吼：「你做什麼——」

「拿去。」夜鴉朝大廚拋出那黑袋。

大廚急忙伸手接下黑袋，袋口竄出一隻野貓大小的古怪異獸，扒著大廚的臉，張口狠咬大廚被燒焦的鼻子。

「嘎！」大廚扯打那異獸身子，只覺得異獸身子堅硬冰冷，竟像是金屬機械，他抽出腰間菜刀，自那異獸腰間關節間隙切入，喀啦幾刀分解這怪異小獸。

大廚喘著氣，怒視空房，夜鴉已經消失——那書櫃下方兩扇小門敞著，右側門隱約發出聲響——小門後頭，顯然有條通往他處的暗道。

「夜鴉——」大廚暴怒衝過警戒線，奔進房要追殺夜鴉。

刺耳警報聲乍響，搖椅上的鎧甲稻草人蹦彈起身，拔出武士刀攔阻大廚。

貳壹

數十坪地下密室凌亂至極，各式各樣稀奇古怪的零件、器械堆積在一張張工作桌、大櫃和層架上，四處散落著五花八門的設計圖。

夜鴉從一處雜亂櫃前翻出一罐藥泥，跟著奔去一張電鋸台旁，按下開關。

鋸片飛梭轉動，夜鴉揭開藥泥，望著鋸片，再望望自個兒雙手和雙腳上那抑制他法力的符籙鎖鍊鐐銬。

上頭大廚的廝殺、吼叫聲猶自響亮，夜鴉那鎧甲稻草人身手不差，但是大廚那把菜刀更不簡單。

「五分鐘？不，三分鐘……」夜鴉知道那鎧甲稻草人撐不久了，他閉起眼睛，深深吸吐幾口氣，重新睜開眼睛。「足夠了。」

他把左臂湊向鋸片，讓鋸片切斷他左手。

然後，他用右手拾起左手，輪流將兩處斷口，接連插入藥泥裡，然後接合。

再用同樣的步驟，將右手切斷——

他知道即便花上百倍時間，也不見得破壞得了這特製手銬腳鐐，用這方法，只花不到二十秒，就取下手銬了。

「夜鴉——」

大廚的吼聲從書櫃入口響起，然後是轟隆隆的鑽門聲。

大廚身手顯然比夜鴉預估中更強上一截，不到一分鐘，就收拾了樓上那鎧甲稻草人。

夜鴉翻身上鋸台，橫地將左腿湊上鋸片，然後輪到右腿。

「混蛋！」大廚舉著菜刀，暴怒落在地下密室。

密室與地上一樓書櫃並無樓梯，書櫃門打開，便是一處空洞，那空洞不寬，所以大廚花了點力氣才擠下，然後落地。

大廚暴怒喘氣，東張西望，瞧見了遠處那染血鋸台。

鋸台上有一隻斷腳。

「你……」大廚愕然之餘，加快腳步往鋸台走去。

一隻手從鋸台後方舉起，摸著那斷腳，拿進鋸台後方。

大廚見到鋸台上兩條鎖鍊，分別是手銬和腳鐐，知道夜鴉已經取下鐐銬，驚恐地取出手機，像是想要求救，但卻遲疑不定——雖說夜鴉騙他，但他因貪心而受騙，即便喜樂派人支援，事後他免不了受罰。

鋸台後方，夜鴉搖搖晃晃地站起，塗了藥泥、剛接上的雙手，一撐桌面，竟啪擦裂開一條縫，雙腳自然也斷了，令夜鴉撲倒在地。

「哈、哈哈……」大廚怪笑衝去，繞至工作台側面，見到夜鴉雙手雙腳俱斷，狼狽地趴伏在工作台後，暴笑吼他：「你這蠢蛋！你看看你幹了什麼好事！你敢騙我？你想逃跑？」

「我問你……」夜鴉抬起頭，望著大廚。「你說……你說那個可憐的女人……是誰？」

「什麼可憐的女人？」大廚氣呼呼走上前，提起夜鴉，一刀捅進他肚子，還轉了一圈，猛地扯開。

夜鴉腸胃嘩啦啦地流洩一地。

「蓉蓉的快樂，編號——」夜鴉兩眼茫然，講出蓉蓉快樂瓶子的編號。「讓你想起以前曾經嚐過的味道，那是誰的快樂？」

「什麼？」大廚瞪大眼睛，再一刀從夜鴉腹腔裂口刺入，像是殺魚摘除內臟般，往上撩動幾圈，將夜鴉心肝肺臟都削爛落下。「你死到臨頭問這個幹嘛？」他這麼問的同時，一刀斬在夜鴉左肩，一拉一送，飛快卸開夜鴉肩頭關節。

但夜鴉左臂離體，向下落出幾吋，卻沒墜地，像是被什麼黏著般——是一絲絲黏稠而漆黑的血，像是蛛絲、膠液般黏著夜鴉左臂和肩頭斷處。

下一刻，黏稠黑血化爲黑煙，捲著左臂接上左肩。

大廚感到有些不妙，揚起菜刀就往夜鴉腦門斬去。

被夜鴉抬起右手，托著黑氣擋下——此時夜鴉雙手都落在地上，但他前臂斷處那團黑氣，像是假手般，牢牢扣住菜刀。

大廚驚恐地要鬆手拋下夜鴉，但是揪著夜鴉脖子的左手，也被黑氣牢牢捲著，黑氣扳開大廚焦爛手指，讓大廚穩穩放下夜鴉。

地上兩隻斷腳，被黑氣捲回，接上夜鴉雙足，兩團黑氣像是石膏，纏裹支撐著夜鴉雙足斷處。

夜鴉腳下那灘稀爛臟器，也紛紛被黑氣捲回夜鴉腹腔，然後兩片黑氣拉實腹部破口，束腹似地捲裹起夜鴉腰際。

自斷手腳摘除禁錮鐐銬的夜鴉，恢復了道行和力量。

「你在內勤人員裡，算是挺能打的了；而我被喜樂爺摘去半邊翅膀，丟了三成功力……」夜鴉望著驚恐的大廚，冷笑說：「但即使是這樣，你跟我還是有很大一段距離呀，怎麼你不知道嗎？」

「是……是是……」大廚顫抖地說：「夜鴉……哥……有話好好說，我……我太衝動了……」

「好。」夜鴉驅動黑氣捲回雙手，重新沾藥泥接上胳臂，裹實黑氣固定，提著大廚走到一張鐵椅上，跟著甩動黑氣，從凌亂櫃中翻出幾副鐐銬，將大廚銬在鐵椅上，跟著一把奪下他那菜刀，啪地劈在大廚肩上。

大廚淒厲慘叫，隨即被夜鴉捏著臉頰，要他安靜。

「聽好了，我再問你一次，蓉蓉的快樂，讓你想起了一個可憐的女人，她是誰？」夜鴉冷冷瞪視大廚。「我給你幾分鐘，仔細想一想。」

夜鴉說完，身影倏地竄遠，東翻西找，取出一個碩大背包和一個大行李箱，跟著像是電影快轉，一下飛到這兒、一下竄去那兒，在這凌亂工作室裡挑揀著各種工具箱、零件盒、道具、藥品、補品、針劑；有些往行李箱塞、有些揭了就吃下肚，或是往身上傷處塗抹。

他整理半晌，往行李箱塞了些東西，回頭見大廚發呆，倏地竄到鐵椅旁，拔出菜刀，斬進他另一肩，跟著又竄遠，繼續收拾行李。

「女人……女人……」大廚呻吟半晌、腦袋一片混亂，見夜鴉收拾一會兒，又朝他走來，嚇得怪叫起來。「想起來了……我想起來了！」

夜鴉微微彎腰，將腦袋湊近大廚一張焦爛醜臉，睜大眼睛瞪著他。「你說。」

「那味兒……不……不是快樂……」大廚顫抖地說。

「不是快樂，是什麼？」

「痛苦……是痛苦！」

「痛苦……」夜鴉緩緩站直身子，望著大廚。「痛苦連著魂魄，蓉蓉的快樂，讓你想起一個痛苦的魂魄？那魂魄……是個女人？」

「是、是是……」大廚點頭如搗蒜。

「多說點她的事。」夜鴉倏地竄遠，繼續整理行李。「想起多少說多少。」

「她……她……」大廚大力閉眼，努力回想。「應該……應該有一百年了吧，好久好久的事了，我……」

她被我從盒子取出來時，全身是焦的，那盒子裡的鬼，應該是用火烤她。

她哭個不停。

她被火烤了一段時間。

她的記憶停在生命中最痛苦的那一刻，那是一種修煉痛苦的法術，你應該知道，你們一直在幹類似的事……

比起火烤的痛，讓她反覆感受生前最慘的那一刻，應該令她更痛。

她一直在喊一個名字。

喜樂爺指定要吃她。

那時候你應當剛入門，替喜樂爺東奔西走，處理些瑣碎小事。

她喊的那個名字是……是什麼呢？

啊！我想起來了，是——

夜鴉單膝蹲在行李箱前，背對著大廚，停下了動作。

他聽見大廚喊出的那個名字，喊得不是很精準，但他記得那個名字。

是他生前某個時期的綽號。

是很多年前，她與他私奔時，在路上替他取的綽號。

儘管他已經有了心理準備，但聽見這個名字，仍然震撼得像是被敲碎了心。

他明白了喜樂那句「傻瓜，她不是她。」的意思了。

她沒有輪迴轉世，而是被裝進盒裡，持續修煉痛苦，然後被大廚料理成一道美味菜餚。

當時他遠遠看著登上大輪迴盤上的她，想來應當只是喜樂差人假扮的。

「哼哼……呵呵呵……」夜鴉長長吁了口氣，冷笑兩聲。「是呀，全都是我猜的、全都是我的推測……但是不是真是如此，也不重要了，畢竟吶……」他緩緩起身，繼續收拾行李。「如果她是她，我當然不會讓那些傢伙得逞；如果她不是她，我更不能讓她走上相同的路。喜樂爺呀，如果你真的騙了我，那我只好——狠狠反咬你一口啦……」

夜鴉這麼說時，雙眼殺氣暴射。

「你……你胡言亂語什麼？」大廚聽夜鴉自言自語，喘著氣說：「你……你現在放了我，我回去只說你私自逃跑，我追你追了好遠也追不到，我不會供出這個地方，我、我……可以幫你求情，我……」

夜鴉整理好行李箱和大背包，跟著翻出一條怪異鎖鍊，竄到角落另一張工作桌旁，掀開那工作桌上一片大帆布。

帆布底下是一具模樣古怪的漆黑骨架，乍看之下像個孩童或是猿猴骨架，但頭骨形狀特異，像是電影裡的外星異形。

這副骨架四肢都鎖著鎖鍊，被牢牢靠在工作桌上，骨節上刻著密密麻麻的符籙文字，頭蓋骨有數條縫隙，像是被揭開研究過，頭骨外側，還加裝著幾樣小型儀器。

夜鴉替這漆黑骨架鎖上新的鎖鍊，再解開舊鎖鍊，將整副骨架提起，調整成盤坐狀，竄回行李箱旁，用數條符籙黑繩，將骨架綁在行李箱上方。

「那……那是什麼？」大廚見夜鴉綁妥那黑色骨骸，拉著行李箱跟背包往一樓書櫃出口走，急急問：「你要幹嘛？你不放我？」

「這東西本來是我要用來對付太子爺乩身的祕密武器，可現在……哼哼！」夜鴉回頭，冷冷望著大廚。「問你最後一個問題。」

「什……什麼問題？」

夜鴉提著行李箱和背包，瞬間竄到大廚面前，嚇了大廚一跳，夜鴉問：「為什麼蓉蓉的快樂，會讓你想到那個可憐的女人？」

「因為……她們的快樂跟痛苦裡頭，有著淡淡的共同之處，就像、就像……」大廚認真思索。「就像是……愛上了同一個人。」

大廚認眞解釋他判斷的根據，例如倘若食材是一對夫妻，大廚便能從夫妻的快樂和痛苦中，嚐到彼此的味道，以及對某些人事物的共同滋味，例如他們共同的孩子。

倘若要烹飪的是一道三角戀情男女全餐，他能從兩個男人或是兩個女人的魂魄中，嗅出同一個男人或女人的滋味，那是烙印在靈魂深處的滋味。

「為什麼她們兩人的快樂跟痛苦，相隔了一百年，卻出現同樣的滋味……」大廚愣愣地說：「我就……不曉得了……」

「原來如此，我沒問題要問了。」夜鴉點點頭，驅動黑氣，將行李箱和背包往書櫃出口送，自個兒也往出口飛去。

四周灑下古怪液體，將大廚淋了一身濕。

「這是什麼？」大廚驚恐尖叫。「鬼燈油？你想做什麼？你想讓我魂飛魄散？夜鴉、夜鴉！別走，放了我，否則你就完了！夜鴉、夜鴉哥，求求你，放了我——」

夜鴉沒有理會大廚，自書櫃出口飛出。

大廚驚恐吼叫，突然聽見書櫃出口方向落下一只古怪小機器人，搖搖晃晃到處亂走，走到大廚面前。

手上還拿著一只打火機。

鬼燈油持續灑落。

大廚驚駭尖叫求饒。

機器人扳動打火機，打出青森火苗。

一團青綠鬼火，自小機器人手上炸開，轉眼吞沒了大廚，以及整間地下室。

夜鴉駕著大廚那休旅車遠遠駛去，背後公寓一樓炸出團團青森巨火。

他神情堅毅冰冷，像是下定了決心。

貳貳

「三十歲、無業、當過幾年設計師，這幾年沒有固定工作。」王劍霆扠手敘述「老師」身分。

韓杰翻著一份資料，上頭除了學經歷外，還有十來張「老師」求學、自拍照片，一旁筆記電腦上，顯示著「老師」個人社群頁面，社群頁面上的人，橫看豎看，就是一個善良無害的孤僻宅男，一點也不像會收一堆弟子，指示他們擄人獻祭的邪惡法師。

專案小組不久之前，攻堅偵破最新一起擄人案，受害者同樣被乙醚弄昏，身上同樣寫滿奇異符籙，擄人犯同樣聲稱自己受老師指使；不同的是，這次擄人犯沒有前幾個那麼謹慎，並未每日刪除與老師的通話記錄和網路瀏覽記錄，因此警方在查扣的電腦和手機中，發現大量與老師有關的線索。

包括與老師近幾日的訊息記錄，甚至是老師在網路論壇上的帳號和貼文、以及個人社群頁面。

由於那論壇伺服器設在台灣，專案小組查出ＩＰ位置，再透過電信公司找出該網路位置使用者申請人，與個人社群上那老師確爲同一人。

「但現在有個問題。」王劍霆說：「那擄人犯沒有刪除的對話記錄內容，只能讓我們查出老師是誰，但是沒有足夠辦那老師的證據。」

「你們沒去他家搜搜？」

「還在等法院搜索票。」

韓杰翻了翻王劍霆遞來的對話記錄，記錄上那擄人弟子和老師之間確實以師徒相稱，且會交流些符籙法術的奧祕，但並沒有任何與擄人相關的字眼和對話。

「要讓他在法院被判刑需要證據，但如果只要查出他受哪個魔王指使，不用這麼麻煩。」韓杰說：「只要找出人，讓我接手就行了。」

「我知道，現在我們也在找人。」王劍霆又說：「這位老師申請網路的地址我們已經派人盯著，但到目前還沒發現有人進出，現在天黑了還沒開燈、水表電表也沒動，他應該還沒回家，或是已經跑路了——這兩天新聞開始報導這些擄人案，他可能猜到警察會找上門。」

「不能用網路找到他的位置嗎？」韓杰問：「像是電影那樣……」

「如果有手機序號，應該可以透過衛星定位找出手機位置，但我們不知道他手機序號……」王劍霆苦笑說：「行動網路業者願意配合我們辦案，但只能鎖定他上網時的基地台位置，沒辦法直接找出他的人，他最後上網是兩天前——如果他改用預付卡，那會更難找。」

「把老師住址給我。」韓杰這麼說，還捏出一片尪仔標晃了晃。「我拿我的搜索票試看看。」

「呃……」王劍霆聽韓杰這麼說，不免有些尷尬——他此時身處專案小組辦公室裡，小組成員雖然知道韓杰是劉長官指示過要大家盡量配合的特殊人物，但將調查中的案件目標地址交給外人自行調查，似乎有些不太妥當；王劍霆見組內幾個前輩望向他，低聲說：「韓大哥，這晚點再說……」

一個組員突然插口說：「劍霆，剛剛你忙著招呼韓先生，沒機會跟你說，十分鐘前，法院搜索票已經發下來了。」

「哦！這就好辦了。」王劍霆揚揚眉，對韓杰說：「一起去吧。」

「嗯。」韓杰不置可否。

□

半小時後，王劍霆、韓杰以及兩三個專案小組人員，踏入「老師」家。

那是市區裡某戶公寓住宅隔出的獨立出租套房。

套房裡十分雜亂，未拆封的食物和空包裝、生活用品、垃圾、衣服、雜物全混在一起。

牆上貼著一張張符籙，與其說是符，更像是美術作品，字體、構圖精緻漂亮。

靠牆三台電腦都未關，日夜不輟地挖著虛擬貨幣。

「我操！這小子家比我以前住的凶宅還恐怖。」韓杰抬腳踏過幾袋垃圾，抽著鼻子仔細聞嗅。「只聞得到臭酸味，聞不到鬼味媽的……」

這套房沒有陽台，只有一間廁所，韓杰四處翻了翻，瞧了瞧牆上十來張符籙圖畫，發現兩本符咒練習簿，上頭一頁頁符籙畫得工整漂亮，但和貼在牆上的符籙一樣，比較像是裝飾，沒有實際術力。

韓杰見到王劍霆和兩個組員聚在電腦前交談，也湊了上去。「發現了什麼？」

「他的通訊軟體開著。」王劍霆一臉興奮，指著螢幕上那通訊軟體的電腦版。「這傢伙好有趣，他要弟子刪掉對話記錄，結果他自己電腦裡的都沒刪。」

「嗯，不過——」一個組員正快速檢視老師與友人的對話訊息，說：「跟上一個一樣，寫很多廢話，但是沒有提到擄人什麼的……」

「如果他不用網路指示弟子行動。」王劍霆這麼說：「就只能靠託夢了……」

「這麼多人……」韓杰探長脖子，指著名單上一排人。「都是他弟子？」

「這個喊他老師，應該是；這個應該不是；這個……就是那準備燒死老婆的傢伙！」那組員點開更多對話訊息，逐一判斷該聊天對象，是否是這老師的徒弟。

「如果這傢伙真有辦法託夢下令，那這些人裡面可能接下來會有人收到他的指示。」韓杰說：「你們有辦法查出這些名單上的人嗎？」

「應該可以。」王劍霆點點頭。

「這傢伙不可能平空託夢，一定有東西幫他下符施法，你們如果可以查出這些弟子的身分、住哪裡，我會想辦法攔截到施法託夢的『東西』，可能是鬼、可能是人、可能是蟲子，再進一步找到老師本人。」韓杰這麼說。

「好。」王劍霆點點頭。「我們會扣押這些電腦，清查他好友列表，列出一份名單給你，最晚明天中午……」

王劍霆說到這裡，見到韓杰眼神奇異，腦袋歪到一邊，還大大伸了個懶腰。

「好久沒下來活動了，小子，你又偷懶沒練身體了？」

一個奇異說話聲音自韓杰喉間發出。

「韓大哥……」王劍霆訝然上前關切，伸手要按韓杰肩頭，卻被韓杰抬手格開。

那奇異聲音嘿嘿笑地說：「這裡就交給你們了，這小子我有事交代他。」

話一說完，韓杰身子像是線控木偶般蹦蹦跳跳奔離老師家，轉眼衝下樓，奔入夜巷。

□

「老闆，你來得這麼突然，發生什麼事？」

韓杰姿勢古怪地在巷弄裡飛奔，腦袋還東張西望，喉間發出太子爺的說話聲。「喂，哪裡有鏡子？」

「鏡子？你要鏡子幹嘛？」

「開鬼門。」

「開鬼門？」

「你不是跟底下城隍府關係密切嗎？他們沒告訴你？喜樂的藏身地曝光了，是他手下告的密。」

「什麼！」韓杰訝異問。「煩惱魔喜樂手下出賣他？」

「是呀。」太子爺興奮笑說：「幾間城隍府都派了陰差圍他，閻羅殿也出動黑白無常，不過呢——那傢伙能在底下藏那麼久，多半是些收賄城隍護著他，說不定閻羅殿也有份。我一點也不相信那些傢伙，嘿嘿嘿！」

「老大，你突然降駕，找鏡子開鬼門，該不會沒有申請，私自下來借我的身體下去尋仇吧？」韓杰這麼問。

「什麼尋仇！我是執行任務，中壇元帥不打魔王要幹啥？」太子爺喝斥說：「上次閻羅殿一戰，好威風吶！美中不足的是跑了喜樂和半截摩羅，哼！那喜樂跟摩羅在陰間狼狽爲奸，要是拿下喜樂，等於斷了摩羅後援，讓他在底下孤立無援，永遠翻不了身啦！啊呀，好不耐煩，到底哪裡有鏡子呀？」

「左邊那條街熱鬧點，應該有餐廳……」

韓杰無奈提醒，被太子爺附身跑了半晌，奔上大街，進了速食店廁所，來到鏡子前，對著身子東拍西摸起來。

一個大叔正對著小便池撒尿，似乎讓韓杰粗魯動作嚇著，頻頻回頭看他。

韓杰找了半晌，哎呀一聲說：「我身上沒帶香灰！」

「什麼！沒帶香灰？」

「是呀，我不知道你要下來，更不知道你要我開鬼門，能不能借你的金磚用用？」

太子爺靜默兩秒，舉起韓杰的手湊到口邊，狠狠咬了一口。

「用血就行了。」

「……」韓杰望著被咬得皮開肉綻、血流如注的食指，莫可奈何，飛快在大鏡上畫起開啟鬼門的符；他從鏡中看見那如廁大叔驚恐回頭望他，便大聲說：「哎呀沒血了、沒血了，我需要更多血！誰有血借我用用……」他這麼說時，視線與那大叔對上，咧開還沾著血的唇齒，操著怪聲說。「你……有血嗎？」

「哇！」大叔等不及甩乾淨，驚慌逃出廁所，向外求援。

兩個速食店員工急急趕來，卻發現廁所門給抵著推不開——廁門那端，韓杰單手受太子爺控制，舉著火尖槍，用槍柄抵著門，還不住催促。「畫道鬼門符畫這麼久。」

「老大，你把我手指咬爛了，會痛啊……」韓杰咬牙舉著手，又補了幾筆，畫完鬼門符，跟著喃唸咒語，朝鬼門符吹了口氣。

大鏡閃閃發亮，與陰間速食店連接相通。

「少囉嗦，上頭不知道我下來，你之後和媽祖婆乩身聊起，記得說是你自己下去，打輸了向我求救，我不得已降駕救你，知道嗎？」太子爺這麼說。

「被我猜中了，真的是未經許可……」韓杰捻出片尪仔標、揉出混天綾，捲著火紅發亮的血符筆劃，向後退開幾步，跟著往前一躍，衝入鏡中。

太子爺收回火尖槍。

韓杰一抖混天綾，將鏡上整片血符撤去，一點痕跡也沒留下。

廁所門被推開，兩個員工擠了進來，沒有看到大叔聲稱的自殘怪人，鏡上沒血也沒符。

大叔呆愣在門外，一句話也說不出來。

貳參

「嘿嘿、嘿嘿嘿嘿……」

男人面目猙獰地惡笑走來，雙手還沾著污血。

蓉蓉跪倒在地，嚎啕大哭。

夜鴉倒在一旁，身上插著數把利刃、皮開肉綻，受盡酷刑後死去。

男人說夜鴉欠債不還，這是他應得的教訓，但教訓過頭，弄死他了，所以這筆債，得讓蓉蓉用身體來償了，且要還很多年，直到她再也沒有價值為止。

目睹夜鴉受刑經過的蓉蓉，心中驚恐、絕望、悲慟的程度，難以用任何詞彙加以形容。

男人雙手搭上她的臉，醜陋的嘴朝她雙唇吻來。

在這瞬間，她感到耳垂微微發暖，眼前的男人像是斷訊影像般閃爍然後破碎。

畫面一轉，本來倒地的夜鴉突然站起，頭也不回地走遠。

畫面再切換，變成了手機上的通訊對話記錄——

「對不起，我還是忘不了前女友，這段期間我開心過，也掙扎過；我仔細考慮過了，我決定跟她在一起。我對不起妳，也很謝謝妳。希望妳找到比我更好的人。希望妳一生幸福。」

蓉蓉睜開眼睛，望著窗外斜陽，發了好半晌呆，坐起身來，抹抹臉上淚水。

她起身下床，瞥了床頭手機一眼，茫茫然地去廁所洗臉。

「哼，說走就走，明明說愛我，突然又放不下前女友，活該被刺一堆洞……」

蓉蓉上廁所洗臉，洗了好久好久，邊洗邊啜泣。

洗完臉的她，步出廁所，雙眼更腫了。

她來到窗邊，望著晨光巷弄，喃喃自語。「幸福像是泡泡一樣，一戳就破了……」

「算了……」

她揉揉眼睛，只覺得晨光和藹溫暖，漸漸包覆住她整個身體，不久之前的悲傷漸漸融化在和煦的光芒之中，她的樂觀天性再一次像是春天雨後的小苗一樣，冒出泥土，迎向天空。

「反正，流乾又鹹又苦的眼淚之後……心裡就剩下甜甜的東西了……」

蓉蓉躺在病床上，深深沉睡著，臉上有些淚痕，嘴角卻微微揚起微笑。

彷彿作了個哀傷卻已經釋懷的夢。

病床旁點滴架上掛著一串符籙墜飾，那是陳亞衣用媽祖婆賜予的靈符手工做成的墜飾，裡頭的神力加持著點滴，守護著蓉蓉被掏空的心靈。

她在生日當晚，在餐廳露天酒吧中了鳳凰迷術，昏迷至今。

在鳳凰、麻雀、火雞等編排的幻術劇本裡，她與夜鴉約會途中遭仇家俘擄，她只能眼睜睜看著夜鴉慢慢地在酷刑煎熬下斷氣，然後仇家們將魔爪伸向她，讓她生不如死，直至自盡——

但幻術的結局，猶如遭到強制修改般出現了變化。

本來死去的夜鴉站了起來，仇家、酷刑的情景像是夢境般消散，取而代之地是夜鴉的分手告別。

比起原本的殘酷劇本，修改後的結局，痛苦指數大幅下降。下降到樂觀的蓉蓉足以堅強承受的程度。

□

一輛小發財車停在醫院停車場。

車頭內，馬大岳伏著方向盤打盹、廖小年望窗發呆；陳亞衣則窩躺在有帆布架的車斗裡一張睡袋上，靜靜盯著架在身旁的手機。

手機螢幕畫面是蓉蓉的即時睡容。

小發財車斗尾端，擺著只小燭台，短燭火光搖曳。

王小明坐在窗沿、身子嵌在玻璃間，半邊後背連同屁股、寬大風衣在病房內側，腦袋雙手探在窗外，興致昂然地玩著手機遊戲。

夏天時他協助韓杰保護許保強和董芊芊，在與黑道流氓混混周旋過程中，附身在各路人馬帶頭大哥身上，假借幾位大哥名義，指揮著各自小弟下載遊戲、刷卡課金、加入公會，再將砸大錢抽得的高級卡牌，交換給自己的遊戲帳號。

讓自己成為那遊戲裡呼風喚雨的強人之一。

架在床頭拍攝蓉蓉的手機組合是王小明帶上來的陰間配備，凡人看不見。

在韓杰指示下，陳亞衣在這病房內外施下了阻鬼防魔的符籙陣法，以防上次餐廳露天酒吧那批傢伙再次前來襲擊蓉蓉。

醫院前門庭院，許保強抱著棒球袋，伏在涼亭小桌看著網路影片，一面與董芊芊傳訊聊天；他背後棒球袋裡那柄桃木鬼王刀先前在露天酒吧被鳳凰扒成兩截；昨晚他用三秒膠、直角鐵和螺絲釘，像是固定斷骨般將鬼王刀接合。

董芊芊人雖不在，卻也派了幾隻紅墨蜻蜓、大虎頭蜂在醫院內外待命——她能憑著紅墨蟲的定時回報，得知醫院四周大致動靜，因此她人在家中待命，也能提供許保強、陳亞衣等人一定程度的情報支援。

許保強身旁也擺著一只燃火燭台，加上醫院後方停車場小發財車上一共兩盞燭台，有如烽火台，陰間殺手一有動靜，天庭會第一時間得知消息。

□

「哎喲，戒備森嚴呢。」

麻雀站在距離醫院約莫數百公尺的高樓頂，持著望遠鏡瞧著蓉蓉所在醫院四周動靜，隱約見到兩柱蜿蜒光流分別聳立在醫院前後——正是兩盞燭台與天庭連線的通天光芒。「那醫院有神明乩身駐守，他們點了火，天上神仙能夠看見底下一舉一動，我們一接近就會被發現。」

「看血蝠老鬼囉。」鳳凰扠著手，嘻嘻笑地說：「他說他有辦法截斷底下那些乩身跟上天的聯繫。」

「遮天布？遮天雲？」麻雀說：「要遮那醫院前後那兩道光不是不行，但是成本不便宜耶……」

「不是現成道具。」鳳凰說：「他說他有獨門祕法。」

「血蝠老鬼懂得能遮天的法術？他這麼厲害？」

「我們是打手、他是殺手。」鳳凰笑著說：「他的鬼齡比我們兩個加起來還大些，懂點藏跡匿蹤、掩神耳目的法術也不稀奇。」

「呿。」火雞不屑地說：「夜鴉挑上的女人眞這麼好？爲什麼非她不可？」

「不是那女人的問題，是夜鴉的問題。」鳳凰說：「聽說夜鴉告密，就是爲了這女人，喜樂爺要我們帶她下去，讓夜鴉親自和她做個了斷。」

「做個了斷？這麼麻煩？那混蛋背叛我們，直接千刀萬剮，魂飛魄散不行嗎？還給他機會？他眞這麼行？無可取代？」火雞有些忿忿不平。

「夜鴉哥是挺行的啊。」麻雀說：「那太子爺乩身呀，我跟鳳凰聯手都打不過他，上次火雞哥你也吃了鱉，但聽說一年前，夜鴉哥單槍匹馬跟他糾纏好久，也難怪喜樂爺看重他。」

火雞操著粗口唾罵：「是那傢伙告密，我被殺得措手不及，換成單對單，我能幹掉夜鴉！也未必輸那乩身！」

「好啦，別氣。」鳳凰說：「我們帶那女人下去，可有好戲看了，他能背叛一次，就能背叛第二次，喜樂爺就算暫時放他一馬，也不會像以前一樣寵他，血蝠老鬼再怎麼厲害，也是僱傭兵，以後就是我們上位的機會啦。」

「是呀。」麻雀嘿嘿笑著說：「你現在氣夜鴉，晚點逼他親手肢解那女人，你肯定樂得很。」

「哼……」火雞似乎還有話想說，突然與鳳凰、麻雀同時抬頭望天。

天上流雲捲動，逐漸聚成一片烏雲，往醫院上方飄去。

雲中隱約可見紅色閃光。

那是血蝠的行動號令。

「是、是……」鳳凰持著手機，與血蝠通話半晌，對火雞和麻雀說：「血蝠老鬼說，他這血雲能遮天十分鐘，要我們在十分鐘內滅了兩盞燈。」

「呿！才十分鐘！還以爲那老鬼多厲害。」火雞抱怨幾句，身子翻轉半圈，頭下腳上往高樓底墜落。

麻雀、鳳凰緊跟在後，隨著火雞向下飛墜。

三人在觸地前一刻，鬼魅般地轉向往前飛梭，來到醫院百來公尺外頓了頓，等天上那片烏雲覆蓋住醫院整片天，這才各自含了枚奇異銅錢入口，互使了使眼色，竄入醫院。

「有東西接近你！」

「啊？」許保強見到董芊芊傳來的訊息，愕然挺直身子，東張西望，只見前方造景矮樹叢微微晃動。

他連忙從棒球袋掏出那把鎖著幾片直角鐵的鬼王刀，抹了抹臉，頂著鬼怒臉躍出小亭，往那矮樹叢奔去。

「別離開燭火！小強！」

「待在亭子裡。」

「那可能是誘餌！」

「快回去！」

一則則訊息自許保強擱在涼亭桌上的手機螢幕上亮起。

許保強奔到矮樹叢前，謹慎地自口袋掏出一把鹽米，比畫半晌，朝著矮樹叢撒去。

嘰嘰——

喵嗚——

一陣尖叫自矮樹叢響起，矮樹叢竄出一隻老鼠，又竄出一隻貓，繞著許保強追逐起來。

「呃！」許保強正驚訝間，突然見到一道黑影迎面竄來，連忙側頭閃避，那黑影倏地竄過許保強臉旁，飛快射向涼亭、削過燭台燭芯、斜斜釘在桌上——是柄短斧。

沾在刀身上那點燭芯，還拖著一縷淡煙。

「啊！」許保強見到燭火被打熄，兩條通天光芒滅了一柱，驚慌提著桃木刀奔回涼亭，瞥了桌上手機訊息兩眼，急急掏出打火機湊上燭台，嘗試重新點燃燭火。

短燭燭芯被削短許多，只燃起丁點小火。

嵌在桌上的短斧喀啦兩聲，斧柄陡然變化成一隻怪爪，牢牢抓住許保強手腕，同時炸出一團黑氣，旋即撲滅許保強剛點燃的小火苗。

「哇！」許保強駭然怪叫，右手使力猛扯，只覺得那斜插在木桌上的短斧，斧柄化成的爪硬如鋼鐵、嵌在桌面上的斧刃像是生了根，怎麼也拔不出來。

另一頭矮樹叢旁本來追逐不休的貓和鼠向他跑來，還越跑越大，先後變化成一大一小兩隻怪雞，同時，矮樹叢裡鑽出一隻又一隻怪雞，跟著前頭兩隻怪雞往涼亭衝鋒。

然後，一陣紅煙自矮樹叢葉間溢出，聚成一個人形——火雞。

火雞大步往涼亭走，手一翻，翻出柄短刀；他性情凶暴，視打殺爲樂，遠遠望著許保強，像是望著塊美味糕點，迫不及待享用。

怪雞群衝上涼亭，瘋了似地振翅撲向許保強。

「哇！滾開！」許保強左手抓著鬼王木刀四面揮打，但這些怪雞不像一般雞嚇了就跑，反而隻隻都如敢死隊般，撲上許保強身子大腿扒抓啄咬。

許保強右手被那短斧怪爪固定在木桌上，拖著笨重木桌無法脫逃，被怪雞們一陣啄咬，痛得哇哇大叫；這些怪雞們的喙和爪子彷如鐵鉗、鐵鉤，十來秒就將許保強咬得皮開肉綻。

許保強彷彿被螞蟻爬滿全身的毛蟲般，身上怪雞越聚越多、哀號聲也漸漸小了，像是體力透支般跪下，右手還牢牢被鎖在桌面上。

火雞走近涼亭，瞅著爬滿怪雞的許保強，嘿嘿乾笑兩聲，擲出手中短刀。

短刀噗哧射落兩隻怪雞，插進許保強左腿，痛得他跪倒在地。

緊接第二刀射進許保強右腿。

火雞抽出第三把短刀，捏在手上拋了拋，像是在思索第三刀，要射許保強胳臂還是眼睛，他走上涼亭，將刀倒轉反握，伸手揪著許保強頭髮，將他腦袋拉高，面向自己。「挖出你的眼睛好了……這樣會太過火嗎？嘿嘿……」

兩隻扒著許保強頭臉亂啄的怪雞跳下撲開。

火雞見到一張奇異鬼臉。

他儘管有些詫異，但還是將手中短刀往許保強左眼送去。

刀尖距離許保強左眼兩、三公分時，火雞手腕被一隻粗壯雄渾的怪異大手抓個正著——許保強被怪雞咬臉，疼得使不上力扮鬼臉，火雞驅走怪雞，反而讓許保強逮著機會，使出了「鬼見愁」。

「咬我……咬爽了沒？」許保強瞪著渾圓眼睛，額頭生出鬼角，咧開滿口利牙橫生的嘴，一口咬在火雞握刀右手上。

「喝！」火雞驚愕之際，只感到許保強表情像是厲鬼，但身上透出渾厚道法神力，轟隆賞了許保強臉頰幾記左拳，卻無法逼他鬆口。

火雞左手一翻，翻出一把短刀，往許保強太陽穴扎去。

又被許保強用右手抓著——他手腕仍被先前怪刀爪子扣著，因此他這記扣腕，將整張木桌都掀了起來。

扣著許保強手腕的怪爪，因許保強手腕變得粗壯而鬆動，喀啦一聲，爪子裂開，整張木桌轟隆落下。

許保強轉頭改咬火雞左手。

火雞挺身一膝蓋頂上許保強下巴。

許保強終於鬆口，身子後仰，突然往前一撞，一頭錘轟在火雞臉上。

火雞揮動被許保強緊握住的雙手，將許保強轟甩撞上涼亭石柱。

許保強仍緊握火雞雙腕，抬腳死命踢蹬火雞頭臉。

「你、給、我……」火雞惱火振出一對古怪醜翼，振翅飛上數層樓高，然後轟隆墜地。

「放手！」

許保強仍緊握火雞雙腕，又張口啃咬火雞手掌。

火雞再次拖著許保強大吼飛空，這次飛得極高，想要一舉摔死許保強。

□

「嗯？」陳亞衣突然起身，大力拍打車頭幾下，跟著翻身下了車斗，環顧四周。

「怎麼了、怎麼了？」馬大岳和廖小年慌亂下車，繞來陳亞衣身旁。「發生什麼事？」

「不對勁……」陳亞衣望著車斗內的燭台，跟著望向天空，抹了抹眼睛，突然驚呼。「光滅了一柱！啊！那雲怎麼回事？」

「什麼？」馬大岳和廖小年抬頭，他們看不見那通天光柱，僅隱約感到天上那團濃雲有些詭譎。

「我去看看！」苗姑從陳亞衣隨身奏板飛出，往醫院前門飛去。「你們守著燭火，別讓火滅了！」

陳亞衣翻身回車斗裡，拾起那視訊手機，對病房內的王小明急喊。「小明、小明，你那邊有沒有事？」

「啊？」王小明圓臉出現在視訊畫面前，問：「亞衣？妳叫我？我這邊沒事呀。」

「沒事就好……」陳亞衣正困惑間，突然聽見車外廖小年和馬大岳的怪叫。

車外突然颳起大風，風中吹著一片片彩羽。

羽片拂過馬廖兩人身子，在他倆身上割出一道道血痕。

「哇！」「好痛，怎麼回事。」兩人在彩羽旋風中抱頭哀號。

陳亞衣持奏板抵額，躍出車斗，奔到馬廖身旁，在地上踩開一圈黑影，彩羽撞入黑影範圍，立時化為灰燼。

「好痛！痛死……」馬廖兩人掙扎起身，檢視身上一道道刀割傷口，驚恐地東張西望。

「那些傢伙眞的攻打過來了？」

「小心！」陳亞衣使上了黑面神力，要兩人伸出手掌，以黑指在兩人掌上畫咒，突然聽見廖小年一聲驚呼，同時身後傳來轟隆巨響，這才驚覺燭火還在車斗上，一回頭，只見黑影外漫天彩羽，像是過境蝗蟲般，一口氣全衝進了車斗。

她奔出黑圈，朝著車斗方向大吼一聲：「滾——」

一記無形震波彷如海嘯，轟隆將小發財車裡車外的彩羽全震成了灰。

但那燭火在彩羽衝進車斗內第一時間，已經滅了。

「不好！」陳亞衣急急衝向車斗要點火，卻見到一個紅影翩然落在車斗上方的帆布架上——鳳凰。

鳳凰揮動金色怪爪，逼退陳亞衣，另一手往天一指，頭頂上方旋開一圈彩羽，跟著指向陳亞衣，那圈彩羽像是找著了目標的巡弋飛彈，一枚枚往陳亞衣射去。

陳亞衣翻身滾開，抬拳搥地砸出黑圈擋下一波波飛羽射擊。

「你們到底爲什麼要抓那女人？」陳亞衣朝著鳳凰怒吼。

「沒有爲什麼。」鳳凰站在斗篷上，微笑說。「好玩吧。」

「好玩？」陳亞衣惱火叫罵：「只是覺得好玩，就可以折磨人？」

鳳凰高高躍起，在空中展開大翼，驅動彩羽，倏地朝陳亞衣俯衝而來。

陳亞衣蹲在地上，舉著雙拳，擂鼓般搥地，掀起一面面黑牆阻擋一波波飛羽，好不容易擋下所有飛羽，卻不見鳳凰影蹤——

原來鳳凰繞到了她背後，勒住她頸子。

「可愛的妹子呀。」鳳凰呵呵笑著，在陳亞衣臉頰吻上一枚紫色唇印。「爲什麼不行？」

「唔——」陳亞衣腦袋又暈又疼，眼前閃現著五花八門的幻象，全是過去種種遺憾和酸楚——與外婆別離、噁心怪獸打她虐她、捏著鼻子製作臭包、韓杰緊摟著王書語耳語……

「混蛋……我才不怕妳，我不會輸給妳！」陳亞衣緊閉雙眼，咬牙呢喃，臉上紅光滿溢，漸漸吞噬那紫色唇印。

但鳳凰又親她臉一下、再親她臉一下。

倘若陳亞衣臉上的紅光是在救火，鳳凰的唇印就如同汽油彈，一枚枚砸在陳亞衣心中，掀起悲苦鬼火。

「替上天做事，又累又苦，還沒錢拿，不如——」鳳凰嘻嘻笑著，將陳亞衣兩側臉頰親得越來越紫。「下來替我們做事，我收妳當乾妹妹好了。」

鳳凰剛說完，突然覺得後腰一陣火灼痛楚，轉頭一看，竟是廖小年挺著一把燃火線香，捅在她後腰上。

「妖……妖孽！膽敢對媽祖婆乩身無禮，還不給我退下！」廖小年朝著鳳凰大吼，見她回頭，還伸手打了她一巴掌，在她臉上拍出一個黑色符印，那是剛剛陳亞衣寫在他掌上的驅鬼符。

「唔！」鳳凰騰出一手，掐住廖小年脖子，隨即又被馬大岳抓著把香往臉上一插，臉頰立時焦起黑煙。

「給我掃她腳！」陳亞衣大吼跺腳，踏出一圈墨黑。

「是！」馬大岳和廖小年一齊抬腳拐掃鳳凰雙腳，同時揪著她腰帶往上掀。陳亞衣身上黑氣噴發，唰地重重賞了鳳凰一記過肩摔。

「噫！」鳳凰摔在墨黑水泥地板，驚覺周圍墨黑像是滾燙泥漿，不但削弱了她的法力，還燙煮著她身子，驚駭地掙扎起來。

陳亞衣立時變招，使出柔道寢技，自背後勒著鳳凰頸子、雙腿緊箍著鳳凰腰際，不讓她自墨黑法陣掙脫。

鳳凰鼓動全力放出彩羽，但旋即便被四周黑影吞噬。

「壓著她，別讓她逃！」馬大岳和廖小年七手八腳，舉香往鳳凰身上亂捅，還從口袋掏出符紙、符水，往鳳凰身上貼、往她口裡塞、往她臉上亂灑。

「你、你是誰？」王小明的尖叫自落在地上的手機響起，顯然也遇上麻煩。「亞衣，救命呀，敵人現身了！」

「糟糕！」陳亞衣仰頭望向手機，急急對著馬廖兩人下令。「樓上出事了，快去幫忙——」

「什麼！」馬廖兩人正手忙腳亂按著掙扎不休的鳳凰，聽陳亞衣命令，有些猶豫。

貳肆

「不對勁！不對勁！亞衣、亞衣——」

王小明瑟縮在病房天花板角落，拿著手機驚恐大嚷。

幾分鐘前，他才在一場公會戰裡，率領著老爺子和眾過往東風市場住民玩家，威風殲滅敵手隊伍，轉頭就見到蓉蓉坐在床上，咧嘴瞅著他笑。

蓉蓉兩眼閃動奇異光芒。

身上不時生出褐灰色小羽毛，然後落下。

「她睜開眼睛了……啊呀，她拔下點滴了！」王小明見蓉蓉扯下點滴，立時自腰間槍袋拔出左輪手槍對準蓉蓉，說：「你是誰？爲什麼附在她身上？」

蓉蓉緩緩下床，歪著頭對著王小明怪笑。「你猜猜看。」

「我不想猜，你快說！」王小明槍指蓉蓉，還扳下手槍擊鎚，身子微微往後，大半邊身子都穿出醫院外牆，只露一張臉和持槍雙手在病房內。

「你怕鳥嗎？」蓉蓉嘻嘻一笑。

「鳥？什麼鳥？鳥有什麼好怕的？」王小明不解反問。

「你很快就知道了。」蓉蓉彈了記手指。

王小明聽見一陣奇異啾啾聲，轉頭只見身後飛來百來隻麻雀，在他身上亂啄亂咬，還往他臉上拉屎，那些稀屎不僅又酸又臭，且具有腐蝕性，沾上身，立時溶穿風衣，腐蝕他魂體，令他劇痛難忍。

「哇！」王小明對著麻雀胡亂開了兩槍，抱頭上下飛逃。

病房裡，蓉蓉嘻嘻笑地往廁所走，見到某張病床上的病患困惑望她，像是被她自拔點滴、自言自語的行徑嚇著。

「妳……不舒服嗎？要不要幫妳請護理師來？」那病患見蓉蓉望她，害怕地問。

「謝謝妳呀。」蓉蓉這麼說，跟著鼓嘴朝那病患吹了口風。

那病患立時躺倒、進入夢鄉。

「低調、低調喔。」蓉蓉嘿嘿笑著轉入廁所，對著鏡子擠眉弄眼、吐舌捏臉，還托托胸部。「就是這位姊姊讓夜鴉哥背叛喜樂爺？」

她一面自言自語，一面咬破手指，在鏡上畫起鬼門符。

喀啦喀啦啦——

護理師推著醫療推車進入病房，停在廁所外望望蓉蓉、望望她身前那面寫上符籙的鏡子。

「不好意思喔，在忙。」蓉蓉嘿嘿一笑，揚手颳出一陣風，將門帶上。

啪——

護理師伸手擋下門。

蓉蓉咦了一聲，見到那護理師眼神冷峻，陡然驚覺不妙，哇的一聲大叫，鼓動全力催風，硬關上門，跟著急急寫符。

「快快快快！」她寫得又急又亂，指尖血沒了，立時湊近嘴邊再咬一口，急急伸向大鏡，但指尖卻在鏡前停下。

蓉蓉喉間響起怪聲，整個人像是錯亂般胡亂掙動起來，喉間發出兩個說話聲音。

「夜鴉哥，你……你怎麼上來了？」

「我不行上來？」

「當然不行，你應該在儲藏室跟廚房幫忙呀。」

「幫什麼忙？大廚都死了，還有什麼忙好幫？」

「什麼？大廚死了，他怎麼死的？」

「被我放火燒死的。」

「什麼！夜鴉哥你，你……你眞的要跟我們爲敵啦？」

「不行嗎？」

「爲什麼？」

「你猜猜……」

「因爲、因爲……」

對話沒有繼續下去，蓉蓉反手掐著自己脖子，將身中一個少年揪了出來——麻雀。

蓉蓉掐著麻雀，推開廁所門，走出病房。

廊道清冷陰暗、燈光閃爍，四周瀰漫著詭譎氣息，彷彿墜入另一個世界，蓉蓉手中麻雀猶自掙扎著，她停下腳步，望著廊道末端那身披黑袍、身邊豎著一柄死神鐮刀的高瘦男人——血蝠。

血蝠黑袍肩上立起一隻黃蝙蝠，黃蝙蝠遠遠瞪著手拎麻雀的蓉蓉，尖聲怪叫說：「夜鴉！真是夜鴉呀！他真攤牌啦哈哈哈！」

血蝠二話不說，拖著死神鐮刀走向蓉蓉。

蓉蓉拎著麻雀，面無表情也朝血蝠緩緩走去；她一面走，身上黑氣捲動，右手握出一柄怪異電鑽——這電鑽握柄與鑽頭接近平行，鑽頭長約五十公分，乍看之下猶如一柄劍。

她一面走，不時輕扣電鑽開關，使那鑽頭嗡嗡旋動。

「夜鴉哥，你想清楚，你一個人……怎麼與喜樂爺爲敵？」麻雀被蓉蓉拖著走，一手扣著蓉蓉手腕，一手探進褲帶掏摸。「現在回頭還不晚……」

「沒有必要。」蓉蓉看也不看麻雀一眼，繼續往前。

血蝠走至距離蓉蓉約莫十公尺處，拖在地上的死神鐮刀閃耀出紫光，身上大袍陡然揚開，竄出一群五顏六色的怪異蝙蝠。

這些蝙蝠有的眼睛暴凸、有的尖牙外露、有的渾身斑爛、有的散溢毒氣，紛紛往夜鴉飛竄聚去。

「殺——」黃蝙蝠倏地彈離血蝠肩頭，像是押陣將軍般，指揮大隊蝙蝠突襲夜鴉。

蓉蓉沒說話，袖口竄出陣陣黑風，黑風凝聚成數隻黑手以及各種奇形怪鳥，同樣往前飛衝，攔截迎面殺來的蝙蝠群。

血蝠踏進距離蓉蓉三公尺範圍，唰地揮動死神大鐮，照著蓉蓉脖子掃去。

大鐮穿過病房牆壁、又穿出牆壁，眼見就要斬進蓉蓉脖子，蓉蓉卻倏地提起麻雀當盾擋刀。

「呀！」麻雀駭然大吼，見大鐮在他腦袋前停下，嚇得掙扎起來，掏出口袋裡的怪符道具往蓉蓉臉上拋，卻被黑氣大手接下，塞進他嘴裡。

怪符道具在麻雀口中炸開，炸得麻雀口鼻噴煙，麻雀尖吼地揚開手，握著一雙短刀要往蓉蓉身上捅，又被黑氣大手扣著雙手。

蓉蓉騰出左手，又握了隻短電鑽出來，對著血蝠連扣扳機，射出一枚枚旋轉鑽頭。

血蝠張手來擋，任幾枚鑽頭鑽進他掌中，單手揮掃大鐮亂劈蓉蓉。

蓉蓉踩牆躲刀，一會兒躍上側面牆壁、一會兒倒踩上天花板，身上幾隻黑氣大手，將麻雀接來接去，忽前忽後地格擋血蝠鐮刀，甚至將麻雀當成武器，突撞血蝠。

血蝠逮著機會，揪著麻雀後頸，將他自黑手中搶回。

滴滴、滴滴——麻雀背上發出一陣奇異怪聲，原來剛剛被蓉蓉提在手上時，不知何時被繫了個炸彈在背上，血蝠將他奪回的同時，也拔出了保險栓。

轟——一陣怪煙自麻雀背上炸開，團團籠罩著血蝠和麻雀。

血蝠揮掃大鐮刀，驅散怪煙，但蓉蓉已經不見影蹤。

「咳咳、咳咳……」麻雀一面嗆咳，驚慌地上下樓層胡亂飛竄，怎麼也找不著蓉蓉，啊呀一聲想起什麼，繞回病房廁所，只見鏡上本來完成十分之八的鬼門符籙，此時消失無蹤。

麻雀這才明白夜鴉趁著怪煙遮目時，附身蓉蓉返回病房廁所，完成這道鬼門符，躲入陰間，還順手撤去鬼門。

「血蝠爺！」麻雀嚷嚷大叫：「你快來——」

血蝠倏地竄入廁所，望著廁所鏡子，微微皺眉。

「什麼？讓他給跑了？快追、快追呀。」黃蝙蝠飛回血蝠肩上，氣憤催促著。

麻雀正想重新在鏡上畫符開鬼門，但他與血蝠的手機突然同時乍響，兩道鈴聲又急又刺耳，不像是一般來電。

他與血蝠相視一眼，唰地往上一竄，一口氣飛上半空，鳳凰也隨即飛竄到兩人面前。

「底下出事了？」鳳凰一身黑泥，模樣有些狼狽，她在馬大岳和廖小年趕去保護蓉蓉之後，掙脫陳亞衣壓制、與陳亞衣對峙游鬥，本已逮著機會準備反擊，但聽到這緊急鈴聲，只得撤退與麻雀等會合。她回撥手機，通話一陣，對麻雀和血蝠說：「喜樂爺據點曝光，被陰差團團包圍，我們得立刻下去支援。你們逮到那女人沒有？」

「沒……沒有！」麻雀心虛地說：「被夜鴉哥搶走了……」

「什麼？」鳳凰愕然。「夜鴉？他上來了？」

「是呀……」麻雀左顧右盼，突然問：「火雞哥呢？他怎麼還沒來跟我們會合？」

鳳凰聽麻雀這麼說，也高聲喊了喊，突然感到某個方向竄來一股剽悍神力，趕忙望去，只見醫院頂樓一側水塔頂端，攀上一個傢伙——

許保強。

許保強兩眼閃閃發光，全身飄動奇異氣息，右手外側隱隱有隻道袍大手，揪著火雞腳踝，火雞一動也不動、頭下腳上地任許保強那道袍大手倒提著，雙手低垂、奄奄一息。

「哪路朋友呀？來來來，下來下來，咱們聊聊——」許保強朝著天上鳳凰、麻雀大喊，聲音粗獷渾厚，不似他平常說話聲。

「呀！」血蝠肩上那黃蝙蝠嚷嚷怪叫：「是鬼王呀！鬼王降駕啦，快走！」

「鬼王鍾馗？」「救不了火雞哥啦，走吧。」鳳凰、麻雀怪叫一聲，也不顧火雞還被許保強揪在手上，趕緊掉頭飛竄。

「不准走——」鬼王附著許保強身子，一躍竄出好遠，想要追鳳凰和麻雀，卻見血蝠舉鐮對空晃了晃，空中血雲被攪出漩渦。

血蝠揮鐮朝著許保強一指，血雲漩渦飛出大批蝙蝠，往底下的許保強洶湧竄去。

「哎呀、哎呀！」鬼王怪嚷著，道袍大手揪著火雞腳踝胡亂掃打，像是將火雞當成蒼蠅拍般搧打那些蝙蝠。「哈哈哈哈，不好意思，要怪就怪你那些鬼夥伴呀！」

鬼王揪著火雞搧擊那些蝙蝠，如拍打飽食蚊子般，在空中打出漫天爆炸血花。

幾分鐘前，火雞將許保強揪上好幾層樓高，重重往地上墜；許保強嚇呆了，但被火雞拖上空中，一時無法應變，直到墜地前一刻，都還緊咬火雞的手不肯鬆口，只隱隱做好「會捽得慘」的心理準備，耳際卻聽見一聲熟悉暴罵：「你這蠢蛋，你是鬼王乩身，不是狼狗乩身！」

「啊？」許保強驚奇之際，鬆了口，還沒反應過來，只感到眼前一片亮白。

下一刻，許保強的身子被一團柔軟氣流托住，卸去所有下墜之勢，讓他緩緩平躺在醫院前草皮上。

火雞愕然跨坐在許保強身上，見許保強眼歪嘴斜、神情呆滯，但全身神力驚人，正驚覺不妙，想離身逃跑，卻被一隻道袍大手揪著，跟著轟隆隆地捱了一陣大拳亂搥，被揍得七葷八素，猶如一灘爛泥。

「就算要咬，也咬帥氣一點！」許保強眼神依舊呆滯，突然咧開嘴巴，朝著火雞虛空一咬。

火雞身子喀啦變形，胸腹後背同時多出一排又深又寬的凹痕，深到幾乎快將他身子剪成兩截。

像是一排巨大門牙齒痕。

「喂！叫你們別走沒聽見嗎？」鬼王附著許保強追到醫院樓宇邊緣，只見血蝠等已經飛遠，低頭一看，倒提在手上的火雞魂身竟漸漸消散，愕然嚷嚷：「啊？魂飛魄散啦？我出手沒那麼重呀！啊呀！」鬼王見到火雞頭臉頸子亂糟糟的，竟像是遭到一連串爆破攻擊，這才明白血蝠那陣蝙蝠海，目標並非是自己和許保強，而是火雞。

「幹嘛、幹嘛，怕你落在神明手中，會供出喜樂機密呀？」鬼王晃了晃火雞身子，只感到他全身稀爛爛的，三魂七魄都被剛剛那陣蝙蝠血爆炸爛了，被鬼王隨手一晃，身子散成好幾塊，在空中漸漸消散。

「沒辦法，算你倒楣了……」

「怎麼回事？鬼王大哥！你降駕啦？我怎麼了？怎麼站在屋頂？我不是被火雞拉上天嗎？」

「什麼？蠢蛋！你現在才回神？你沒看見老子剛剛威風八面呀！」

「威風八面？怎樣威風八面？火雞呢？快去打他！」

「早打啦！都打爛啦！」

「什麼！打爛了？在哪裡？」

「媽的蠢蛋——」

□

「不行不行，你不能過去！」

幾個陰差攔著韓杰，不讓他接近前方廢棄倉儲大門。

這廢棄倉儲位在老市集街區邊緣地帶，據報裡頭有地道，通往喜樂寢室，是老市集據點中最重要一條逃生暗道。數小時前，陰間閻羅殿、各大城隍府甚至是陽世眼線，同時接到一封檢舉電子郵件。

郵件裡詳載喜樂地下據點和地上市街的對照地圖，近年犯罪證據以及被收買的地府官員名單——其中部分早在一年前閻羅殿大戰中，被關老爺借予太子爺的那條青龍斬成兩截的陰差和城隍，在這份檢舉信件中，都畫上紅線註記。

數小時內，地府吵翻了天，被檢舉的地府官員、城隍陰差，莫不矢口否認，有的說是無聊分子惡作劇、有的說是喜樂敵對勢力設計的陰謀陷阱、有的說是一場誤會、有的說是喜樂本人狗急跳牆胡亂拖人下水為的是拖延未來審判進度。

兩小時前，閻羅殿做出決議，動員大量陰差，浩浩蕩蕩進攻喜樂據點。

收到線報的太子爺，興奮得像是過年節慶急著放鞭炮的孩子，等不及走正規管道申請下凡，擅自降駕韓杰，令他開鬼門下陰間，來湊湊這盛大熱鬧。

你覺得如何？

「什麼如何？」

我有點擔心，陰間以後會更亂。

「為什麼會更亂？」

等等要是我忍不住宰掉太多貪污狗官，底下沒人管理，不就更亂了。

「……那你可以別宰那麼多，挑幾個最壞的，殺雞儆猴不就行了。」

如果每個都壞得不得了，我怎麼挑呀，哼哼哼、嘻嘻……

「老闆，你明明在笑呀……你擔心的時候會笑嗎？」

也許會呀嘻嘻……

「那不然等等讓我出手，你看我有危險再出手幫忙，如何？」

也好。反正你是我乩身，邪魔狗官，你宰我宰都一樣。

韓杰冷冷瞪著幾個攔他的陰差，沉聲說：「陰差大哥，我勸你們別攔我，這是爲了你們好……」

「哇！太囂張啦！」「你這小子真仗著自己是太子爺乩身，眼裡沒有王法啦！」

「我操。」韓杰垮著臉，反諷說：「要是這地方有王法，我也不用三天兩頭跑下來忙啦，你以爲我喜歡來這鬼地方？」

說的不錯。

一個牛頭氣呼呼地鼻孔噴氣，瞪著韓杰說：「我們正在破門，你過去也沒用，等我們破了門，你想跟在屁股後頭協助調查也不是不行，但得聽我們指揮！」牛頭伸手指著那廢棄倉儲鐵門外的大鎖頭，一對陰差、鎖匠擠在那兒，七嘴八舌地討論那鎖怎麼開。

這些傢伙分明在幫喜樂拖延時間，讓他在底下有時間滅證，別理他們，快進去！

「嗯。」韓杰點點頭，繞過那攔路牛頭，掏出張尪仔標揉開，召出混天綾掛在胳臂上，也不理那幾個牛頭跟在後頭大叫大嚷，自顧自來到倉儲門前，大聲咳幾下，甩了甩混天綾，嚇得門前鎖匠連忙退開，看著待命陰差不知如何是好。

「又是你！你又下來搗蛋了！」門前陰差見到韓杰拿出混天綾，指著他大罵：「這裡歸我們管，你別來礙事。」

「我幫你們開門。」韓杰抓起那大鎖頭，托著混天綾按上鑰匙孔，閉目操控混天綾滲入孔中撥弄半晌，只覺得這巨鎖構造神奇，那混天綾在裡頭東繞西轉，彷彿陷入迷宮般，裡頭嵌裝著無以計數的彈子和機關，鎖中還有鎖，一時竟打不開。

「這是專屬的符鎖。」幾個鎖匠和陰差見韓杰皺眉困惑，相視幾眼，冷笑說：「沒有對應的符鑰匙，得花上不少時間才打得開喔……」「你想玩，就讓你玩玩看吧。」

「……」韓杰見幾個陰差露出嘲諷神情，哼哼兩聲，將混天綾捲上胳臂增強臂力，跟著又捏出張尪仔標化出乾坤圈，一手揪起那大鎖、一手舉著乾坤圈，重重敲擊鎖鉤和兩扇門上鎖片。

韓杰一連砸了數下，只覺得乾坤圈砸在鎖上，像是砸在海綿上，大部分的力量都不知卸去哪兒了。

「能這麼簡單敲開就好囉。」鎖匠笑咪咪地說：「想也知道，只有鎖頭厲害，門不夠堅固，咱們早就破了，這門後面也有符陣，能抵消外力、防止暴力破門。」一個陰差接著搭腔。「是呀，我們油壓剪、強力噴燈都用上了，還是打不開門。」「這整間大倉庫，除了門以外的窗戶、牆壁、屋頂內部都被動過手腳，很難從外部破壞。」「看來沒花上三五天，肯定是開不了啦。」

收起你那破玩具，拿這個試試。

韓杰感到左手自己動起、探入口袋，食指微微發暖，連忙將手抽出，只見食指上多了枚黃金戒指；他陡然會意，收去混天綾和乾坤圈，摘下黃金戒指，拿在手上晃了晃，晃成汽車方向盤大小——這是太子爺專用的正版乾坤圈。

他抓著金光閃閃的乾坤圈，重重往那符鎖一搥——

噹的一聲彷如鐘響，震得門旁陰差、鎖匠頭昏眼花，退開老遠。

大鎖崩出幾道裂痕，鎖鉤、鎖片一齊斷裂，整只大鎖喀啦落下。

韓杰不理陰差叫喚，拉開大門往裡頭走，還額外掏出張尪仔標召出風火輪附上雙腿，又掏出三張尪仔標喚出三頭小豹，下令小豹巡路，自個兒四處亂找，持著「正版乾坤圈」朝所有可疑處亂敲亂砸，見到有頭小豹跑去一處地板鬼叫扒抓起來，立時竄去，舉乾坤圈重重一砸，砸爛一片地板，找著了向下暗道。

「喂喂！你別亂跑，城隍有令，你……」牛頭馬面急急叫嚷追來，韓杰不理他們，吹了聲口哨集合小豹，一鼓作氣殺下暗道。

暗道通往一處古怪空房，兩側牆面立著一隊泥塑兵馬，一見韓杰殺下，立時動了起來，挺起兵刃上前攔阻。

韓杰踩著風火輪蹦上天花板，頭下腳上繞過這些泥兵、竄到大房另一端，落下揮動乾坤圈，砸開一扇門，裡頭有床有桌、有美酒櫃和專屬吧台，奢華得彷如皇宮寢室，還有幾個奴僕小鬼，捧著大箱收拾各種衣飾玩物。

小鬼們見到韓杰闖入，嚇得扔下手中大箱，轉身就跑，被小豹撲倒在地。

牛頭馬面緊追在後，想攔阻韓杰，卻反被那些泥兵侍衛擋著，打成一團。

韓杰在喜樂寢室揪著小鬼們逼問半晌，各個都說喜樂早離開了，他們只是受命收拾東西。

別跟這些嘍囉囉嗦，快把那魔王給我搜出來。

「是。」韓杰扔下小鬼，砸爛寢室另一扇門，在這地下據點四處搜索起來——太子爺額外施法替他護身，令他不受尪仔標副作用影響，派出更多小豹分頭尋找喜樂。

韓杰竄到據點儲藏室，只見裡頭一批鬼僕手下，忙著將一罐罐快樂裝箱運送，立時衝上去驅趕鬼僕，這些鬼僕或許扛著喜樂嚴令，明知道韓杰不好惹，仍硬著頭皮舉起武器圍攻，被韓杰持乾坤圈砸爛兩個、砸飛三個，其餘終於一哄而散。

「這些東西怎麼處理？」韓杰望著儲藏室裡一瓶瓶快樂，才剛問完，左手又自己動起，這次他掏出枚金磚，金磚上刻著符印，在一隻隻小豹額頭上蓋了印，下令小豹散開，用腦袋頂撞每一瓶快樂。

每一瓶被小豹頂著的快樂，瓶身立時閃閃發光，不僅浮現黃金符印，還帶有編號。

韓杰聽太子爺吩咐幾句，轉頭對追來的陰差說：「一共兩百一十六瓶，每瓶都蓋了章、封了印，有專屬編號，整理好送上陽世，讓媽祖婆乩身處理——聽好，只要少了一瓶，我會帶著手機下來，找到負責處理這些快樂的人，讓他自己跟太子爺解釋。」

「你、你……」陰差見韓杰高傲模樣，氣得咬牙切齒，卻也無可奈何。

韓杰又在地下據點搜尋一陣，打爛了軍火庫、砸毀廚房跟大廳，還是不見喜樂蹤影，甚至連主力打手部隊都沒找到，顯然在城隍府、閻羅殿收到密報後的第一時間，喜樂就已匆匆撤離，只留下一群鬼僕整理物資，伺機送出。

「老闆，忍耐點……」韓杰感到手中乾坤圈微微發顫，身體裡火血逐漸沸騰，太子爺像是越來越怒，就怕他將矛頭放在這些陰差身上，又惹出麻煩，連忙低聲安撫。

肯定是這些髒東西暗中放水報信，才讓那魔王逃了。

「是……不過這次我們又沒收他一堆快樂。」韓杰低聲說：「斷他糧草，他應該氣炸了。」

誰知道他其他地方還藏了多少！

「可能不多。」

你又知道啦？

「這陣子他派了不少人上來找快樂，動作不小，還鬧出窩裡反，如果他快樂存量多，應該不會這麼急……」

你怎麼知道他窩裡反，跟這些快樂有關？

「我們去探望過蘭花，據她說，告密那人黑衣黑褲綁馬尾──那傢伙是喜樂手下第一大將，就是上次把我弄得死去活來的那個夜鴉。」

嘖！你好意思說？我手下大將被喜樂手下大將弄得死去活來！這像話嗎？你太安逸，疏於鍛鍊了！

「嗯，鍛鍊的問題先跳過……」韓杰說：「那個夜鴉不但告密，還在原本的目標身上，放了個耳環，保護那女孩心神不被幻術破壞；我猜他們窩裡反，跟他們上陽世奪取快樂的行動有關。」

啊，你說喜樂嘍囉為了個凡人女孩，跟喜樂鬧翻？

「我也覺得不可思議，但是我身邊女性朋友，都猜夜鴉可能愛上了他的下手目標……」

你身邊哪來這麼多「女性朋友」可以討論陰間魔王案情？你愛人、媽祖婆乩身……還有誰？

「那個蘭花也這麼說。」

那個老太婆？老太婆也懂愛情？

「老太婆也不是一出生就是老的，人家也年輕過……」

哼！就算那嘍囉為了個女人跟喜樂鬧翻，那又如何？那傢伙……嗯……那傢伙出了名的小心眼，他肯定不會這麼簡單放過那嘍囉……

「是啊。如果這次告密的傢伙還是夜鴉，害喜樂丟了老巢跟所剩不多的快樂，喜樂肯定追殺他到天涯海角了；我們找出夜鴉，或許能夠引喜樂出來，喜樂有一堆陰差暗助，但是跟喜樂鬧翻的夜鴉反而變成所有人眼中釘，要找夜鴉，比找喜樂更容易。」

太子爺沉默不語，韓杰手機響起，接聽，另端傳來王小明的求救呼喊：「韓大哥！醫院出事啦，那女生不見了！」

貳伍

陰間高速公路上，一輛貨櫃車平靜行駛。

貨櫃裡氣氛詭譎，喜樂窩在一張沙發裡，托著高腳杯，透過身旁隨侍手中平板，聽那還留在市集周邊嘍囉們的即時回報。

「喜樂爺，那些快樂拿不回來了……」嘍囉莫可奈何說：「本來三個城隍已經答應給我們時間收拾物資，但那太子爺乩身不知道從哪兒聽到消息，也下來湊熱鬧，打爛好多東西，還把每瓶快樂施法封印、蓋上中壇元帥官印，說要送上陽世，交給媽祖婆乩身處置。」

「是嗎？」喜樂搖晃手中高腳杯，一旁另個隨侍手中端著的那瓶快樂，是喜樂接獲城隍通報，急急逃出市集地下據點時，順手帶著的快樂，這瓶快樂喝完，喜樂就得花錢在黑市購買了──然而快樂這種珍貴東西，在陰間大多時候，即便有錢也不見得買得到。

因此喜樂晃了晃高腳杯，湊近嘴邊，輕抿一口，卻捨不得喝下太多。

高腳杯離口時，杯子微微顫動，喜樂心中怒火彷彿已經壓抑到了極限。

「砸了不少東西？」喜樂面無表情地問：「他砸了什麼？我那些藏書、寶物、擺設、衣服？救得回多少？」

「喜樂爺……」手下語音發顫，吸了口氣，說：「我們已經裝箱的東西，全被他扣押蓋印，說是要送上天請天差雜役檢查有沒有私藏違禁品；沒裝箱的，全讓他放出火龍咬焦了……」

「是嗎？」喜樂靜默幾秒，對著貨櫃裡鳳凰、麻雀等笑著說：「這下好了，他把我衣服都燒光，以後我沒衣服換了。」

「喜樂爺。」鳳凰連忙說：「衣服、飾品要多少有多少，等我們到了新據點，我立刻替您張羅。」

「是嗎？」喜樂面無表情望著鳳凰數秒，突然大笑舉起高腳杯，一口喝盡杯中快樂。「連快樂也可以替我張羅嗎？那我就不用省著喝啦，哈哈、哈哈……」他這麼說完，扔了杯子，直接從隨侍手中搶過半瓶快樂，直接湊著瓶口喝。

「是的，我們會立刻動身上陽世替您尋找快樂，只要您開心，我們赴湯蹈火……」

「不必了，我可沒上癮，只是嘴饞罷了……」喜樂喝盡快樂，長長吁了口氣，將空瓶遞還給隨侍，抹了抹嘴，盯著鳳凰、麻雀和血蝠，淡淡地說：「你們放下手邊一切雜事，也別找快樂了，全力把夜鴉帶來給我……」

「是。」鳳凰、麻雀感到喜樂這麼說時，全身透出濃烈殺氣，像是憤怒至極，都低著頭，不敢看他臉。

喜樂這麼說，轉頭向其他隨侍吩咐：「這幾天別替我準備吃的，沒胃口，什麼也吃不下，替我找幾個新的大廚人選，等鳳凰他們把夜鴉帶來，讓幾個廚子輪流表現，從中挑一個當我御用大廚。」

喜樂吩咐完隨侍，再對鳳凰、麻雀等說：「記住，我要活的，如果你們發現他，但沒把握生擒，通知我，我親自去接他。」

「是……」鳳凰等不住點頭，都知道夜鴉此時在喜樂眼中，已不再是「叛將」、「犯了錯的手下」，而是「食材」了。

□

清晨天明時，蓉蓉睜開眼睛，見到晨光自四周尚未裝設窗戶的毛胚牆洞透入。

她發現自己躺在一疊厚厚的瓦楞紙箱上，身上溫暖棉被卻像是新買的。

她掀開棉被，發現自己身穿病人服、左腕上鎖著手銬，手銬另一端焊著鐵鍊，三公尺長的鐵鍊鎖著水泥牆。

她身處在一處興建到一半便停工的爛尾公寓樓層裡。

她扯了扯鎖鍊，有些害怕，驚呼求救幾聲，見到一個人影自樓口走來。

夜鴉一身黑衣、蓄著馬尾、戴著墨鏡和黑色口罩，舉止、神態，甚至連五官，都與先前和蓉蓉相處時的「阿鷹」不同——畢竟那「阿鷹」，是他在暗中觀察蓉蓉起居、揣測蓉蓉喜好後，刻意塑造出來的白馬王子形象，現在的夜鴉，才是真實的他。

「你……你是誰？」蓉蓉縮回被窩，緊緊揪著棉被。「這裡是哪裡？是你把我銬在這裡的？你是綁架犯？」

「對。」夜鴉冷笑說：「我是綁架犯。」

「你……你缺錢？」蓉蓉害怕說：「可是我沒有親戚，也沒有錢……」

「我不要錢。」

「你不要錢，那你綁架我幹嘛？」

「妳慢慢猜。」夜鴉說：「妳聽好，只要妳乖乖別吵、別給我惹麻煩，我不會傷害妳。」夜鴉將一袋便利商店飯糰、牛奶，扔在蓉蓉面前，指著蓉蓉身旁一處沒有裝設門板的門。「鐵鍊很長，足夠讓妳上廁所。」

蓉蓉望了望那門孔和周邊格局，裡頭想來是廁所。

夜鴉說完，轉身下樓。

「等等、等等……」蓉蓉喊了幾聲，見夜鴉沒有回應，驚恐呆愣地起身在四周繞了繞，檢視手銬和鐵鍊，她見鐵鍊牢靠，絲毫沒有脫困可能。

她進入廁所，裡頭也是毛胚構造，角落亮著盞LED小燈，沒有馬桶也沒有洗手台，但地上擺著個小鴨造型便盆，那便盆底部還挖了個洞，正好接在馬桶管線上，一旁有個裝滿清水的大水桶，漂著只水瓢。

她莫可奈何上完廁所，覺得有些冷，只能回到瓦楞紙箱上裹起棉被，吃起飯糰。

她蜷縮在被窩裡，回憶著數個月來與「阿鷹」相處的點點滴滴，她知道自己不該繼續想著那個爲了與前女友復合而捨棄她的傢伙；但此時此刻，她不想他，還能想些什麼？

「如果你知道我被綁架了，會想辦法救我嗎？」

她望著窗，眼眶又紅了。

□

時間一點一滴地過去，從清晨到午後，再到日落夜臨，蓉蓉哭累了睡、睡醒了發呆、發呆久了又想哭了。

她覺得天黑之後天氣更冷了，咬牙上了廁所，還將廁所裡的LED燈帶回被窩，這爛尾樓沒水沒電也沒有燈，四周逐漸漆黑，若沒這小燈，可要伸手不見五指了。

她裹著棉被，閉起眼睛，祈禱著這一切只是場惡夢。

祈禱明天睜開眼睛，在自家床上醒來。

如果可以的話，最好眼睛睁開來，他並未離開，手機上有他的訊息，傍晚能與他約會，能牽著他的手漫步、能被他緊緊擁抱在懷裡，能夠和他繼續走下去——

「為什麼我這麼倒楣，如果是作夢就好了……」她閉上眼睛，只覺得鼻子又發酸了。

「幸福真的跟我沒緣分……」

呼呼、嘎嘎——

呼呼、嘎嘎——

一陣奇異的鼻息聲和獸鳴聲讓蓉蓉忍不住睜開眼睛，坐起身來。

她緊張地四顧張望，突然見到遠處有幾顆紅色光點。

那些紅點兩兩成對，像是野獸的眼睛。

她正要驚呼，突然覺得喉間一緊，發不出聲，同時，她的身子自己動了起來。

她腦袋暈眩，神智恍惚，彷如身陷夢境，她感到自己在狂奔、在跳躍，甚至在格鬥——她身手矯健得像是電影裡的女特務、女超人，揚手踢腿，打翻一頭頭撲來的惡獸。

那些惡獸像是獵犬，眼睛血紅，舌頭不僅長還帶著倒刺，一嘴牙尖得嚇人，不但緊追著她，還不停狂吠。

她一路打下樓，揹上碩大背包、拎起行李箱、提起幾袋雜物，飛奔到一處窗邊，躍了出去。

她感到陣陣冷風颼過臉龐，背後揚起一片黑影，黑影像是翅膀，但是只有單邊。

單邊的黑色翅膀鼓動出陣陣黑風，捲飛一隻隻奇怪的飛空小獸、打退一些像是鬼一樣的追兵。

她見到一個少年模樣的傢伙始終在背後狂追喊她。

夜鴉哥，你闖大禍了，喜樂爺眞的生氣了，你別跑，跟我回去吧！

滾開，你不是我的對手。

夜鴉哥，我知道我打不過你，但我通知喜樂爺了，他會親自上來——

是嗎？那叫他動作快點，別拖拖拉拉……

「喜樂？」蓉蓉恍惚中，感到黑風捲走雙手上的行李箱和袋子，改握上一長一短兩柄怪異電鑽，不時轉身朝身後那飛天少年射擊奇異鑽頭。

少年也不時朝她扔擲水果刀。

她在山區林間且戰且走，突然覺得腰間一麻，像是捱了一把水果刀，同時也聽後頭少年慘叫一聲，捱著幾枚鑽頭。

水果刀柄化出一條毒蛇，啃咬起她的身子。

她射進那少年身上的幾枚電鑽鑽頭，則炸出黑煙，籠罩住少年全身，讓少年看不見四周，拖慢了速度。

她伸手捏爛毒蛇、繼續踩樹飛奔，一溜煙又飛奔出好遠。

她漸漸睏了。

□

她再次睜開眼睛時，又是清晨。

同樣的瓦楞紙箱、同樣一床新棉被。

不同的是這次她沒上手銬，且四周環境狹小潮濕，牆壁是鐵皮，高處有處小氣窗，角落有些破口，甚至地面都有些歪斜，門也合不攏，這是一間破損廢棄的鐵皮貨櫃屋。

夜鴉一身黑色風衣，背對著她，窩在行李前不知忙著什麼，他聽見她坐起時發出的摩挲聲音，微微轉頭瞥她一眼，說：「肚子餓了就吃袋子裡的東西，想上廁所跟我講，我帶妳出去。」

「你要綁架我到什麼時候？」蓉蓉東張西望，只見身邊除了墊在身下的瓦楞紙箱和棉被之外，就只有一袋食物，連能夠作爲武器的東西都沒有。

「……」夜鴉想了想，說：「等我的目的達成，我就會放妳走。」

「你……你的目的是什麼？」蓉蓉揭開食物包裝，緩緩吃著。

「跟妳無關。」夜鴉冷冷說。

「你綁架我……」蓉蓉委屈說：「怎麼會跟我無關？」

「妳就當自己倒楣吧。」夜鴉有些不耐煩。「總之我不會傷害妳，時候到了我自然會放了妳。」

「反正我本來就很倒楣……」蓉蓉哀怨地吃著超商飯糰，突然想到什麼，開口問：「喜樂是誰？」

夜鴉料想不到蓉蓉會說出「喜樂」兩個字，身子挺直了些，但隨即明白——昨晚他察覺追兵殺來，緊急附上蓉蓉身子，和帶著獵犬找上來的麻雀纏鬥逃亡。

由於情況緊急，他附蓉蓉身時，對她施放幻術的時機晚了些，因此蓉蓉在昏睡前，留下一段如夢似幻的記憶。

「什麼喜樂？」夜鴉假裝不明白。

「我記得昨天我睡著之前……在天上飛、踩著樹跑、跟怪狗還有一個小男生打架……」

蓉蓉困惑地說：「那是作夢嗎？」

「不然呢？」夜鴉故意反問：「妳可以在天上飛，又怎麼會被我綁架？」

「那……應該是作夢吧……可是那個小男生，我是第二次夢見他……」

「哦？」夜鴉有些訝異。「所以妳之前夢見過他？」

「我夢見他……他和其他人一起虐待我男朋友。」蓉蓉哀愁地說：「雖然是夢，可是好逼眞，刀子割在他身上，就像眞的一樣……」

露天酒吧大戰那晚，夜鴉夾在蓉蓉耳垂上的耳環，修改了鳳凰幻術劇本，讓蓉蓉將前半段虐殺幻境，當成作夢，將夜鴉與她分手的後半段情節，當成眞實經過。

「作個夢也可以廢話一堆，女人就是女人。」夜鴉含糊帶過，默默做著自己的事，蓉蓉看不見夜鴉做什麼，只聽見細碎的切割和機械聲，猜他可能在整理隨身槍械武器。

「我男朋友才跟我分手，你就來綁架我……嗯，我這幾天到底做了什麼？」蓉蓉喃喃說著，突然覺得記憶有些錯亂——夜鴉那只耳環裡的快樂和幻術，雖然暫時守護安撫了蓉蓉心神，但這些天三餐內容、工作狀況等生活細節，自然無法仔細描述，因此當蓉蓉思索細節時，漸漸開始覺得不對勁。

「爲什麼我穿著醫院的病人服？你是在哪裡綁架我的？我怎麼不記得你綁架我的過程？」蓉蓉忍不住問：「今天是幾號？」

「閉嘴。」夜鴉回頭冷視蓉蓉，惱火說：「難怪妳男朋友要跟妳分手，一定是嫌妳廢話太多。」

「……」蓉蓉像是被戳中痛點，沉默半晌，突然出聲反駁：「他沒有嫌我話多，他說他喜歡聽我說話，他說他可以一輩子聽我說話。」

「哈哈哈。這種鬼話妳也信，蠢女人，有夠蠢！」夜鴉忍不住大笑——他這話半真半假，假的是他不想蓉蓉惦記那個已經不存在的「阿鷹」，因此逮著機會說點壞話；真的是先前他在蓉蓉面前的陽光暖男形象，本便是刻意迎合她喜好扮演的假形象，真實的他可沒那麼大耐心陪女人玩手工、聊家常。

夜鴉嘿嘿笑地嘲諷說：「他只是想騙妳上床，妳快說妳上當了、被騙了，哈哈哈！」

「被騙又怎樣！都不知道是誰玩誰咧！」蓉蓉大聲回：「吃飯都他出錢，我又不吃虧！床上我也沒吃虧呀，又不是只有男人才能玩女人，女人也能玩男人！」

「那很好呀。」夜鴉聽蓉蓉這麼說，哈哈一笑，問：「既然妳玩得開心，那幹嘛說自己倒楣，妳應該開心呀，玩爽一個就找下一個呀！」

夜鴉說完，只聽背後微微響起吸鼻子的哽咽聲。

「好……找就找，等我回家，馬上找其他男人……」蓉蓉氣惱抹著眼淚。

「加油啊。」夜鴉聳聳肩。

「你什麼時候放我回家？」

「別急，再等等。」

「我要上廁所……」

「好。」

夜鴉帶蓉蓉步出鐵皮貨櫃，蓉蓉望著四周荒山野嶺，回頭見這破爛鐵皮貨櫃，竟擺在這連路都沒有的山區草石間，不禁駭然，連一絲趁機逃跑的希望都熄滅了，無奈找棵樹旁蹲下如廁，也有些困惑夜鴉在這鬼地方，是怎麼弄來棉被和便利商店食物——她記得剛剛喝牛奶時，包裝還有些冰涼，像是從冷藏庫取出沒有太久。

遠遠一陣犬吠響起。

她驚駭轉頭，只見到犬吠聲那頭上空，飄來一陣詭異怪霧。

她正想尖叫，突然又覺得腦袋一陣暈眩，再次墜入怪異夢鄉。

她快速拉起褲子，飛奔回貨櫃，身上炸出黑氣，捲起大大小小的行李和雜物。

怪異犬吠、怪霧籠罩住整個貨櫃，她和前次一樣，將所有行李揹在身上，或是用黑氣捲著，雙手握著電鑽，大戰那些殺入貨櫃的陰間獵犬。

小門掀開，鳳凰舉著金爪殺入猛攻，蓉蓉持電鑽回擊。

貨櫃轟隆炸開，蓉蓉和鳳凰雙雙竄上天，蓉蓉捱了幾爪、鳳凰身中三鑽。

和前晚一樣，那三枚鑽頭炸出黑煙，蓉蓉趁著黑煙掩護，飛快逃遠。

□

蓉蓉再次醒來時，四周又有些不同了。

此時入夜，四周空間頗開闊，可以看見遠處樓宇。

這裡是大樓頂樓，她倚在排氣設備旁。

這次她身上沒有棉被、身下也沒有瓦楞紙箱，只披著一襲黑色風衣，那風衣材質古怪，不像布料，像是雲霧，卻當真有保暖功能。

夜鴉赤著上身，盤坐在大堆行李前，像是受傷不輕，上身纏裹著奇異符布、貼著一塊塊古怪膏藥。

「我……又作夢了……好怪的夢，該不會你餵我吃奇怪的藥吧，你……你……」

夜鴉沒有回答，繼續忙著自己的事。

「你在幹嘛？今天沒有晚餐嗎？我餓了……我想要上廁所……」

夜鴉揚起手，指向一個方向。

蓉蓉望去，那兒擺著幾株盆栽，她莫可奈何，走近那盆栽，東張西望，只見大樓出入口在夜鴉前方，自己這頭只有些盆栽。

她望著夜鴉背影，將盆栽拖到更角落，上了廁所，只覺得數天沒洗澡、沒換衣服，有些難受。她穿上褲子，探頭瞧瞧夜鴉背影，靜靜往圍牆走，看著遠處樓宇，不知此時大叫，能否成功求援。

她還在猶豫間，熟悉的犬吠再次響起。

她再次暈眩。

逃亡、激戰。

這次追殺她的，是先前那少年加上前一回那美艷女人。

貳陸

蓉蓉再次睜開眼睛。

這次她身處之處陰森晦暗，空氣中飄著淡淡焦味。

她看見窗戶，窗戶外有些燈光，似乎是晚上。

她沒有蓋被，也沒有披風衣，卻不覺得寒冷，她望著蜷縮在角落、一動也不動的夜鴉。

夜鴉赤裸上身裹著的奇異長符、古怪膏藥比前一晚更多，膏藥、長符之外的體膚上還遍布許多細細碎碎的小傷。

他似乎遍體鱗傷。

她看看自己手腳，沒有上銬，便大著膽子走了幾步，打量四周，這是一間沒有擺放家具的空套房，樓層位在一定高度，她走近門，只見門上額外加裝了鎖頭，需要鑰匙才能開啟。

她再次望向夜鴉，只見夜鴉身邊堆著他那些稀奇古怪的行李雜物，她猶豫半晌，走近夜鴉，只盼能找出鎖頭鑰匙，或許可以逃出這個地方，找到路人報警。

夜鴉行李處最吸引蓉蓉目光的東西，是一副漆黑奇異骨架，那像是一副孩童或是猿猴骨骼，呈盤坐狀；骨架後背斜斜生出幾段骨節，有幾段摺疊，彷如啃盡皮肉的雞翅骨。

這接在人形骨架背上的鳥翼骨節，比整副人形骨骼身高還長出兩三倍，比例有些古怪。

蓉蓉儘管對眼前這怪異東西有些訝異，對自己當下處境不太樂觀，但不知怎地，她並不怎麼恐懼，也不太難過。

她抓了抓耳垂，覺得有些暖呼呼的。

她緩緩蹲下，仔細翻找起奇異骨架旁散落的各種雜物，有小刀、起子、扳手等工具，也有螺絲、鐵絲、金屬支架等細碎零件，更有瓶瓶罐罐的藥物、針筒，和幾疊古怪符籙。

蓉蓉翻找半晌，突然注意到扳手旁那只零件盒。

零件盒隔成十數格，裡頭裝著齒輪、螺絲等各式各樣的金屬零件。

她咦了一聲，突然感到有點眼熟，盯著零件盒某一格——裡頭也是齒輪。

有些齒輪經過簡易加工，大齒輪上還嵌著小齒輪，像是眼睛。

幾枚齒輪組合還貼著經過剪裁、夾彎，彷如眉毛般的細鐵片——

像是貓頭鷹的眼睛。

她家裡有一隻手工金屬貓頭鷹，那是甩了她的前男友造給她的手工禮物。

她忍不住伸手要捻那齒輪組合細看，但那零件盒蓋陡然蓋上，是被睜開眼睛的夜鴉，伸手按上的。

「妳……妳做什麼？」夜鴉有些惱火，緩慢撐坐起身。

蓉蓉嚇了一跳，坐倒在地，支支吾吾地說：「我……我只是想看一下那些齒輪……」

「齒輪有什麼好看的！」夜鴉坐直身子，微微喘氣，瞪著蓉蓉。「滾回妳的被窩，安靜睡覺。」

「被窩……」蓉蓉站起身。「哪裡有被窩？」

夜鴉望望四周，這才想起這次沒有替蓉蓉買新被子。

他見蓉蓉盯著他看，摸摸臉孔，驚覺自己沒戴墨鏡，連忙在地上摸找半晌，取了墨鏡戴上──其實他真實長相與化身「阿鷹」時有些許不同，不但更加削瘦，且冷峻些、陰沉些、青森慘白些，且不同於蓉蓉男友那陽光短髮，而是一頭長髮。

他疲憊地撐移著身子來到那怪異骨架前，拿起工具繼續對那骨架加工起來，轉頭見蓉蓉仍望著他，也望著那骨架，便又移了移位置，用自己後背遮住那骨架不給蓉蓉看。

「那個東西……是什麼？」蓉蓉忍不住問。

夜鴉沒有理會蓉蓉。

「這裡是哪裡？」蓉蓉這麼問時，退到窗邊，透過滿布塵埃的窗子見到外頭景象有些古怪，氣氛似乎和她習慣的城市夜晚有些不同，她想要伸手開窗看清楚，卻被夜鴉大吼一聲。

「不准開窗！」

蓉蓉嚇了一跳，退離窗邊，望著夜鴉。

夜鴉喘著氣，惡狠狠地瞪著蓉蓉。「我說過，妳只要別給我惹麻煩，等時候到了，我就會放妳走……」

「你又沒說開窗也算惹麻煩……」蓉蓉有些委屈。「也沒說『時候到了』是什麼時候……」

「……」夜鴉沒有回答，繼續加工奇異骨架。

「我好餓……」

夜鴉探長身子，拉來背包，翻找半天，找出一包餅乾和一瓶礦泉水，拋給蓉蓉。

蓉蓉揭開餅乾，緩緩吃起，望著夜鴉背影。「你不吃東西嗎？」

夜鴉沒有回答。

「有沒有衣服？我想換個衣服。」

「我想上廁所，房間裡的廁所可以用嗎？」

「喂，廁所沒有水耶。」

「也沒有衛生紙……」

蓉蓉吃完餅乾，自顧自上了廁所，不時抱怨，見到夜鴉瞪她，這才閉嘴。

她無奈走出廁所，靠牆抱膝坐下，望著夜鴉，突然又問：「你受傷爲什麼貼符？貼符會好嗎？」

夜鴉回頭，冷冷反問：「妳今天話怎麼那麼多？」

「不知道……」蓉蓉搖搖頭。「不知道爲什麼，我今天沒有這麼害怕，我只希望你良心發現，快放了我，讓我回家……」

「……」夜鴉望著蓉蓉，望著她左耳那枚她沒有發覺的耳環——裡頭藏著快樂，是蓉蓉自己的快樂，先前夜鴉決心保護她時，事先囤積了一部分她的快樂，加工藏進幾枚特製耳環裡，讓蓉蓉被奪取全部快樂之後，能夠得到額外的補給，免於心神受到巨大創傷。

他擄走蓉蓉之後，定時替她更換耳環，讓她在受擄期間，不致於因爲驚嚇過度，留下心靈創傷。

他雖嫌蓉蓉不停說話打擾他工作，但意識到這是耳環生效，使她大膽、開朗的結果，便也不那麼煩躁了。

「我搞不懂……你到底是怎麼受的傷？是誰打傷你的？」

「仇家。」

「仇家？你有仇家？你被仇家追殺？」

「對啊。」

「你被追殺還綁架我？怎麼不自己逃命？」

「妳管我，我喜歡一邊綁架一邊逃亡，不行嗎？」

「等等！」蓉蓉檢視自己手腳，發覺自己雖一身髒臭衣服，卻沒受什麼傷，困惑問：「這幾天你帶這麼多行李跟我，被人追殺，還能躲這麼多地方？你怎麼辦到的？」

「可能我有翅膀，會飛吧。」夜鴉笑著答。

「飛……」蓉蓉聽夜鴉這麼說，沉默幾秒，倚牆坐下。「我前男友的夢想，是能像小鳥一樣，在天上飛。」

夜鴉哦了一聲，沒有接話。

「說眞的，你的眼睛有點像他。」蓉蓉隨口說。「背影也有點像。」

「少來。」夜鴉哼哼地說：「幹嘛？想哄我放妳回家？」

「對呀。」蓉蓉說：「你喜歡自己或家人、愛人，被人綁架嗎？」

「我沒有家人。」

「那應該有女朋友或老婆吧。」

「……」夜鴉點點頭。「算有吧……我也不知道……」

「你有老婆，怎麼不在她身邊保護她，綁架我幹嘛？你不怕你仇家找不到你，改找她麻煩嗎？你做事情很不合邏輯耶。」

夜鴉沒有答話，默默持續對那怪異骨架加工。

「你為什麼在猴子骨頭身上裝金屬骨頭？那是手工藝？你一面逃亡、一面綁架，還一面做手工藝術品？」

「這不是猴子骨架，也不是手工藝。」夜鴉說：「這是『黑孩兒』。」

「黑孩兒是什麼？」

「是我的祕密武器，我本來要用它來對付一個傢伙，可是……算了，說了妳也不懂……」夜鴉說到這裡，突然轉頭問。「對了，妳知道哪裡可以找到大量羽毛？」

「羽毛？你要羽毛幹嘛？」蓉蓉有些困惑。

夜鴉側過身子，讓蓉蓉瞧了瞧黑孩兒背後那支獨翼骨架，說：「這是翅膀，裝上羽毛就能飛了，我需要羽毛，最好大片一點。」

「你還真悠哉……」蓉蓉說：「有些手工藝品店有賣裝飾用的羽毛，或是網路購物……」

「嗯……」夜鴉望著黑孩兒，像是認真思索蓉蓉提供的資訊，突然聽見門外傳來一陣腳步聲，急急起身來到門邊，貼在門上側耳傾聽。

「怎麼了？」蓉蓉緩緩站起，見夜鴉著急對她豎指擋嘴、示意她別出聲。

砰砰、砰砰砰——

拍門聲重重響起，伴隨著幾聲喊話。「裡面有沒有人？開門！臨檢！」

夜鴉快步退回雜物堆邊，拾起一管針劑揭開針蓋，正要往頸上插，卻見到蓉蓉瞪大眼睛，口唇欲張，陡然明白她念頭，連忙起身阻止她向外求救。「不行！他們不是……」

「是警察嗎？」蓉蓉已經尖聲叫喊，往門奔去。「救命、救命——」

「怎麼有女人的聲音？」「是被他帶走的女人！」「他真躲在裡頭？」「快破門、破門！」門外不只一人。

「白痴！」夜鴉惱火追上，拉著蓉蓉胳臂，卻被蓉蓉轉身一巴掌搧倒在地，手上的針劑掉落在地。

「呃！」蓉蓉呆望倒地夜鴉，不太明白自己這巴掌威力竟然逼近重量級拳王，將夜鴉一擊倒地，她見夜鴉掙扎要起來，趕緊奔到門前，這才想起門上還鎖著鎖頭，她驚慌之餘，大力扯動那鎖頭，喀啦兩下，竟將鑲在牆上的鎖片整個扯下——

門開了。

蓉蓉瞪大眼睛，望著門外幾個身穿黑西裝、正準備著破門工具的傢伙，這些傢伙西裝內襯衫領口上不是人頭，而是牛頭和馬面。

牛頭馬面見門竟自己開了，一擁而上，擠過蓉蓉身邊，將房裡夜鴉團團圍住，抽出甩棍照著他一陣亂打。

蓉蓉驚恐退到牆邊，望著夜鴉被狠狠打趴在地，心中隱隱浮現幾分歉意，望著圍毆夜鴉的牛頭馬面。「你們……不是警察？」

「警察？」一個馬面轉來安撫著蓉蓉情緒，搓著手說：「小姐，妳是陽世活人對吧？這裡……嗯……我們算是警察沒錯。總之呢，妳別怕，等我們忙完了，會送妳回到妳該去的地方，妳不會有事。」

「陽世？活人？」蓉蓉聽得一頭霧水，卻也不知問誰才好。

「這是什麼？」幾個陰差扣著夜鴉，檢查一地雜物、工具，將一管管禁藥、符籙全裝進蒐證箱中，一個陰差拍拍夜鴉的臉，指著那黑孩兒問：「這什麼東西？做什麼用的？」

夜鴉被按在地上，聽陰差那麼問，喘氣笑著說：「那是……大枷鎖。」

「大枷鎖？」「用來縛魔綁鬼、抓厲害山魅的大枷鎖？」「值不值錢吶？」

夜鴉報出個數字，陰差們瞪大眼睛，狐疑地問：「是不是眞的？這麼貴？」

「那是大枷鎖中，等級最高的一批……」夜鴉苦笑說：「我替喜樂爺打垮不少敵對勢力，那是喜樂爺賞我的戰利品……讓我無聊時上陽世抓隻厲害山魅養來玩，我沒興趣養寵物，花了不少時間改造，當成祕密武器……」

「哦。」幾個陰差瞧瞧彼此，像是聽出興趣。「是喜樂爺送的，那應該眞的值錢……」

「是呀，這傢伙本來就是喜樂爺手下紅人，藏著值錢寶物也很正常。」

一個陰差望著夜鴉，不解地問：「喜樂爺對你這麼好，你幹嘛背叛他老人家？」

另個陰差笑著插嘴。「聽說是爲了個女人。」

其他陰差聽了，一齊望向蓉蓉。「就是她？」

「……」蓉蓉瞪大眼睛，只覺得他們這番對話，自己沒一句聽得懂，卻又隱隱感到這些事情，似乎和自己有關。

「媽的逃亡還能帶這麼多垃圾……」陰差翻了翻夜鴉那些行李、工具箱，將零件盒裡的東西全倒出來，捏著其中幾枚比較大的東西，隨意拋玩。「這都是些啥玩意？你還自己做玩具呀？」

蓉蓉望著兩個陰差，將零件盒裡兩塊體積稍大的金屬組件堆雪人般疊在一塊兒，不禁訝然。

那兩塊零件組一大一小，小的有眼有喙，像是腦袋；大的兩側有翼，像是身體；疊在一起，像是雪人。

更像是隻尙未替它造爪子的貓頭鷹。

「它叫什麼？小鷹？」

「叫蓉蓉。」

「蓉蓉是我。這個叫小鷹。」

「可是小鷹我正在做。比蓉蓉大隻一點。」

「那你應該先做小鷹，蓉蓉你自己留著呀。」

「小鷹做好了也給妳呀，兩隻擺一起。」

「那你不就沒有了。」

「妳可以做一對送我呀。」

「好。我想看看怎麼做。」

蓉蓉見陰差將零件隨意堆疊，又哈哈笑地踢散，轉頭望向夜鴉，喃喃地問：「爲什麼你有小鷹……」

「……」夜鴉被按在地下，也不知如何回答，只能無言以對。

馬面走向蓉蓉，從口袋掏出一只像是噴霧劑的管狀物，笑嘻嘻地對她說：「小姐，放輕鬆，我們送妳回家。」馬面這麼說，一面將噴霧劑對準了蓉蓉臉面。

「不要呼吸，那個有毒！」夜鴉陡然大吼。「蓉蓉——」

「啊！」蓉蓉猛然一驚，馬面對著蓉蓉口鼻按下噴霧，噴霧筆直噴出，但馬面頸子突然纏上一圈黑氣，將他整個身子連同噴霧瓶子，一併往後拉倒——因此那陣噴霧噴得歪了，沒有直接噴在蓉蓉臉上。

同時，蓉蓉也本能地閉氣扭頭閃身，撲跪倒地，她無法理解此時變故，只嚇得六神無主。

幾個陰差怪叫起來，他們腳上都纏著黑氣，兩個壓制夜鴉的陰差被扯倒在地，夜鴉竄起身，倏地撲向蓉蓉。「蓉蓉，拜託妳相信我！」

蓉蓉聽夜鴉這麼喊她，心中又一愣，這才沒有揮手打他，下一刻，她只覺得身子觸電般一顫，夜鴉已在她面前消失。

「哇！」「那傢伙上哪去了？」「糟糕！他附上女人身了！」「什麼？」陰差騷動起來，驚恐朝蓉蓉圍來。

「怎麼回事？綁架犯！你怎麼不見了？」蓉蓉驚駭之中，再次感到身體自己動了起來，拳打腳踢，將逼近的陰差全打倒在地。「為什麼我的身體自己會動？為什麼我在打警察？」

「笨蛋，他們不是警察，是牛頭馬面！」夜鴉的聲音從蓉蓉身中響起。

「是誰在對我說話？」蓉蓉驚駭叫嚷：「牛頭馬面？那是什麼？」

「牛頭馬面嘛，是混蛋中的混蛋。」夜鴉說：「至於對妳說話的人，就是我，綁架犯！」

「這裡到底是哪裡？」蓉蓉一面尖叫，一面提起一個牛頭，狂毆他腹部幾拳，還按著他往窗上壓撞，撞裂幾面混濁骯髒的玻璃窗，窗外是漆黑的夜，飄入陣陣焦味。「這裡——」

「是陰間。」夜鴉操使著蓉蓉身子，將那牛頭拋出窗外，往樓下扔。

蓉蓉望著窗外景色，見到一棟棟熟悉卻古舊斑駁的樓宇，見到飄著恐怖紅雲的夜空、見到街上一個個模樣古怪的「行人」，一時震驚得說不出話。

「陽世活人在陰間，力大無窮，刀槍不入……」

蓉蓉耳邊迴盪著夜鴉說話聲音，將一個個牛頭馬面痛毆一頓之後扔出窗外。

被扔出窗摔落在街上的牛頭馬面，有的爬起來重新上樓逮人、有的氣得要請求支援但是立時被其他陰差阻止。「你傻了?今天行動不能曝光!」「那怎麼辦?那傢伙道行本來就高，附在活人身上，就算再增加三倍人力，都不見得逮得住他!」「通知喜樂爺，讓他們自己派人來收拾……」

兩個陰差重新衝上樓，來到那戶門前，只見房門重新關起，向裡頭叫囂老半天，找來破門工具開了門，卻見裡頭空空如也，除了夜鴉和蓉蓉不見影蹤外，就連滿地零件、工具、藥劑和那價值不菲的黑孩兒都不知去向。

有個陰差猛地醒悟，奔進廁所，只見廁所鏡上，還殘留淡淡的符籙圖騰筆劃痕跡。

夜鴉開了鬼門，逃回陽世去了。

貳柒

蓉蓉從浴廁鏡中翻身回到陽世，立刻咬破自己手指，快速轉身在鏡上畫了道符，防止陰間那頭的傢伙開鬼門追來。

「好痛！」蓉蓉見自己破指在鏡上摩擦，哀號連連，突然發現身體能夠自由活動了，跟著也發現這間浴廁裡的磁磚、擺設、毛巾和沐浴用品，一切都是那麼熟悉。竟是自家浴廁。

「怎麼回事？」蓉蓉轉身，望向畫著血咒的鏡子裡的自己，茫然地說：「我……我又作夢了？我到底怎麼了？」

「動作快，我給妳十分鐘整理行李。」夜鴉的聲音自她身中發出。「那些人很快會追來。」

「什麼！」蓉蓉哀號。「綁架犯？你躲在我家？等等！爲什麼我回到家了？我到底怎麼了？」她說到一半，身子再次動了起來——夜鴉懶得解釋太多，只能自己動手替她收拾。

「啊！」蓉蓉不受控制地奔出浴廁，翻出一只背包，揭開塑膠衣櫥，拉出一件件衣服往背包塞。

她望著自己的雙手從衣櫥取出衣服放入背包，呆愣半晌，突然尖喊：「阿鷹！」

她的雙手停頓兩秒，跟著繼續忙碌收拾東西。

「綁架犯……」

「幹嘛？」

「你在我身體裡？」

「對呀。」

「你跟阿鷹……究竟是什麼關係？」

「什麼什麼關係？誰是阿鷹？我不認識他。」

「你不認識阿鷹，那爲什麼……你有小鷹？那是小鷹對吧，他還沒做完就不要我了……」

「我聽不懂妳說什麼。」

「爲什麼你會帶我回家？爲什麼你知道這是我家？」

「……」

「爲什麼……你挑的衣服，都是他喜歡的衣服？爲什麼你剛剛叫我的語氣……這麼像他？」

「……」夜鴉沉默幾秒，跟著說：「妳如果眞的想知道，我可以告訴妳，但我們得先離開妳家，那些混蛋隨時會找上門，我身體快不行了、藥也不夠了，他們日夜追殺我，下一次，我可能逃不掉……胃藥、衛生棉、內褲、襪子，還有什麼？」他一面說，一面操作蓉蓉身子，取出各種生活雜物塞入背包。

「蓉蓉，還有蓉蓉。」蓉蓉這麼說。

「什麼？」夜鴉啊了一聲，隨即醒悟，轉身自書桌燈下取起那小巧金屬貓頭鷹塞入背包──那是他之前造給蓉蓉的手工擺飾。

「你看，你明明知道蓉蓉！你還說你不認識它──」

「妳好吵！閉嘴！」

蓉蓉見夜鴉將「蓉蓉」收進背包便拉上拉鍊，像是準備離去，連忙說：「等等……還有其他隻，小蛙、阿奇、牛怪，你也知道它們，對吧！」

「白痴啊，現在是逃難，不是去旅遊，就算去旅遊，也不會帶它們！」夜鴉惱火罵人。

「等等，至少讓我換個衣服，我好幾天沒換衣服了……」蓉蓉這麼哀求，身上突然竄出幾股黑氣，黑氣銳利如刀，唰地將蓉蓉數天未換的病人服撕成碎片，跟著唰唰自衣櫃裡捲出衣物，胡亂往身上套。

「等等，內褲呀，我還沒穿內褲……」蓉蓉尖叫：「爲什麼你隨便脫我衣服？你……你到底是人是鬼？」

「吵死了！」夜鴉不理會蓉蓉抱怨，揹上背包穿上鞋，急急往門外奔。「我當然是鬼！不然怎麼上妳身？」

「上我身？」蓉蓉揹著背包，奔過一輛車邊，腦袋不聽話地一轉，雙眼閃閃一亮，只見自己身上，重疊著夜鴉那長髮馬尾、黑衣黑褲的影像，同時自己背包上還重疊著一個大型背包的影像，肩上也若隱若現綁著行李箱和那黑孩兒。夜鴉的聲音自她身中發出。「對，鬼上身。」

「所以你眞是鬼！」

「對。」

「可是現在是白天……爲什麼你不怕太陽？」

「誰說我不怕？我不就躲在妳身體裡嗎？」

「我記得你之前白天也現身過呀。」

「陰間有很多道具、藥物，遮陽的、擬人的，什麼都有……」

「你是鬼，那你抓我當人質幹嘛？你爲什麼知道我家？你爲什麼知道『蓉蓉』？你爲什麼……」

「閉嘴！妳想知道就安靜聽我說，不要插嘴！」

「喔……」

陰間跟陽世一樣，有白、有黑。

陰間的牛頭馬面、黑白無常、閻羅城隍，就像是陽世的警察法官；陽世有黑道流氓，陰間有大小魔王。

我是陰間魔王喜樂的手下，我叫夜鴉。

我死在百年之前，魔王喜樂收我入幫，我從嘍囉幹起，一步步幫他打天下，成爲他手下頭號大將。

喜樂最喜歡吃人心裡的快樂。

我偶爾上陽世替他蒐集快樂，我們懂得各式各樣偷走快樂的方法。

一個人被偷了快樂，靈魂就只剩下痛苦；喜樂爺說，痛苦的靈魂比快樂更好吃。

不久之前，我鎖定了一個目標。

她是個很樂觀，不管發生什麼事，都有辦法讓自己開心起來的女孩。

她的眼角有顆痣，她讓我想起了一百年前另一個她。

那個……本來應該早已輪迴轉世的她……

□

廉價旅館裡，蓉蓉洗完澡，頂著一頭濡濕的髮，茫然走出浴室，坐在床沿，望著盤坐在地，背對著她，繼續對著黑孩兒進行加工的夜鴉。

夜鴉此時並未穿黑大衣，仍是赤裸上身，身體裏上更多符咒和膏藥。

「所以……我之前幾晚的夢，都不是夢，是你附在我身上，跟你說的鳳凰、麻雀他們打架時受的傷？」

「是呀。」

「爲什麼你附在我身上受了傷，我沒有受傷呢？」

「鬼用的武器只傷得到鬼、不傷凡人，除非故意使用能傷人的武器。」

「……」蓉蓉望著夜鴉遍體鱗傷的後背，喃喃地說：「你說你就是阿鷹，可是為什麼你對我這麼冷淡？你講話跟他差好多，你一點也不像他……」

「妳以為我喜歡裝那白痴樣？」夜鴉停下動作，冷笑兩聲說：「之前的那個他，是我裝的；我是鬼，可以穿牆，我偷看妳日記、觀察妳作息、偷聽妳跟朋友聊天，知道妳的喜好，故意裝成妳最喜歡的樣子騙妳、討好妳；不是我不像他，是他不像我，我才沒那麼噁心……」

「他哪有噁心，他明明就很好……」蓉蓉仍覺得難以置信。「你怎麼證明你是他？」

「妳不是普通的煩……」夜鴉毛躁地抓抓頭。「剛剛逼問我怎麼知道那破貓頭鷹，我承認了妳又不信，妳到底想怎樣？」

「我……」蓉蓉不服氣地說：「我只是求證吶！」

夜鴉轉頭，對蓉蓉講了些她和他親熱時會說的話、習慣動作和生理反應。

然後捱了兩記枕頭砸頭。

「信了吧。」夜鴉轉回頭，繼續忙著加工黑孩兒。

「……」蓉蓉抱回枕頭坐在床上，腦袋一片混亂，喃喃地問：「你變成阿鷹的樣子接近我，跟我談戀愛，就只是為了……偷我的快樂給魔王吃？」

「對。」夜鴉語氣冷淡。

「那恭喜你啊，你成功了，我的快樂都被你偷光了……」蓉蓉聲音哽咽、語氣怨懟，她見夜鴉沒有答腔，便又問：「那現在又怎麼一回事？為什麼你會跟喜樂鬧翻？」

「因爲他沒遵守約定。」

「約定？」

「一百年前，我願意效忠他，是因爲他答應我，他能幫助我那可憐的愛人轉世輪迴……但他騙了我。」夜鴉說到這裡，又微微回頭，聲音隱隱透出怒火。「他找人假扮成她，讓我以爲她登上大輪迴盤……但實際上，他吃了她……」

蓉蓉聽夜鴉說喜樂「吃」了她，又驚又怕地問：「你……你怎麼發現他騙你？」

「他有個大廚子，專門替他料理那些快樂和痛苦的靈魂，是那個大廚親口說的。」夜鴉冷冷地說：「那個大廚已經被我宰了，我放鬼火把他燒得魂飛魄散。」

「你……常常殺鬼？」蓉蓉怯怯地問。

「是呀。」夜鴉冷笑說：「我是黑道、是陰間魔王手下第一打手，我不但殺鬼，還殺活人。」

「所以你是壞人……」蓉蓉縮了縮身子，將枕頭抱得更緊。

「對。」夜鴉點點頭。「無惡不作。」

「那……壞人……」蓉蓉問：「所以跟我有什麼關係?你想找那魔王報仇，又爲什麼綁架我？」

「我不是說過了。」夜鴉不耐煩地說：「妳體質特異，妳的快樂好吃，他喜歡妳的快樂，就更想吃妳的痛苦；我不想讓他得逞，所以故意擄走妳，讓他吃不著。」他一面說，回頭瞪著蓉蓉，露出凶惡神情，說：「妳想知道陰間魔王都怎麼修煉魂魄痛苦、怎麼料理靈魂嗎？」

「我不想知道。」蓉蓉連忙搖頭。

「那妳想被吃嗎？」夜鴉又問。

「不想……」

「那妳就乖乖聽話、乖乖幫我，我會讓他吃不了妳。」夜鴉哼哼說：「等我報了仇、宰了他，妳就沒事了。」

「我……我能幫上什麼忙？」蓉蓉不解地問。

「看到這個沒有？」夜鴉側開身子，捏起黑孩兒骨架後背上那額外加裝上去的翼骨，說：「這是翅膀，現在少了什麼？」

「肉？」蓉蓉說：「還有羽毛。」

「對。」夜鴉說：「這個東西在陰間統稱『大枷鎖』，這隻『黑孩兒』，是最貴最高級的大枷鎖之一；在陰間，我們通常用這種東西獵捕凶猛的動物鬼魂，養著當寵物、打手、僕人，魂魄一旦被大枷鎖鎖上，很難掙脫，一切行動都受大枷鎖主人控制。」

「你要用這東西鎖你老大喜樂？」

「……」夜鴉靜默幾秒，點點頭，說：「對，不過喜樂是千年魔王，非常厲害，這黑孩兒需要經過多重加工，才能鎖住他；我一個人時間不夠，有很多事要忙，還要找些重要材料，妳得幫我做點手工──妳很會做手工，不是嗎？」

夜鴉說到這兒，身影倏地再次消失，他再次上了蓉蓉的身。

「這樣教妳快點。」夜鴉的聲音自蓉蓉身中響起，操縱她雙手，從凌亂雜物堆裡翻出一包古怪粉末、幾罐不明液體；她將液體倒入粉末袋中，揉捏半晌，再將整袋粉末團倒出，像是揉麵團般搓揉半晌。

「就像這樣，替翅膀裝上『肉』。」夜鴉捏起一小塊「麵團」，揉上那骨架。「別一次裝太大塊，一小塊一小塊裝，骨架會慢慢生出神經，接入肉裡，這樣翅膀才能動，懂嗎？」

「那我怎麼知道神經生出來沒？」

「神經生入肉裡，土肉變活肉，摸起來有彈性、像真肉，妳多摸兩下就知道了。」夜鴉這麼說，飛出蓉蓉身子，套上風衣、戴上墨鏡。

「你要出去？」蓉蓉有些害怕地問。

「我要替翅膀找些『羽毛』。」夜鴉這麼說，從行李堆中摸出一管不久前被陰差查封的針筒，往頸子一插，將藥液注入身中，盯著蓉蓉，說：「妳如果不想被吃，就乖乖替我把肉裝好，千萬別亂跑；如果不知道拔了毛的翅膀長什麼樣子，就想想速食店裡的雞翅，之前我們一起吃過幾次，記得嗎？」

「記得。」蓉蓉揉揉鼻子，淡淡地說：「就算你忘記了，我還是記得。」

「只要記得雞翅長什麼樣子就好了。」夜鴉穿門出去，順手在門把上抹了一把。「不用記得我。」

一股黑煙牢牢捲上門鎖，像是一道額外加上的鎖。

「我不值得被妳記得……」

貳捌

書房安安靜靜，王書語伏案書桌研究事務所案件，韓杰窩在窗邊小籠旁的躺椅上，盯著站在他食指上的小文。

小文異常乖巧，不時理理毛、啄啄腳，或彎腰撇頭用腦袋蹭蹭韓杰的手。

韓杰偶爾和王書語四目相對，卻都沒開口說話。

兩人都有些不自在。

韓杰站起身，將小文微微一拋，小文飛在韓杰頭頂繞了繞，乖巧鑽過裝設在紗窗上的擋板小門，返回王書語和韓杰替他布置的專屬庭園皇宮。

「時候差不多了，我要開工啦。」韓杰朝王書語揚揚手。

「晚上我不等你睡喔。」王書語點點頭。

「嗯。」韓杰見王書語欲言又止，便問：「晚點回來要替妳帶點什麼嗎？」

「不用，我只是想提醒你小心安全……」王書語苦笑。「但想想應該不需要，對吧……」

「對。」韓杰哈哈兩聲，出門。

他下樓發動機車，騎了數十分鐘，抵達山郊一處私人養雞場。

這兒是先前韓杰三張籤案之一的緝捕對象藏匿據點——

陰間不收動物魂魄，部分動物死後魂消魄散，部分動物死後成了山魅。

有些陰間住民注意到山魅價值，透過各種管道捕獲山魅走私下陰間，或是作為食材，或是作爲藥材，或是作爲寵物，甚至加以訓練調教後賣給陰間黑道、魔王，當成作戰、搶地盤時的護衛或是兵卒打手。

大多數陰間獸園、馴獸師行事低調，但韓杰籤令裡那緝捕對象不知發了什麼瘋，和老闆鬧翻，帶著批訓練已久的山魅凶獸躲上陽世，藏匿在這私人養雞場裡，目的不明。

韓杰熄火下車，走向這私人養雞場。

養雞場裡數處雞舍裡沒有半隻雞，只零零星星散落著羽毛、斷爪和雞頭。

韓杰繞到雞舍後方空地前，只見空地上躺倒二十來隻體型碩大的異獸；一半死了、一半奄奄一息。

這些異獸模樣都不相同，有的像山豬、有的像猛虎、有的像惡犬，也有幾隻巨大禽類。

幾隻體型鴕鳥大小的怪異禽鳥有個共通點，就是都被拔光了羽毛。

一個禿頭老漢被條黑色煙繩吊掛在樹上哀號。

一個黑衣黑褲的馬尾男人，蹲在一隻大怪鳥旁，正拔著大怪鳥的羽毛，見到韓杰走入空地，便站起身來，將羽毛放入身旁一只黑色大袋，黑色大袋約莫七分滿，裡頭裝的全是羽毛。

「夜鴉。」韓杰望望夜鴉，又望望遍地怪鳥，再望望那倒吊在樹上的禿頭老漢，不解地問：「這裡怎麼回事？你怎麼會在這裡？」

「這傢伙收了血蝠的錢，帶這些鳥上來鬧事。」夜鴉指了指樹上老漢。「我幫你處理好了。」

「……」韓杰神情遲疑，警戒走過幾隻被拔光毛的大怪鳥，皺眉盯著夜鴉。「我們收到消息，喜樂手下叛變——就是你？」

「是呀。」夜鴉提起那鼓脹黑色大袋，鼓動黑氣捲實大袋袋口，將袋子揹在背後。「喜樂藏身地就是我報出去的，聽說你下去一趟，但沒抓到他？」

「我下去時，他早溜了，那些牛頭馬面一收到閻羅殿緝捕命令，第一時間就通知他了。」韓杰盯著夜鴉背後那大袋。「你跟喜樂鬧翻之後，跑上陽世拔鳥毛？你在玩什麼把戲？」

夜鴉沉默幾秒，背後展開單邊大翼，說：「喜樂拔了我一邊翅膀，我正忙著手工造回那隻翅膀。」

「什麼？」韓杰莞爾說：「你除了做電鑽，還會做翅膀？」

「我什麼都會做。」夜鴉又指了指那樹上老漢。「這傢伙後續情報、這雞場位置，都是我放消息給陽世眼線的，我知道你會找來。」

「然後呢？」韓杰扠著手，冷冷說：「一年前還打不過癮，現在還想找我打架？故意引我上門？」

「打不過癮是眞的，沒能看你倒在我腳下我不服氣，不過——」夜鴉哼哼說：「現在我有其他事要忙，我是來送你個好消息。」

「好消息？」韓杰冷笑，說：「幹嘛？想要我幫你對付喜樂？」

「對。」夜鴉說：「最近你很忙對吧，大蜘蛛、陰間逃犯、陽世法師——這些都是那個血蝠老鬼搞出來的事，他是喜樂找來的僱傭兵，他搞這些事的目的是讓你忙不過來，好掩護我跟幾個傢伙上陽世替喜樂偷快樂。」

「媽的我就知道……」韓杰罵了幾句，說：「你們幹得很成功呀，真的讓我忙翻天；既然這麼成功，你怎麼跟喜樂鬧翻？」他說到這裡，似笑非笑地問：「是不是——跟個女人有關？」

「少講廢話。」夜鴉這麼說：「我問你，如果我替你引出喜樂，你有辦法收拾他嗎？」

「你說你能把喜樂引上陽世？」韓杰有些不可置信。

「能。」夜鴉說：「喜樂這一年都在逃亡，我們早擬了一套陽世避難的計畫，連備用的陽世肉身都準備好了；他現在丟了最後據點，在陰間等著搶他地盤、踩他一腳的傢伙多的是，對他來說，陰間未必比陽世安全，只要誘餌夠香，他當然上來——」

韓杰想了想，說：「只要他上陽世，我能收拾他。」

「真的？」夜鴉追問：「我說的『收拾』，不是把他抓回陰間閻羅殿受審，是紮紮實實宰掉他，讓他魂飛魄散。」

「我說的收拾，就是這樣收拾。」韓杰說：「讓他進閻羅殿受審，跟放他遊山玩水差不多意思，這點你不用擔心，重點是——你確定你夠香？」

「你要聞看看？來啊！」

「不了。」

「那就別講廢話！」

「我是問你怎麼引他上陽世！」

「我告密讓他丟了最後據點、讓他沒快樂可以吃。」夜鴉冷笑。「他很會記仇，餓了更易怒，他現在恨不得把我生吞活剝、殺我一萬遍；他那些爪牙這兩天緊咬我不放，我如果不逃，拖久些，他爪牙拿我沒輒，他一定親自上來逮我。」

「聽起來有道理，不過……」韓杰有些狐疑。「除非我二十四小時跟著你，不然他找上你，轉眼就吞了你，我風火輪再快也趕不上；但我跟著你，他又怎麼會現身？」

「所以我想跟你借點東西……」夜鴉嘿嘿笑地說：「我領教過你那火龍，借我用用，我記得你那法寶能授權別人用，我逮著時機發動火龍，你會第一時間知道，對吧。你的火龍，加上我的祕密武器，纏他十來分鐘應該足夠，你只要別離太遠，風火輪應該來得及吧。」

「不可能。」韓杰連連搖頭。「喜樂和那第六天魔王道行不會相差太多，一片九龍神火罩替他搔癢都不夠。」

「那就借我十片。」

「十片也未必燒得死他。」

「沒說燒死他。」夜鴉說：「只要拖到你來就夠了。」

「你傻啦？你近身纏他，又要放火龍，十片九龍神火罩，加起來九十條火龍，會先吞了你。」

「我知道。」夜鴉咧嘴一笑，拉開風衣，露出胸腹，扯開身上捲著的長符——他胸腹之間，有一道豎直縫痕。

「你……」韓杰愣了愣，瞪大眼睛盯著那條豎直大痕。「這什麼意思？」

「我準備好幾天了。」夜鴉雙手一左一右，扯開腹上直痕。

他胸腹中塞了只古怪金屬罐子，罐口朝外，像是藏在腹中的一挺砲，罐身上捲裹著符籙。「這罐子經過我改造，能擋三昧眞火，我身上捲著特製的防火符，可以捱一段時間，另外我還有祕密武器——大枷鎖黑孩兒，只要撐到你趕來就好……」

「……」韓杰吸了口氣，苦笑說：「聽起來不錯，不過……我那尪仔標權限被上頭修改過，現在沒辦法隨便授權給別人用了……」

「什麼？」夜鴉聽韓杰這麼說，惱火地罵：「我挖開肚子，還在肚子裡塞了罐子，你才說不能授權？」

「你……」韓杰無奈說：「我怎麼知道你突然把肚子挖個洞還放罐子？你有找我商量過嗎？何況你向我借我就要借？十片尪仔標砸下去，我就算趕到，也被燒暈了，怎麼宰他？你不是跟我打過架？你忘記我用火龍自己也會痛？」

「廢話！」夜鴉不耐說：「誰要你宰喜樂？是要你頂頭老大宰！如果你能宰得了喜樂，我自己來就行啦！」

「我操……」韓杰抓抓頭、沉默半晌，突然改口說：「好吧，借你。」他掏出一疊尪仔標，挑出幾片給夜鴉。「我沒帶那麼多九龍神火罩在身上……」

夜鴉接過那小疊尪仔標數了數——兩張九龍神火罩、三張混天綾、兩張風火輪、兩張豹皮囊。

「只有兩張火龍……」夜鴉有些猶豫，突然問：「你不是說不能授權別人用？」

「好吧。」韓杰點點頭，揚起手翻掌，手上金光閃耀，翻出一片金黃色的尪仔標——那尪仔標上什麼也沒有，乍看之下就像是一片黃金餅乾，跟著他凌空畫下兩道符，張手一抓，抓出兩道金符。

韓杰將其中一張符連同那黃金尪仔標，放到夜鴉那疊尪仔標上，說：「這片黃金尪仔標是正式授權證明，壓在尪仔標底下那張符是給你的『赦免令』，一起放進肚子，到時候火龍不會咬你也不會燒你。」

「還有這東西？」夜鴉有些訝異，瞧了瞧那金光閃閃的尪仔標和金符，連同先前九片尪仔標，一齊塞進肚中空罐，罐口立時蒙上一層黑氣，像是蓋上罐蓋。

他拉上腹部破口，絲絲黑氣立時縫合腹上豎痕，他扣上風衣，又接過韓杰遞來的第二張金符。

「這張金符是觸發尪仔標的令符，你撕爛符，尪仔標就發動。」韓杰這麼解釋。

「如果像你一樣——」夜鴉笑著問：「藏在嘴裡，嚼爛也能發動？」

「行。」韓杰點點頭。「你打算什麼時候引他？」

「最快明天晚上，出發前我會通知你。」夜鴉說了串數字，那是他陰間手機號碼，說完轉身就走。

「等等！」韓杰喊：「餐廳那女人是你救的，對吧？她在醫院被擄走了，你有她的消息嗎？」

「她沒事，跟著我。」夜鴉停下腳步，說：「我跟喜樂開戰前，會把她藏去安全的地方。」

「你就是爲了她，跟喜樂鬧翻？」韓杰問。

「……」夜鴉沒有回答，高高躍起飛遠。

韓杰望著消失在夜空中的夜鴉，轉頭望著那禿頭老漢，嘖嘖幾聲，撥打電話下陰間城隍府，通知陰差上來帶人回去。

貳玖

「咦?」蓉蓉自床上坐起,望著夜鴉。「你回來啦?」

「嗯。」夜鴉和先前一樣,盤坐在地,背對蓉蓉,繼續加工黑孩兒。「妳肉捏得不錯,幫了我個大忙。」

「咦!」蓉蓉呆然望著床邊那整片又大又美的落地窗,窗外天色隱隱泛白,天要亮了。她困惑下床,不解問:「我們昨天住的旅館有這麼漂亮?我記得是家小旅館呀?」

「……」夜鴉持續將一片片羽毛插上黑孩兒背後那隻獨翅,夜鴉返回旅館時,蓉蓉已經替這翅膀造出大部分肉。他說:「我回來時妳在打瞌睡,我直接附妳身,換了間新旅館——那些傢伙和底下獸園合作,帶了批鼻子很靈的獵犬上來,常換地方,他們才找不著。」

夜鴉又解釋幾句,蓉蓉這才知道,夜鴉外出時,有時會刻意在各處放置些能夠散發自己魔力氣味的道具,自己身上則帶著盡量掩飾氣味的符咒,藉此誤導獵犬追蹤方向,但即使如此,還是得不停更換地方,才更加保險。

「不過……」蓉蓉走到窗邊,望著漸漸翻白的天際,喃喃地說:「這次換這麼高的房間,四周好空曠,安全嗎?」

「天快亮了。」夜鴉說:「雖然陰間有不少防曬道具,但是沒有專門給獵犬用的,那些獵犬在大太陽下聞久了鼻子會痛，找不了人……所以白天時會安全點，我們行動也可以自由點。」

「那……也不必住這麼好的房間吧，這一晚多少錢呀？」蓉蓉在偌大房間繞了兩圈，站在浴廁前望著裡頭那按摩浴缸。「你是鬼，那你之前請客吃飯的錢哪裡來的呀……」

「陰間黑道擴張到一定規模時，上陽世活動的機會就更多了，活動的時候動用陽世貨幣很正常，我的陽世人頭戶裡本來就有一筆存款，不過現在已經被凍結了……」夜鴉說：「但我能附身，從有錢人身上弄點現金買東西、刷個卡訂間房什麼的，輕而易舉。」

蓉蓉在夜鴉對面坐下，望著夜鴉動作半晌，有樣學樣捏起羽毛往那怪翼上插。

夜鴉偶爾會伸手調整蓉蓉插下的羽毛位置，偶爾會將蓉蓉插下的羽毛拔下扔了。

「那片不好，沒靈氣。」

「我又看不出來哪片羽毛有靈氣……」

兩個人持續將一片片羽毛插上怪翼，偶爾交談一兩句，中間蓉蓉餓了，便吃了些夜鴉備妥的零食飲料，休息半晌，繼續加工。

「你可以告訴我你真正的名字嗎？」

「一百年前的名字，我早扔了，想都想不起來了。」

「那你老大跟手下怎麼叫你？」

「他們叫我夜鴉。」

「夜鴉……」

時間一點一滴地過去，到了午後，整副黑孩兒終於加工完畢，夜鴉像是捧著機器人的小男孩般，舉著黑孩兒仔細檢視，然後將黑孩兒擱上後頸，低聲唸咒，那黑孩兒緩緩動了，像隻無尾熊般摟著夜鴉頸子，跟著整副骨架沉入夜鴉後背，變成一幅刺青。

「咦？怎麼不見了？」蓉蓉問。

「沒有不見。」夜鴉答：「裝備在我背上，必要的時候才發動。」

「發動了會怎樣？」

「發動了，我會變得很厲害，力量會增強好幾倍，那是我的祕密武器，本來要用來對付一個打不死的傢伙，現在……要用來對付喜樂了。」

「什麼？強好幾倍？」蓉蓉不解地問：「那你之前怎麼不用？」

「剛才我們做完翅膀啊！」夜鴉不耐地回答：「而且做出翅膀也不算完工，我還沒研究出長期控制大枷鎖的辦法，只能控制一段時間，超過時間，我會反過來被大枷鎖控制。」

蓉蓉呆了呆，問：「被控制了……會怎樣？」

「……」夜鴉沉默半晌，搖搖頭說：「我也不知道。」

裝備上黑孩兒的夜鴉仍沒閒著，繼續從行李中翻出更多零件、道具、符籙，組裝出各種符籙手榴彈、閃光彈、電擊彈，一一放進黑色風衣內襯口袋裡。

夜鴉像是變魔術，又像是翻轉魔術方塊，俐落地將五、六支長短電鑽，組裝成一柄雙頭長柄電鑽。

蓉蓉也在滿地零件裡翻找出先前被牛頭踢散的小鷹的頭和身體，用快乾膠黏合修復組裝，用鐵絲造出兩隻爪子、然後裝飾細部，她問：「你這些齒輪、零件都是陰間的東西，有時候看不見、有時候看得見，為什麼送我的小貓頭鷹就跟真的一樣？」

夜鴉將剩餘幾管針劑、藥物、符籙塞進風衣內襯口袋，望著蓉蓉修復完成、捧在手上的「小鷹」，便探頭過去朝那小鷹吹了口氣。

「哦！」蓉蓉感到手中小鷹多出幾分沉甸甸的真實感。「這樣就變成真的了？」

「不，只能維持幾個月，幾個月之後，會化為灰燼……」

「化為灰燼……」蓉蓉望著手中小鷹，又從背包取出那較小隻的「蓉蓉」，將一大一小兩隻貓頭鷹並放在一起。「我可以問你一個問題嗎？」

「什麼問題？」

「你愛過我嗎？」

「沒有。」

「是喔……」蓉蓉點點頭，將兩隻貓頭鷹都收進背包裡，重新在零件堆前坐下，自顧自地挑揀著小零件，像是還想做點什麼。

夜鴉整裝完畢，滿地零件沒用處了，也任由蓉蓉隨意翻玩，隨手揭開幾包藥劑吞下肚，在蓉蓉面前盤腿坐下，閉目休息，像是在積蓄體力。

蓉蓉默默做著手工藝，她挑出一枚枚小螺絲、小鐵片、小鐵環、小齒輪，用快乾膠、細鐵絲，拼拼湊湊黏合纏綑出一只小墜飾；跟著又找著幾條短鍊和鐵環，接成一條長鍊，再接上那小墜飾。

她完成這條項鍊，檢視半晌，托著墜飾輕輕撫摸。

夜鴉似乎感到蓉蓉情緒波動，睜開眼睛，望著她手上項鍊。

蓉蓉瞥了夜鴉一眼。「你累的話，可以繼續睡，你這幾天好像都沒睡？」

夜鴉面無表情說：「我是鬼，不用睡，我是在想等等把妳送到蘭花家後，怎麼引喜樂出來。」

「蘭花家？」

「那是陽世眼線，有神明看著，不會有危險，妳待在那邊，會有人照顧妳到我解決喜樂為止，之後就沒人找妳麻煩了。」

「你準備跟喜樂攤牌了？」蓉蓉稍稍握緊那墜飾。

「對。」

「不能等久一點，先把傷養好嗎？」

「不能。」夜鴉瑤瑤頭，掏出三枚針筒。「藥快沒了，今晚一次用了，才有力氣對付他，拖越久，對我越不利。」

「這是什麼藥？」

「禁藥。」夜鴉收回針筒。「打下去能增強力量。」

「你真的有把握打贏喜樂？你不是說他是陰間魔王？」

「我找了幫手。」

「幫手厲害嗎？」

「他……」夜鴉剛說一個字，手機響起，是個陌生號碼，他遲疑接聽，電話那端和他打了聲招呼，是女孩說話聲，他問：「妳是……」

「我是媽祖婆乩身，我叫陳亞衣，你跟我外婆打過架；你的電話是韓大哥給我的，他要我幫你照顧那個女孩，我們想了個辦法，你應該會喜歡。」

「嗯，說來聽聽。」

□

傍晚，幾輛車駛入大賣場地下停車場，車門打開，走下十餘人。

王劍霆和韓杰身在其中，快步進入賣場。

數天前，專案小組在「老師家」查扣的電腦通訊軟體聯絡人清單中，鎖定了一批「可能」是老師學生的成員名單，經過連日過濾、調查，這份二十來人名單範圍縮小至數人。

專案小組日夜在這五人住家外盯梢，韓杰也自小歸那陰間保全公司特別部門裡調上更多幫手，讓王小明帶隊，一同盯梢，試圖查出老師究竟透過何種媒介向徒弟託夢。

直到前晚，本來年紀、職業、生活、作息截然不同的五人，先後前往同一處公園，在那公園某處涼亭桌板下，摸出一支香菸，點燃抽了。

跟監的專案小組成員回報，當日來取菸抽的一共九人，大夥猜測另外四人，或許也是老師徒弟，卻不在監控名單中；每一個吸過桌下菸的人，離開時臉色異常發青。

王小明更告訴韓杰，那些傢伙抽菸時吐出的煙霧裡，飄浮奇異的人影。

專案小組清查了公園監視器，發現那個將菸黏在涼亭桌底、戴著漁夫帽的年輕人，和緝捕目標中的「老師」，十分相似。

三小時後，專案小組逐一清查公園外街道監視器，追查那年輕人行動路徑，發現他最後身影進入一處大賣場後，便再沒出來。

昨日清晨，抽過菸的九人，同一時間在一家速食店會合，他們分坐兩桌，互相自我介紹，交換、比對夜裡夢境內容，討論起老師在夢裡交付他們的幾項任務——

一、租一間新套房且簡單布置，作爲老師後續藏身處。

二、開一輛車，前往賣場接送老師抵達藏身處。

三、擄一個女孩，洗淨、綑綁在新藏身處床上，作爲孝敬老師的禮物。

九人談論內容全被貼身跟監的王小明用手機錄下，在另端同步監看的韓杰等人，這才知道原來老師並非分頭接觸徒弟，而是在社群論壇張貼公園等環境照片。

徒弟們持續追蹤老師帳號，見了新照片，便透過簡短的圖說附文，前往該公園尋找香菸；吸了菸的人，當晚便能收到老師的託夢指示。

至於老師，近日則躲藏在賣場經理安排的賣場倉儲中，透過經理提供的飲食度日。

清晨時分，賣場經理被捕。

午後左右，分頭找屋、找家具、準備動手擄人的九人先後被捕。

日落前，準備萬全的王劍霆等專案小組成員，協同韓杰抵達賣場，準備動手逮捕老師。

「韓大哥，你說那夜鴉今晚要跟魔王喜樂開戰，那你現在跟我們行動，如果他突然通知你幫忙，你趕得上嗎？」王劍霆隨口問韓杰。

「可以吧……」韓杰答得敷衍，但似乎有十足把握。

「應該就是這裡吧。」一個專案小組成員，指著前方倉儲小門。

大夥兒互相使了眼色，有的手按佩槍、有的拿起破門工具、有的拿起對講機，悄聲吩咐在外待命的夥伴，告知這頭準備逮人了。

「是——韓杰大哥嗎？」一個說話聲音自眾人後方響起。

大夥兒連忙回頭，看見身後天花板上那具擴音設備，及一旁的小型監視攝影機。

「我是。」韓杰望著監視攝影機。「你就是老師？」

「對，我是老師。我有話想跟你單獨聊聊，可以嗎？」那聲音說：「門沒鎖。」

「你想聊什麼？」

「第六天魔王。」

「……」韓杰靜默幾秒，向王劍霆點點頭。

王劍霆先是呆愣，跟著向專案小組成員點點頭，大夥兒面面相覷——這專案小組表面上專責追查這一連串奇異擄人集團案件，但實際上劉長官早已親口下令，大夥兒必須配合韓杰指示行動。

「別擔心，不會給你們添麻煩。」韓杰笑了笑。「他跑不掉，我也不會讓他跑，我只是陪他聊兩句，幾分鐘就好。」

「……」專案小組人員相視一眼，並未攔阻，只是說：「需不需要……防彈衣？」「聽說你打不死？」

「是啊，打不死。」韓杰拍了拍胸膛，推開門。

那倉儲空間比眾人想像中空曠，但異常陰暗，除了遠處坐在椅上的老師手中手機亮著之外，沒有任何光源。

韓杰踏入倉儲，關上門，朝著老師走去。

「嗯。」韓杰皺眉一笑，停下腳步。「你這招很有趣，我第一次見識到，你怎麼弄的？」

「厲害吧。」老師也嘿嘿笑著說。

寬闊的倉儲飄起淡淡的焦味，那是韓杰熟悉的氣味——陰間的氣味。

他踏入倉儲，往前走了幾步，竟就這麼走入了陰間。

「不用鏡子、不用水、不用門……」韓杰伸手進口袋裡，捏著尪仔標，望著老師。「我幹乩身十幾年，沒見過這種鬼門。」

「最新發明。」老師笑著說：「科技日新月異呀。」

「少廢話了，你們到底在玩什麼花樣？」韓杰大步上前，一把往老師頸子掐去。

他的手像是掠過幻影般，什麼也沒掐著。

他盯著老師身影下方，那個隱隱發亮、射出光芒的小球，他驚愕蹲下，拿起那小球檢視——

那是一具投影設備。

「我說和你聊聊。」老師哈哈笑著說：「沒說用眞身聊呀，視訊也能聊。」

韓杰這才明白，進入陰間的只有他，老師眞身此時究竟是不是在陽世倉儲裡都不得而知，他取出手機，撥電話對王劍霆說：「進去逮人，看看他還在不在。」

電話那端王劍霆立時照做，一陣忙亂，急急回報：「韓大哥，裡頭空的，沒有人，你去哪裡了？」

「我在陰間，回頭跟你說。」韓杰掛了電話，將那球狀投影設備隨手扔在地上，老師的虛擬身影像是不倒翁般搖晃半晌，然後漸漸穩定。「你到底在玩什麼花樣？」

「我只是很好奇。」老師說：「我對第六天魔王很好奇，對你更好奇，我想知道，究竟是什麼樣的傢伙，可以跟第六天魔王拚個你死我活。」

「什麼？」韓杰聽得一頭霧水，捏出尪仔標揉開，正要召混天綾出來，便聽見嘩啦一聲，一片惡臭冷水當頭灑下，轉眼澆熄他那燃燒發光的尪仔標。

韓杰鼻端嗅得這濃厚惡臭，心中驚覺不妙，終於明白自己踏進了陷阱——這些臭水和以前陳亞衣使用的臭包一樣，能夠抑制甚至撲滅他法寶法力。

他意識到自己在無法使用尪仔標的情況下置身陰間，可是一件相當麻煩的事情，急忙撿起投影小球，用投影光身當作照明、尋找出路。

「啊！」他陡然感到後背刺痛，反手一摸，拔出一管麻醉槍針筒。

他單膝跪下、有些暈眩，第二管麻醉針頭射在他肩上。

投影小球落在地上，老師身影再次晃動，然後穩定。

韓杰拔出第二管麻醉針頭，身上又捱著第三、第四管針——這陰間倉儲陰暗漆黑，麻醉針究竟從何射來都不知道，韓杰跪伏著、雙手撐著濡濕地板，頭上那臭水持續灑下，只能恨恨地瞪著那老師投影光身。「你到底想怎樣？」

「我還在猶豫耶。」老師說。

「猶豫什麼？」

「猶豫我到底該把你賣給喜樂，還是賣給摩羅，還是直接逮著你，好好研究你那蓮藕身；究竟哪種處理方法，可以讓利益最大化呢？」老師皺著眉頭，像是認眞思索這個問題。

「哼哼……」韓杰也懶得伸手拔針了，冷笑瞪著螢幕。「你一副已經成功逮到我的樣子……」

「不然呢？」老師揚手指指上方。「不管是之前的陽世倉庫，還是現在的陰間倉庫，天花板上都鋪了『東西』；太子爺看不見你，也沒有人知道你進入倉庫後發生了什麼事情；你的尪仔標不能用、香灰都濕了，又中了麻醉針，你覺得自己怎麼逃呢？」

「坦白說，我眞沒料到……」韓杰哼哼一笑。「我以爲你只是個沒本事的騙子，原來你不但弄了道神奇鬼門，還懂遮天、懂破法，我眞是太大意了……」

「是呀。」老師說：「之前那些傻瓜、那些事件，都是我故意安排的，爲的就是讓你以爲我沒本事，如果你把我當成陳七殺、摩羅王來看待，那我要對付你可不容易。」

「你連陳七殺也知道！」韓杰有點訝異。「你到底是誰？你不是血蝠找來搗蛋、浪費我時間的雜魚嗎？你到底想做什麼？」

「沒錯呀，我確實是血蝠老鬼找來干擾你的雜魚。」老師說：「只不過，我是條用功的雜魚，我做了不少功課，很快我就會打出名堂。」

「你想要什麼名堂？」

「我想要——」老師呵呵笑著說：「成爲第六天魔王那樣的大人物，呼風喚雨、無所不能，我知道你聽到這裡，腦袋裡浮現一個人，對吧？」

「吳天機？」韓杰哼哼說：「陽世從來都不缺這種癟三。」

「沒錯，這種人從來都不缺。」老師說：「所以我的目標當然不會是他，我說了，我要成爲陰間大魔王，不是魔王底下的嘍囉，這個抱負，夠大了吧。」

「大是夠大了……你要怎麼做呢？」韓杰吁了口氣，緩緩站起身，第五、第六枚麻醉針，倏倏扎在他身上。「你以爲抓到我，就可以變成魔王了？」

「魔王是長程目標，現階段當然是盡量修習道行、搞好人脈，等待時機成熟，我自殺成魔。」老師這麼說：「哦，你的蓮藕身眞的不錯，捱了六記麻醉槍竟然還不倒？」

「操！」韓杰接連又捱著幾記麻醉針，哈哈大笑說：「自殺成魔？你他媽瘋了不成？」

他沒笑完，陡然被一陣強烈電擊電得僵直倒地，再次撲倒在臭水灘中。

電擊並沒有隨著韓杰倒地而停止，反而愈漸強烈。

參拾

夜鴉和蓉蓉坐在夜市路口對街花圃邊，望著熙來攘往的夜市人潮。

蓉蓉拿著珍奶發呆，夜鴉面無表情扠著手。

「你……」蓉蓉喃喃地說：「沒有話對我說嗎？」

「人鬼殊途，有什麼好說的？」夜鴉冷冷地回。

「我不懂……」

「不懂什麼？」

「你保護我這麼久，就只是爲了讓喜樂吃不到我的快樂……跟痛苦？」

「我就是不想讓他趁心如意，怎樣。」

蓉蓉轉頭望著夜鴉冷峻臉龐，說：「就只是這樣？」

「不行嗎？」

「行……」蓉蓉嘆了口氣。「不久之前，我還眞以爲找到我的眞命天子了。」

「以後眼睛睜大點，別再上當了。」夜鴉沒好氣地說：「這世界騙子太多了……」

「就是你啦。」蓉蓉用手肘頂了頂夜鴉胳臂。「還好意思說，你這個壞人，騙了我這麼久。」

「以後找個好人吧。」夜鴉說到這裡，見天色漸漸黑了，神情有些焦躁。「怎麼這麼慢？」他取出手機，傳訊給陳亞衣。

「這麼急幹嘛？」蓉蓉怨懟說：「你甩了我一次，現在又急著甩我第二次了……」

「妳煩不煩？」夜鴉瞪了蓉蓉一眼。「那些傢伙隨時會出現，妳想活命就安靜點。」

「活著也沒比較開心……」蓉蓉低嘆一聲，見夜鴉瞪大眼睛望她，抱怨說：「幹嘛？不想活也不行？你什麼都要管？」

「好端端的爲什麼不想活？妳不開心？」夜鴉問。

「你笨蛋嗎？」蓉蓉說：「發生這些事，怎麼開心得起來。」

「……」夜鴉在風衣口袋裡掏掏摸摸，摸出一枚耳環，夾在蓉蓉耳垂上。

「幹嘛啦。」蓉蓉只覺得耳垂隱隱發熱，伸手想取下耳環，卻發現耳環取不下來，急著說：「哪有人耳環只戴單邊，而且你不是不要我了，幹嘛送我耳環？喂，怎麼拿不下來啦！」

「那是護身符。」夜鴉說：「效力耗盡就消失了……一般人也看不到，妳不用緊張。」

「陰間的耳環？」蓉蓉取出手機，開啓自拍，拍攝自己耳垂處，卻什麼也沒拍到，她問：「這耳環長什麼樣子？」

「白色的珠子，像是珍珠一樣。」

「太老氣了。」

「裡頭裝的是妳的快樂。」夜鴉說：「這是最後一個了，妳之後記得保持開心，就會想活下去了。」

「什麼？爲什麼是我的快樂？」

「妳很樂觀，妳的快樂連罐子都裝不下，我用多的快樂做了一些耳環……」夜鴉說：「免得妳太傷心……」

「什麼？」蓉蓉呆了呆，連問：「所以這幾天，你一直替我換耳環？難怪我常常覺得耳朵熱熱的，被綁架也不怎麼害怕，莫名其妙充滿希望，像個瘋子一樣……」

「充滿希望，那很好呀。」夜鴉乾笑兩聲。

「今晚之後，我們還會見面嗎？」蓉蓉輕撫耳垂問。

「不會了。」夜鴉搖搖頭。

「你不想再見到我？」蓉蓉問。

「不想。」夜鴉別過頭去。

「解決喜樂之後，你要幹嘛？」

「再看看吧，可能去輪迴轉世，也可能回陰間遊山玩水、認識認識其他女鬼……」

「……」蓉蓉望著手中奶茶小吃，又搥了夜鴉胳臂兩拳。「你害我情緒變得很奇怪，我現在不想笑，只想大哭，但是我哭不出來。」

「可以笑，幹嘛哭？開心地過也是一天、難過地過也是一天，爲什麼不開心點——這是妳自己說的。」

「哭是宣洩，哭完之後才笑得出來呀，該哭的時候笑，人會發瘋耶……」蓉蓉揉揉眼睛，擠出個古怪彆扭的神情。「都要被你弄到發神經了……」

「妳覺得哭一哭會比較舒服？」夜鴉問。

「對。」蓉蓉嘆了口氣。「你說你能把快樂裝進耳環裡，讓我之後開心點？那乾脆把我現在的快樂，暫時存進耳環裡，讓我好好哭一下，沉澱幾天，再慢慢笑，好嗎？」

夜鴉想了想，點點頭。「好。」

「你之前都怎麼偷我的快樂？」蓉蓉正有些好奇，夜鴉突然伸手托住她夾著耳環那側臉龐，深深吻了她。

蓉蓉閉起眼睛，只覺得心中本來不自然的奇異愉悅正一點一滴地流失。

這是一個好長的吻，且十分苦澀，但又隱隱產生一些新的甜蜜滋味。

夜鴉結束了這個吻，望著蓉蓉紅通雙眼，問：「想哭了嗎？」

「還沒……」蓉蓉吸吸鼻子。「還差一點……」

「妳想哭沒關係，但是……」夜鴉托著蓉蓉臉頰，問：「妳到底爲什麼想哭？事情快結束了，妳很快就能平安了，有什麼好哭的？」

「你不愛我，但是我愛你呀，明明說會陪我一輩子，突然就不要我了，又突然出來綁架我、說自己是鬼、說從來沒愛過我、說要跟魔王打架……」蓉蓉緊緊揪著夜鴉胳臂，淚水在眼眶打轉。「不管怎樣，我只希望你打贏，能回來看看我……」

「……」夜鴉再次深吻蓉蓉，將蓉蓉的快樂轉移進耳環裡，且將耳環暫時封印，設定了時間，從明天開始，耳環才會將蘊藏的快樂流入蓉蓉心中，滋潤她哭夠了的心。

蓉蓉微微顫抖起來，緊緊抱住夜鴉，只覺得之前淡忘的失戀情緒一口氣湧上心頭，且持續擴大，她的眼淚終於如泉湧下。

又是一個好長好長、令人心碎的吻。

夜鴉手機響起，兩人終於分開。

「好，我現在帶她過去。」夜鴉接聽手機，應了幾聲，緩緩起身，朝蓉蓉伸出手。

蓉蓉嗚嗚哭著，伸出手讓夜鴉牽起。

「你一定要打贏……」

「我也希望。」

夜鴉牽著蓉蓉，走到對街、走進夜市、穿過人群、往深處走。

蓉蓉一路啜泣，眼淚沒停過，直到來到一處雞排攤前，仍繼續哭著。

那雞排攤老闆和夜鴉一樣，紮著馬尾，一旁幫忙的傢伙個頭較矮，攤位旁還擠著個頭戴鴨舌帽的女孩，跟一個胖胖的宅男。

胖胖宅男牽著一個身高、髮型、衣著都與蓉蓉十分相似的女孩。

□

「怎麼了？」麻雀急急地問。

「他們進夜市了。」鳳凰持著望遠鏡，遠遠自高樓往夜市望。「看不清楚動靜……」

「該不會……」麻雀瞧瞧夜市旁那座香火鼎盛的關帝廟。「想躲進關帝廟吧？」

「他怎麼進得去。」鳳凰搖搖頭。

「打了擬人針就進得去呀。」麻雀這麼說：「現在陰間最高級的擬人針，打了之後，別說防曬，直接在關老爺神像前跳脫衣舞都不會被發現，嘻嘻。」

「傻瓜。」鳳凰哼哼一笑。「擬人針也不能維持一輩子，看他是想被關老爺斬了，還是出來見喜樂爺。」

「說眞的，如果是我，寧願被關老爺斬。」麻雀吐了吐舌頭。

「是呀……」鳳凰仔細想想，倒有些焦急。「如果他眞躲進關帝廟，我們怎麼跟喜樂爺交代？」

咻——一聲尖銳長嘯自天際響起，鳳凰和麻雀相視一眼，高高飛天，刻意繞過關帝廟，來到夜市另一頭出口，與守在那兒的血蝠會合。

「原來這邊還有出口……」麻雀遠遠見到夜鴉牽著蓉蓉，自夜市另一端小巷走出，還招了輛計程車，搭乘離去。

「嗯，開越遠越好。」麻雀三人在空中遠遠盯著計程車方向，也不急追，而是和計程車保持一段距離，以免打草驚蛇。「不然在那關帝廟旁邊，我們都不知道怎麼下手咧。」

□

計程車在河堤旁停下。

兩人下車，手牽著手來到河濱公園，找了處無人長椅坐下。

蓉蓉低著頭，靜靜地一動也不動。

夜鴉仰頭望天，手還牢牢按在蓉蓉手背上。

「一直到現在，才想起好多想對妳說的話……爲什麼剛剛說不出來呢？」他喃喃自語。「妳眼睛底下的痣好美，妳臉紅的樣子好美，妳笑著打我的樣子好美……如果可以的話，眞想一直跟妳在一起，找個沒有人來打擾我們的地方，無憂無慮、兩人世界，多好……多好呀……」他說到這裡，哈哈一笑，轉頭撥撥蓉蓉的髮，望著她無神眼睛，嘆氣說：「但不可能……所以我什麼也不說，說了也沒用，只會讓妳更放不下……」

天上隱隱發紅，不知什麼時候，一片紅色血雲覆住了大半邊天。

雲中紅雷閃現，有個巨翼人影緩緩落下，人影手上提著把碩大鐮刀——血蝠。

河濱草皮被天上血雲映得發紅，夜鴉仍微笑直視蓉蓉，握著她的手。「希望妳以後幸福快樂，別像她一樣、別像我一樣……」

長椅後方左右兩側，分別鼓動起兩團奇異煙霧，鳳凰和麻雀包抄逼近。

「白天到處放的味道很有效啊，老鼠野狗什麼的全引過來了。」夜鴉緩緩站起，捏起蓉蓉那手工項鍊墜飾，湊近嘴邊，輕輕一吻。

墜飾是蓉蓉用他那些小螺絲、小鐵片拼湊黏合成的兩個字——

平安

「夜鴉哥。」麻雀逼近到距離夜鴉三十公尺處，停下腳步，望了長椅上的蓉蓉兩眼，高聲對夜鴉說：「你終於想通了？決定向喜樂爺求和？」

「現在求和有點遲了……」鳳凰嘆氣說：「你闖這禍太嚴重了，喜樂爺的脾氣你是知道的。」

「誰說我要求和？」夜鴉睜開眼睛，放下墜飾，左手掏出最後三管針筒，往頸上一插，將藥液同時注射入體；右手一翻，召出他那把改造過後的長柄電鑽。

他蒼白的臉上筋脈浮凸，兩隻眼睛異光閃爍。

「夜鴉哥，你藥下太重了。」麻雀大聲提醒。「難怪你少了一邊翅膀還能跟我們糾纏這麼多天，原來你一直打這麼重的藥，會傷到魂身呀……」

「謝謝你提醒我。」夜鴉冷笑。「我殺你時，會俐落點，不會太痛。」

「夜鴉哥，我不會讓你殺我。」麻雀朝夜鴉扔出三柄水果刀，噹噹噹——全被夜鴉揮長柄電鑽打落。

「你不是求和，那她……」鳳凰閃身到了長椅後，伸手揪住一動也不動的蓉蓉後頸，將她拎起，蓉蓉只是手腳掙動兩下，也沒多加反抗。

鳳凰提著蓉蓉，只覺得她身體比想像中輕了不少，覺得古怪，掐著她頸子在她頭臉聞嗅半晌，跟著扔下，冷冷地說：「我們被擺了一道。」

「擺了一道？什麼意思？」麻雀繞過夜鴉，來到鳳凰身旁，蹲下檢視蓉蓉身子，啊呀一聲。「是具假人！」

原來夜鴉帶著眞蓉蓉走入夜市，到了雞排攤與陳亞衣會合，用眞蓉蓉和王小明交換那衣著相近的假蓉蓉——是陰間道具假人，會動會走，會說些簡單詞彙，長相為一次性塑模。

「夜鴉，我再給你最後一次機會，你把女人藏哪兒去了？」鳳凰取出金爪，領著麻雀左右夾擊夜鴉。

「我不用妳給我機會。」夜鴉全力揮動長柄電鑽，在河濱水岸大戰鳳凰麻雀，三管禁藥讓他反應敏捷、氣力大增，以一敵二還佔了上風。「咦！火雞怎麼不在？」

「火雞死了。」麻雀邊打邊說。「被鬼王打死了。」

「可惜。」夜鴉笑著嘆氣。「上次他狠揍我一頓，沒能親手宰他，眞是可惜。」他說到這裡，揮動電鑽逼開麻雀鳳凰，抬頭望著緩緩下降的血蝠。「不過能宰你，也不錯。」

血蝠肩上那黃蝙蝠，聽夜鴉這麼說，氣得大罵：「你想宰我們血蝠老爺，等下輩子吧！」他罵到一半，倏地竄下，領著上百隻小蝙蝠尖叫殺下，擁上夜鴉身子凶猛啃噬，轉眼將夜鴉那墨黑風衣咬得破破爛爛。

夜鴉背後唰地揚開一道黑影，那是他背後獨翼，黑翼這麼一搧，將蝙蝠驅走大半。

「夜鴉哥，要玩眞的啦？」麻雀見夜鴉展翅，也和鳳凰一同振開翅膀。「我們加起來三雙翅膀，你只有一邊！」

麻雀一面說，一面繞到夜鴉背後，一把揪著夜鴉那獨翼，反手握著小刀，像是想將夜鴉那翅膀割下，但他小刀還沒觸到夜鴉翅膀，就讓夜鴉背後竄出的一陣黑氣蒙上頭臉。

夜鴉整件大風衣，像是金蟬脫殼般離了身，纏裹上麻雀腦袋，風衣內襯口袋裡的符籙、閃光彈、震撼彈接連炸開。

「嗯？你背後那是……」鳳凰愕然盯著夜鴉後背那若隱若現的古怪黑影。

一個漆黑奇異的骨架自夜鴉後頸處隆起——

夜鴉終於發動大枷鎖黑孩兒了。

黑孩兒小小的骨架開始劇烈變形，一節節骨架喀啦啦地飛梭生長，骨節生出的銳刺咬進夜鴉頭臉、雙臂、軀幹、下肢，像是寄生植物般鎖死夜鴉全身。

像是鐐銬、又像是鎧甲。

「不是吧？」鳳凰舉著金爪子和夜鴉電鑽格架兩下，感到夜鴉力氣倍增，駭然退開，望著鎖上他全身且持續變形的黑色骨架，驚訝問：「你用大枷鎖鎖自己？」

「是啊，不行嗎？」夜鴉冷笑，馬尾纏髮繩圈被爬上腦袋的黑孩兒銳骨割斷，長髮凌亂散開，他彎伏著身子、忍耐著被黑孩兒鑽魂蝕骨的痛楚，瞅著鳳凰冷笑，像是頭窮途末路的猛獅。

他猛然抬頭舉起電鑽，擋下上方血蝠突然劈下的大鐮刀。

血蝠舉著大鐮刀，拖曳著紅紫色流光，一刀一刀對著夜鴉狂斬；夜鴉轉動電鑽格擋、不時回擊，全身被黑孩兒覆蓋的面積越來越多。

「哼！」麻雀被風衣裡各種炸彈炸得七葷八素，火氣也上來了，扯爛風衣，和鳳凰左右夾擊夜鴉。

啪噠——夜鴉背後展開另一面怪異大翼，這怪翼羽色繽紛、形狀和單邊黑翼有些不同。

這是不久之前，他和蓉蓉在旅館裡，手工完成的翅膀。

翅膀張開，黑孩兒的力量全數發動，夜鴉兩眼光芒閃耀，嘴裡的牙也利了些，他發狂揮掃電鑽，砰地擊凹麻雀肩頭，跟著砰砰砰地對著鳳凰連扣扳機，一口氣射出數十枚漆黑鑽頭。

鳳凰擋下七成鑽頭，捱著數枚鑽頭，那些黑色鑽頭在她魂身裡寄生蟲似地變形爬竄，痛得她哀號後退。「夜鴉，我不懂——你連被大枷鎖鑽魂的苦也能熬，爲什麼不好好向喜樂爺道歉？說不定……」她還沒說完，被夜鴉一腳踢飛老遠。

夜鴉逼退鳳凰、麻雀，轉向全力迎戰血蝠。

血蝠被夜鴉一輪猛攻，漸漸吃力，飛竄上天，伸手向下一指，紅雲竄下更多蝙蝠，往夜鴉衝去。

夜鴉振翅咆哮，全身黑氣爆發，也化出大批黑色烏鴉往上飛衝。

遠遠看去，天上的血蝠和地上的夜鴉，像是轟炸機隊對上防空陣地，分別用對地對空飛彈互射一般。

「喔？」鳳凰見到夜鴉身下河濱草地透出一束束異光，連忙對麻雀使了個眼色，退開老遠，不再纏鬥。

夜鴉腳下草地快速溢出腐水、化爲爛泥、透出奇異光束。

一個身形纖瘦的妖艷少年破土穿出，站在夜鴉面前。

少年衣著華麗，雙眼隱隱閃動異光，冷冷盯著夜鴉。

「你終於來啦……」夜鴉冷笑望著少年。

「這是你第一句對我說的話？」少年微笑說：「以前你見了我，都叫『喜樂爺』。」

這少年是喜樂專屬陽世肉身，並非活人，而是用胚胎造出的假身，鬼修煉成魔後，便不能隨意上陽世，否則觸犯天條，令天庭師出有名，得以動用武力下凡鎮壓。

「以前是以前。」夜鴉冷笑。「以前我蠢。」

「現在你看不出比較聰明。」喜樂咧嘴笑說，見到夜鴉突然舉起電鑽，要朝他扣扳機，立時伸手掐碎他右肩，將他斷手隨意一拋。

地上倏地竄出幾條白蛇，捲上夜鴉胳臂，啃咬起來——這些白蛇樣子像蛇，但進食卻不用吞的，而像是水蛭般吸食。

夜鴉那胳臂被白蛇吸得漸漸乾枯，喜樂白淨臉上隱隱透出黑紋，舔著舌頭說：「這就是痛苦靈魂的滋味？不對呀，沒想像中好吃，你是不是還不夠痛苦？」

「喜樂爺呀，這算是我伺候您的最後一餐，慢慢吃，別噎著了……」夜鴉哈哈笑著，左手抓出一把小電鑽，往喜樂腦門上貫去，又被喜樂揪著左手，拉至嘴邊，當成零食直接啃咬起來。

「嗯，嗯嗯……」喜樂一面嚐，冷冷地問：「你把那女人藏到哪去啦？」

「關帝廟。」夜鴉說：「有媽祖婆乩身顧著她……」

「她沒辦法躲一輩子，我會找出她。」喜樂瞪著夜鴉。「挖眼、削鼻、切耳、拔齒，做成一道道料理，就像當年我吃你情人一樣地吃你的新情人；我沒說錯吧，你背叛我，就是爲了這個新情人，哦——」喜樂一面說，一面握著夜鴉的手緩緩啃咬、細細品嚐，突然閉起眼睛，陶醉地說：「突然變好吃了，講到你兩個情人，你就開始痛苦了。」

夜鴉望著自己逐漸短少的左手，嘴巴也嚼了起來，冷笑說：「等等還有更好吃的東西餵你。」

「哦？是什麼？」喜樂睜開眼睛，見夜鴉也嚼呀嚼地像是在吃口香糖，一把掐住他嘴巴。「你在吃什麼？」

夜鴉呸的一聲，將一團稀爛東西，吐在喜樂臉上。

「哼！」喜樂暴怒摘下夜鴉左臂，往腳下白蛇堆裡一扔，伸手抹下臉上碎爛東西，仔細一看，像是一些金黃色碎屑。

金色碎屑上殘留著些許符籙筆劃痕跡。

夜鴉腹部發出光芒。

參壹

陰間賣場倉儲，韓杰像是隻刺蝟般盤坐在地。

他全身上下，插滿長短不一的怪箭，腳上臭水積滿一地，且持續放電。

韓杰像是習慣了電擊般，雖然不時被電得僵硬顫抖，卻也不再哀號。

「嗯……」老師語氣漸漸有些遲疑。「你的蓮藕身，比我想像中厲害多了，真的死不了？」

「大概吧……」韓杰無奈說：「我就看你們誰先放棄。」

「『你們』？」老師困惑問。「你什麼意思？什麼放棄，你說『你們』，是指誰跟誰？」

「你跟他。」韓杰說。

「我跟誰？」老師問。

「你自己問。」韓杰說。

「跟我。」太子爺說話聲音自韓杰喉間發出。

韓杰站了起來，拍拍身子，全身上下那些怪箭、麻醉針筒，紛紛變成了灰燼。

「他用符了？」韓杰問。

「對，立刻過去。」太子爺這麼說，韓杰雙腿外旋起一雙黃金火輪，手上也握出一柄華麗黃金大槍，風火輪、火尖槍——全是正版貨。

「什麼？」老師語氣驚訝。「太子爺降駕？這麼突然？我的遮天陣沒有效？」

「現在有事要忙，回頭再收拾你。」太子爺這麼說，操縱韓杰身子，啪啦踩碎那投影小球，跟著挺槍往倉儲大門竄去，一槍擊破倉儲大門。

他穿過鬼門，回到陽世倉儲門外。

原來太子爺那夜降駕，指揮韓杰闖入陰間、殺進市場據點，卻沒逮著喜樂，由於太子爺是私自下凡、沒有記錄，早回去晚回去沒有分別，他一來不甘心空手而回，二來猜測喜樂或許會爲了奪回被查封的快樂而有所行動，便死賴在韓杰身中守株待兔。

韓杰雖然不情願被太子爺長期附身，卻也莫可奈何。

你們想親就親、想抱就抱，不用顧慮我呀——

太子爺雖對韓杰和王書語這麼說，但王書語哪裡放得開，只能每晚和韓杰大眼瞪小眼，不好意思像平常那樣談情說愛、卿卿我我。

韓杰暗中叫苦，就不知道太子爺這麼一待會待上多久，直到昨晚撞見夜鴉，這才知道夜鴉已有與喜樂全面開戰的打算，韓杰本來對夜鴉的提議有所疑慮，反倒是太子爺不願放過這大好機會，不僅指示韓杰配合出借尪仔標，還加碼送禮。

「哇！」「他怎麼跑到外面啦！」「怎麼回事？」

倉儲裡擠滿警察，正忙著蒐證兼尋找韓杰下落，卻見韓杰突然現身門外。

「劍霆，老師不在這裡，他不是假貨，眞有點難纏，我回頭再跟你講。」韓杰急急說完，風火輪一催，倏地竄不見了。

□

「這是……」喜樂金光撲面，望著自夜鴉肚裡撲出來咬住他假身手腕的小東西。是一隻小花豹。

「這不是……太子爺乩身的法寶嗎？」

幾秒之前，他抹去夜鴉吐在他臉上的碎屑，正是韓杰昨晚兩張符裡的尪仔標發動符令——韓杰雖不再擁有出借尪仔標的權限，但那符令是太子爺親手寫下。

夜鴉模仿過去韓杰施放火龍的方式，將符令藏在口中，待喜樂近身伺機咬嚼發動。他藏在腹中罐子裡的尪仔標接連燃起，金光閃耀——三張混天綾、兩張風火輪、兩張豹皮囊、兩張九龍神火罩。

喜樂甩了甩手腕，卻甩不去那小花豹，微微警覺起來，扔了夜鴉，後退幾步。

夜鴉雙臂雖然被拆去，但雙臂斷處竄出兩道黑氣，凝聚成一雙假手。

黑孩兒黑骨轉眼爬滿夜鴉那雙黑氣假手，黑骨下透出紅光，火龍也流入假手中，使那雙假手力量不下眞手。

三條混天綾，一條捲上夜鴉軀幹，兩條繞上他黑氣假手；兩雙風火輪，分別附在夜鴉雙腿內外側。

第二隻小豹，現身夜鴉腳邊，朝著喜樂嘎嘎吼叫。

夜鴉像頭猛獅般彎弓身子，雙手微微觸地，雙眼光芒閃耀，張口呼著烈火，一雙黑氣胳臂也透出火──兩張九龍神火罩十八條火龍在太子爺親賜赦免令效力下，不但沒有燒夜鴉，反而融入他魂身，進一步強化他力量。

「你……竟能用太子爺法寶？」喜樂見夜鴉力量轉眼增強，魔力中帶著神力，不由得愈加困惑，甚至微微感到不安。

他見手上小豹猶自攀著他手腕啃個沒完，有些惱火，一把將小豹捏碎。

「呃！」喜樂才捏碎小豹，陡然感到手腕一緊，且變得十分沉重，仔細一看，他手腕不知何時，被鎖上了個黃金手鐲。

「這是什麼？」喜樂試著取下手鐲，但手鐲越來越緊，且越來越重，抬頭見到夜鴉露出得意笑容，恍然大悟。「你跟太子爺乩身串通，故意引我上來？」

喜樂這麼一分神，那「黃金手鐲」瞬間變大，橡皮糖般圈上另一腕，然後瞬間變小，一口氣箍住他雙手。

像是上了手銬。

「喝──」喜樂只感到這黃金手鐲異常沉重，重得令他兩隻手都抬不起來。「這是什麼？乾坤圈？那乩身法寶有這麼厲害？難道、難道……」喜樂驚慌之際，陡然感到遠處一股神力極速逼近，驚駭大叫：「陷阱！這是陷阱，中壇元帥來啦，快幫我弄掉這東西，鳳凰、麻雀、血蝠——」

喜樂還沒喊完，只見天上血蝠，不知何時退到好遠，對自己的叫喚一點也沒有回應，像是察覺情勢不對。

「鳳凰、麻雀，還不幫忙！」喜樂怒吼。

鳳凰、麻雀連忙竄去喜樂身邊，卻對緊箍喜樂雙腕的乾坤圈愛莫能助。

這乾坤圈可是太子爺專用正版貨。

是韓杰昨晚加碼借給夜鴉的黃金尪仔標。

「喜樂爺，別吃眼前虧，我們先回底下。」鳳凰這麼說。

「廢話！」喜樂怒罵，一腳跺地，方圓數十公尺草地嘩啦啦滾動翻騰著一條條白蛇，他大吼：「鬼門早開好了，可是這乾坤圈……」他這麼說的同時，雙手像是被一股怪力往上一拉，倏地高舉雙手。「想把我拉上天，不讓我下地呀！」

喜樂一面大吼，一面鼓動全身魔力，讓地面竄出更多白蛇，纏上他身子，將他往地底拉。

鳳凰和麻雀也一左一右，揪著喜樂肩頭，努力將喜樂往腳下鬼門推。

「喜樂爺，你也有今天呀……」夜鴉瞧得樂不可支，漸漸感到腦袋有些暈恍，知道黑孩兒開始侵蝕他神智，便也催動全力衝向喜樂，全身炸出黑氣、竄出銳骨、衝出混天綾、吐出火龍，逼開鳳凰、麻雀，一拳正中喜樂臉面。

「混蛋！」喜樂吼出巨大魔力，震飛夜鴉，驅動白蛇追擊夜鴉。

夜鴉在白蛇堆上飛奔，在火龍掩護下，領著小豹擊碎一條條拉捲喜樂身子的白蛇、追打鳳凰麻雀，阻止他們將喜樂拉回陰間。

自遠逼來的那股神力愈加明顯，天上血蝠已經逃得不見影蹤，鳳凰和麻雀無力幫忙，也趁機潛入鬼門、溜回陰間。

「哈哈、哈哈哈！果然是傭兵！」夜鴉見喜樂眾叛親離，哈哈狂笑，大聲調侃喜樂。「怎麼樣，喜樂爺，這些傢伙都沒以前的我忠心吧。」

「夜鴉——」喜樂暴怒一吼，一條巨大白蛇倏地掀起，一口咬著夜鴉身子。

夜鴉狂催火龍，轟隆炸散白蛇，見喜樂下半身開始沉入地底，倏地竄到喜樂背後，箍著喜樂腰肋，全力振翅往上疾飛，雙腳也踏著風火輪撐地，死也不讓喜樂遁回陰間。

「滾開、滾開！」喜樂暴吼，背後竄出一條條白蛇，穿過夜鴉身子。

夜鴉像是捱著刀山般全身被白蛇穿透數十個洞，卻仍全力架著喜樂，他一身借來的法寶彷彿感受到他的意念，四只風火輪捲著三條混天綾，纏住喜樂腰肋、脖子、雙腕，直直往上拉，十八條火龍有的追咬遍地白蛇、有的捲繞喜樂身子也往上飛，還有幾條火龍鑽進鬼門在底下推喜樂屁股。

喜樂又驚又怒，催出幾波白蛇，將背後夜鴉刺得千瘡百孔，但夜鴉偏偏不放手。感到那股剽悍神力越來越近，喜樂突然改口哀求起來。「夜鴉，你放過我，我也放過你們，再也不找你們麻煩！」

「騙子。」夜鴉呸了一聲。

豹皮囊小豹躍到喜樂面前，倏地化成一只袋，籠罩住喜樂整顆腦袋。

夜鴉肩頭竄出一條黑氣假手，揪著把小電鑽，對著貼齊喜樂頸子的袋口鎖起螺絲釘，像是想將這豹皮囊袋子鎖死在喜樂頭頸上。「我會信你才怪。」

「吼——」喜樂仰天巨吼，一鼓作氣炸出更多白蛇，穿透夜鴉全身，將夜鴉震飛離體。其中一條白蛇從夜鴉前胸穿入，從他後頸際穿出，咬碎攀在他後頸上那黑孩兒腦袋。

黑孩兒開始崩裂，咬進夜鴉全身的銳骨一節節散開，令夜鴉受黑孩兒侵蝕而逐漸模糊的心神恢復些許；但相對地，夜鴉失去了黑孩兒力量加持，全身氣力盡失，軟綿綿地飄在空中。

他想振翅飛回喜樂身邊，再打他兩拳也好，但發現一雙羽翼早已被白蛇穿得破破爛爛，他和蓉蓉花了大半天造成的羽翼，也隨著黑孩兒碎裂而毀壞，一片片羽毛飛過他的身邊，四面散開。

夜鴉望著遠遠飛竄而來的身影，長長吁了口氣，將視線轉向星空，不知怎地有些遺憾。「還是這麼亮，永遠看不清楚星星……早知道，之前應該帶蓉蓉上山看星星的……」他這麼說，努力朝著蓉蓉假身那頭長椅飄去。

喜樂催出全部魔力，震碎正版乾坤圈以外所有法寶，鼓動更多白蛇，將自己一吋吋往鬼門裡拉。

終於，他兩隻小腿穿過鬼門、陷進地裡，跟著是大腿、然後是腰。

再然後，倏地一道金光射在喜樂身前草地。

烈火熊熊燒開，四周陷入火海。

火海裡，火龍翻騰咬裂一條條白蛇。

「嘎啊——」喜樂發出慘烈哀號。

鬼門關上了。

喜樂下半身遁回陰間，但上半身還留在陽世。

那道飛梭射在他面前，封印鬼門、驅龍放火的金光，正是太子爺擲來的火尖槍。

下一刻，太子爺附體乩身韓杰，落在喜樂身前，笑嘻嘻地歪頭瞧喜樂。「煩惱魔喜樂，好奇怪呀，怎麼你變矮啦？咦？你的腳呢？你的腳哪裡去啦？」他說到這裡，吹了聲口哨。

喜樂雙腕那乾坤圈陡然變大，放開喜樂。

喜樂少了乾坤圈拘束，陡然暴衝飛天，拚命想逃，但腰腹一疼，竟被一條火龍咬著斷身，不讓他逃遠。

太子爺扠著手，催促半空中的喜樂。「喂！那是正版火龍，沒那麼容易掙脫，你想想其他辦法，說不定能逃得掉。」

「噫——」喜樂感到火龍一口口咬食他的假身，三昧眞火越燒越旺，再也沒有其他辦法，狂吼一聲，眞身魔體從假身嘴巴竄出，飛到了天上。

「啊呀，是誰！是哪個陰間魔王違反天條私闖陽世呀？」韓杰雙眼大瞪，喉間響起太子爺的奸笑，跟著身子一顫，只見一道金光射上天，去追那逃跑喜樂，遠遠還傳來太子爺的咆哮。「中壇元帥，領命伏魔啦——」

喜樂極速飛逃，回頭只見太子爺踩著風火輪，蹲伏在火龍背上緊追在後，還朝他擲來乾坤圈，噹地打中他後背。

喜樂被乾坤圈打得渾身震盪、腦袋嗡嗡作響，飛勢一緩，自知逃不過，連忙轉身召出長劍還擊，才剛轉身，就被太子爺一槍穿透胸膛，串在空中。

「聽說你喜歡燉煮人魂是吧，試試我混天綾火候如何？暖不暖和呀？」太子爺見喜樂雙手抓住火尖槍柄，猶自掙扎，便甩出混天綾，將喜樂身子纏成木乃伊般，固定在火尖槍身上，像是舉著一只奇形怪狀的巨大火把。

「啊——」喜樂的哀號聲自混天綾裡發出，太子爺也不理他，回頭飛近韓杰，像是展示戰利品般對韓杰搖晃火尖槍，自顧自地說：「中壇元帥果真盡忠職守呀，在這地底魔王入侵陽世的第一時間就逮到他了。」

「行了！老大我知道你厲害，快回天上報告戰果吧。」韓杰揉揉脖子，剛剛在陰間倉庫捱的滿身箭傷經太子爺加持，早已復元，此時見太子爺得意洋洋扛著喜樂飛天回宮，可露出一臉終於解脫的神情。

□

韓杰左顧右盼，找著了夜鴉，朝他走去，見他伏在假蓉蓉身邊，全身千瘡百孔、破破爛爛，冒著縷縷黑煙。

夜鴉聽見韓杰喊他，睜開眼，見韓杰蹲在他身邊，忍不住抱怨。「動作眞慢……」

「……」韓杰拿出手機，對夜鴉說：「我現在打電話給媽祖婆乩身，讓你跟那女孩說說話。」

「不……」夜鴉啊呀一聲，努力擠出一道黑氣，化爲小手，按著韓杰手機。「別打電話，我不想跟她講話……」

「你沒有話跟她說？」韓杰問。

「你幫我帶句話好了……」夜鴉吃力地操使那黑氣小手，捲起胸前項鍊墜飾，瞧著已經看不出原形的「平安」二字，說：「你就說……我打贏了，我幫神明對付魔王，立下功勞，輪迴轉世，準備重新當人……要她哭累了，就笑笑吧……你跟她說，來生，我會努力當個好人……」

「好。」韓杰點點頭，緩緩站起，將夜鴉扶上長椅坐妥，再將假蓉蓉擺在夜鴉身旁，讓假蓉蓉的頭，倚在夜鴉肩上，還咬破手指，在夜鴉腦門上畫了道咒——這能讓他破破爛爛的魂魄，晚幾分鐘消散。

「眞夠意思，謝啦……」

「不客氣。」

參貳

清晨一早，韓杰來到鐵拳館，見許保強拿著三明治大嚼，便問：「怎樣，頭還痛嗎？」

「不痛了！」許保強拍拍腦袋。「可以練拳了。」

「再等兩天。」韓杰搖搖頭。

先前醫院大戰，他被火雞拉上半空，重重墜地，鬼王雖降駕護他，但稍稍遲了半刻，讓他腦袋受了點傷，鬼王一退駕，他立時暈了，在醫院躺了兩天，回家又躺了三天，才漸漸恢復。

「師父，我眞的完全好了，頭完全不會痛了。」許保強將三明治全塞進嘴巴，吸著紅茶。

「少囉嗦！」韓杰問：「你爺爺奶奶有沒有埋怨什麼？他們會擔心吧。」

「我爺爺說這是我的天命，要我看破生死，爲人類奮戰到底。」許保強抓抓臉。「我奶奶……有點意見，她要我向神明請個假，休息久一點……」他一面吸著紅茶，一面去拿拳套，要韓杰替他戴上。「不過我覺得還是爲人類奮戰比較重要。」

「戰你個頭。」韓杰搶過拳套，敲了他腦袋兩下。「不痛了嗎？不痛就先幫忙打掃，廁所越來越髒，客人都在投訴了，今天剛好休館日，沒事就來大掃除吧。」

「奇怪，好像又有點痛……」許保強揉揉腦袋，跳過這個話題。「師父，那女孩沒事了嗎？喜樂手下不會找她麻煩了？」

「這幾天我們讓她借住蘭花家，之後亞衣會上她家，替她點盞燈，持續追蹤一段時間。」韓杰扠著手回答：「喜樂被太子爺串成烤肉帶回天庭，底下應該很長一段時間，沒人敢打快樂主意了。」

昨晚蓉蓉被陳亞衣接進關帝廟躲藏，猶自哭泣不止，直到韓杰捎來消息，說夜鴉打贏了，蓉蓉這才破涕爲笑，向眾人道謝。

韓杰一度想將夜鴉捨身守護她，直到最終也緊貼著假蓉蓉這件事告訴她，讓她知道夜鴉其實非常愛她，但最終仍忍下，只照著夜鴉遺願，稱夜鴉準備輪迴，稱來生要當個好人，要蓉蓉笑著好好生活。

他返家之後，摟著王書語討論半晌。他們相信夜鴉極愛蓉蓉，寧可自己吞下一切，也不願讓蓉蓉多掛念他一分，免得拖累往後人生；但對蓉蓉而言，曾經刻骨銘心愛過的人，到頭來究竟愛不愛自己，也十分重要。

兩人討論至深夜，依舊沒有結論，他們都不知道蓉蓉內心深處，究竟需要哪種答案。

但不論如何，他們知道蓉蓉應該很快會堅強站起，她除了過去用眼淚學會的努力調適心靈的能力外，她那只耳環裡，還藏著夜鴉離別前替她存入的快樂。

那是她用一夜淚水交換的能量。

那是夜鴉留給她最後的寶物。

「師父，那老師呢？」許保強這麼問。「逮到他了嗎？」

「沒。」韓杰搖搖頭。「那傢伙比我想像中難纏，他很聰明，昨天我沒事，是我運氣好，就連太子爺也嚇了一跳。」

「什麼……」許保強還不知道昨日韓杰和王劍霆追捕老師後續，此時追問半晌，才大概知道經過。

「如果不是太子爺一直降駕在我身上，我可能眞的回不了陽世。」韓杰說：「我有預感，那小子如果不盡早處理，以後會是個大麻煩。」

「啊？有這麼誇張。」許保強有些難以置信。「他再怎麼難對付，也不會比以前的陳七殺、吳天機還難纏吧……」

「陳七殺是凶、吳天機是壞，但頂多都是爪牙等級。」韓杰搖搖頭。「你知道那小子，昨天說了什麼嗎？」

「說了什麼？」

「他說他想成爲第六天魔王那樣的角色，他會持續修煉，直到時機成熟時，他要自殺成魔。」

「自殺……成魔？」許保強簡直不敢相信自己的耳朵。

《乩身：飛天》完

後記

不知不覺，《乩身》寫到了第六本，總字數突破百萬字，成爲和我過去幾部大長篇差不多壯闊漫長的故事了。

要說《乩身》和以往故事的不同之處，應該是故事角色生活上的經營，和成長變化。

韓杰從一個獨居在東風市場四樓凶宅、孤軍奮戰的負罪戰士，一路償清罪責、擁有愛人和更多朋友、徒弟嘍囉，甚至即將走入婚姻。他在個性、脾氣、生活習慣、行事作風都有了些許改變。

這樣的成長過程，比過去我寫作過的其他角色，都來得更眞實、更生活化。

身經百戰的戰士也要吃喝拉撒，也得顧及柴米油鹽食衣住行；韓杰在我心中不是超級英雄、不是十項全能，他不神聖也不完美，他有衝動暴躁的一面、有粗心大意的一面、有怯弱無助的一面，他和故事裡其他角色一樣、和你我一樣，都有些想藏起來不讓大家見到的一面。

我覺得這樣很好，我寫得很自在，韓杰在故事裡也過得很自在。

我把他當成我的朋友。

有人對我說，羨慕我擁有一個豐富的內心世界，我自己想想，好像眞的不錯。

我平常話少，或許是因爲我在故事裡把想講的話都講完了。

在故事的世界裡，我結交各式各樣的朋友，體驗千奇百怪的人生和冒險。我會竭盡所能，和大家分享每一段讓我開心、憤怒、感傷、興奮的故事。

2019.3.18 於新北中和南勢角家中

星子

國家圖書館出版品預行編目資料

乩身：飛天 / 星子 著.——初版. ——
台北市： 蓋亞文化，2019.05
冊； 公分.
ISBN 978-986-319-406-4（第6冊：平裝）

857.81 108005814

星子故事書房 TS013

乩身〔飛天〕

作　　者 星子（teensy）
插　　畫 程威誌
封面裝幀 莊謹銘
責任編輯 盧琬萱
主　　編 黃致雲
總 編 輯 沈育如
發 行 人 陳常智
出 版 社 蓋亞文化有限公司
地址：台北市103大同區承德路二段75巷35號
電話：02-2558-5438　傳眞：02-2558-5439
電子信箱：gaea@gaeabooks.com.tw
投稿信箱：editor@gaeabooks.com.tw
郵撥帳號 19769541　戶名：蓋亞文化有限公司
法律顧問 宇達經貿法律事務所
總 經 銷 聯合發行股份有限公司
地址：新北市新店區寶橋路二三五巷六弄六號二樓
電話：02-2917-8022　傳眞：02-2915-6275
港澳地區 一代匯集
地址：九龍旺角塘尾道64號龍駒企業大廈10樓B&D室
電話：+852-2783-8102　傳眞：+852-2396-0050
初版四刷 2023年11月
定　　價 新台幣260元
Published and printed in Taiwan

ISBN / 978-986-319-406-4

Gaea

Gaea